# 憶良より日本人へ

日本人のスピリット

竹下　勇　著

鉱脈社

目次

日本人のスピリット

# 憶良より日本人へ

# 序章

## (一)

日本政府が今、一番慌《あわ》てていることは、何か？　それは言うまでもなく、近年世界一の少子高齢化率のことだ。EU諸国や一人っ子政策をとってきた中国にも同じような懸念がある。しかし、日本の出生率の低下と死亡者数の急増は、年々他国に目立って先駆けている。

振り返ると、私など戦前、戦中、戦後を体験した者には、太平洋戦争敗戦後のあの惨《みじ》めな大混乱の昭和史の中で、日本人は今後どうなっていくのだろうと、子供ながら夢も希望もなかった。戦中は、あれだけ鬼畜米英で大和魂《やまとだましい》だの、神国日本だ！　必ず神風が吹く、と威勢の良かった大人たちが見る影もなく意気消沈して頼りない。後にその経過は詳《くわ》しく述べようと思うが、私の周辺の日本人は戦前の颯爽《さっそう》としていた大人も子供もが、皆乞食《こじき》同然の姿に貶《おとし》められ、口には出さねど、情けない思いであった。国民学校が廃止され、苦しい中にも時が過ぎ、新制中学、新制高校と時代が移り変わり、朝鮮戦争が起こり、糸偏景気、金偏景気と日本経済が急に活況を呈してきた。

私は運良く日本育英会奨学資金の恩恵に与《あずか》り高校、大学と進学ができ、その頃から、あの世界最低の敗戦の焼け野原だった日本が世界歴史上奇跡的な復興を成し遂げ、なんとアメリカに次いで世界第二位の経済大国と呼ばれるようになった。

やれ所得倍増計画や日本列島改造計画などと言われ、政府の打ち出す政策が次々と実現し、日本中の六・三・三制という戦後学制の変更による中・高卒業生が、〝金の卵〟と称されて、田舎《いなか》から東京・大阪へと集団就職がニュースを騒がした。

これは、私が宮崎県立延岡商業高校に昭和三十七年四月赴任した頃、一学級の生徒数五十数名という寿司詰《すしづめ》教室で机間巡視《きかんじゅんし》もままならなかったほどで、生徒の親の中にもバイパス道路造りの道筋の田圃《たんぼ》が何億円で売れ、長い貧乏農家等が一挙に億万長者になったなどの夢のような話も聞かれていた。

戦争中、日独伊三国同盟などとナチズムやファシズムの国と軍国主義大日本帝国が手を組み、揃《そろ》って連合軍米英に打ち負かされ三等国烙印《らくいん》中、一早く復興し、世界二位の経済大国とは、世界中が驚くのみならず、むしろ、米ソの冷戦の中、世界の新しい脅威の的となっていた。

それが近年逆転、長く発展途上国として開発援助・戦後補償の対象と思っていた中国が我が日本を追い越し、立場を変え、今やアメリカと政治、経済での覇権《はけん》を競う共産党一党独裁の国家に変貌している。

バブル経済状況を呈していた日本が、昭和の終わりとともに、バブルも弾《はじ》け、経済のみならず、科学・文化面に於いても遅れをとり始め、その根源に急速な少子高齢化世界ワーストワンの労働力不足を考えれば、現・岸田政権の慌てぶりは、遅きに失したと言える。もう、この期《ご》に及べば、外国人（主として、東南アジア、遠くアフリカ、ラテンアメリカ辺りからも）人材を募ることを念頭に労働人口を増やそうと言うのであろうが、関係法令や厚生労働省、国土交通省などの縦横の連携の不備が今となって露呈するなど課題・難問が多過ぎるのではないか。

（二）

何と言っても最大の問題は、日本語の難解さと、日本人の風俗・習慣が外国人のそれとは大きく異なり、「モッタイナイ」とか「オモテナシ」「ツナミ」「サムライ」など、経済大国当時の日本人の海外活動やアニメやマンガなどの影響による理解は一定程度広がったものの、コロナ禍前後の観光・ビジネス関係の来日外国人の印象からは、日本理解が表面的なものに限られていることが分かる。

ヨーロッパ、アメリカなどの先進国からの来日者や発展途上国からの来日者さえも、無料公衆トイレや自動販売機の設置数、その種類の多さ、清潔さなどに驚くようだが、私は日本人の風俗習慣の奥深さは、室町時代頃から起こった「わび」「さび」の思想や、大自然に対する感謝・敬意の心、一方では能・歌舞伎などの伝統芸能・絵画・美術の特異性など日本人一般に染《し》み付いている感受性は外国人の持ち得ない深遠さであろう。

今から三千年以上も前に発生した漢字が日本では、今日なお日常的に用いられているのである。しかも我が国に於いては孔子の儒教や唐代の玄奘《げんじょう》三蔵法師の伝えた漢字での教典が日本各地の寺院仏閣で仏教僧により、読経《どきょう》され、神道の神社、神宮、大社などでも時に、「般若心経」が唱《とな》えられるそうである。

世界中で、このような言語が完全無欠に継承されている国は滅多にないだろう。日本という国は、言語一つだけでも不思議な国である。然《しか》も、江戸時代には、文武両道を範とするなかで、武の方がお留守になった武士により寺小屋＝学校が全国的に普及し、無学文盲が少ない。鹿児島と東北地方では方言の違いが激しく、沖縄とアイヌでは外国語を使うような違いもあるが、全国を統治した関東武士の言語に憧れた地方の地侍《じざむらい》や民《たみ》・百姓《ひゃくしょう》までが関東言葉の真似をする。現在のテレビ・ラジオ、さらにはスマホとなれば全国共通語は上手・下手の程度となる。ただし、長い封建制社会の続いた中で、身分相応の言葉使いが、日本語を複雑にしている嫌いもある。

英語では、王様でも物乞いでも「私」のことは「I《アイ》」、貴方《あなた》のことは「Ｙｏｕ」で、言葉に身分差はない。ところが、日本では、特に時代劇など見ると、「私」を天皇は敗戦まで「朕《ちん》」であり、貴族は「身ども」「わし」などと言い、武士は「某《それがし》」「拙者《せっしゃ》」等、殿様や御屋形様になると「儂《わし》」「余《よ》」「予《よ》」等々。遊女などになると「あちき」など造語のような一人称となる。二人称も身分によって使い分けが難しく挙げれば数《かぞ》え限《き》れない。

現代語の「僕」「君」は、どうやら幕末の志士たち、殊に坂本竜馬や桂小五郎が使い始めたらしい。薩摩では特別に薩摩弁を使い、それを使えぬ余所者《よそもの》を聞きわけ、スパイ防止としたらしい。私も、生まれは小倉で、大分県にも長く、小林市や都城で「おはん」「おまんさ」呼ばわりには面食らったものだ。「よかにせ」（格好良い若者）や「ちご

**象形文字**　左は古代エジプトのヒエログリフ。サッカラのマスタバ壁面板の浮彫。第３王朝のもの。右は粘土板に書かれたシュメル文字。紀元前４千年記（『世界大百科事典』11巻）

クレタ文字のうち線状文字Bを書いた粘土板２例
（『世界大百科事典』11巻）

どん」（子供さん）など方言も扱えば限《き》りがない。

　再び、世界の言語や文化に戻るが、現在アフガニスタンの女性抑圧、非人道的差別に憤りを感じる。イスラム教でも原理主義が国政の方針ともなれば、国家として他国に承認されないような事態となる。一党独裁・言論封鎖の中国共産党という大国も許し難いが、一国家の指導者が国際平和や安心・安全の規範を逸脱することになれば、人類総がかりで救済の手立てを考えねばならない。しかし、その機能を果たすべき、国連が開店休業状態では一体世界はどうなるのか？

　象形文字も楔形《くさびがた》文字も一部言語学者の研究対象であろうが、その後に使われた古代ギリシャ語やラテン語ですらも、日本の古文書・草書文字と同様、一部僧侶や学者でなければ自由に読み切れまい。言語の歴史といっても宗教や政治支配と密接不可分である。例えば、バビロニア第一王朝六代目のハンムラビ王は、大帝国を築き、バビロニアを政治的・文化的に統一するためには法規範の制定が必要だと考え、「ハンムラビ法典」（紀元前一七九二〜同一七五〇）を当時通用していた言語により、民衆にも理解できるものとして体系づけられたものと考えられる。その内容は細々《こまごま》と定められていて、㈠総則で審判法、試罪法、偽証法、㈡盗罪法、㈢軍人・官吏法、㈣農業法、㈤商業法、㈥家族法、

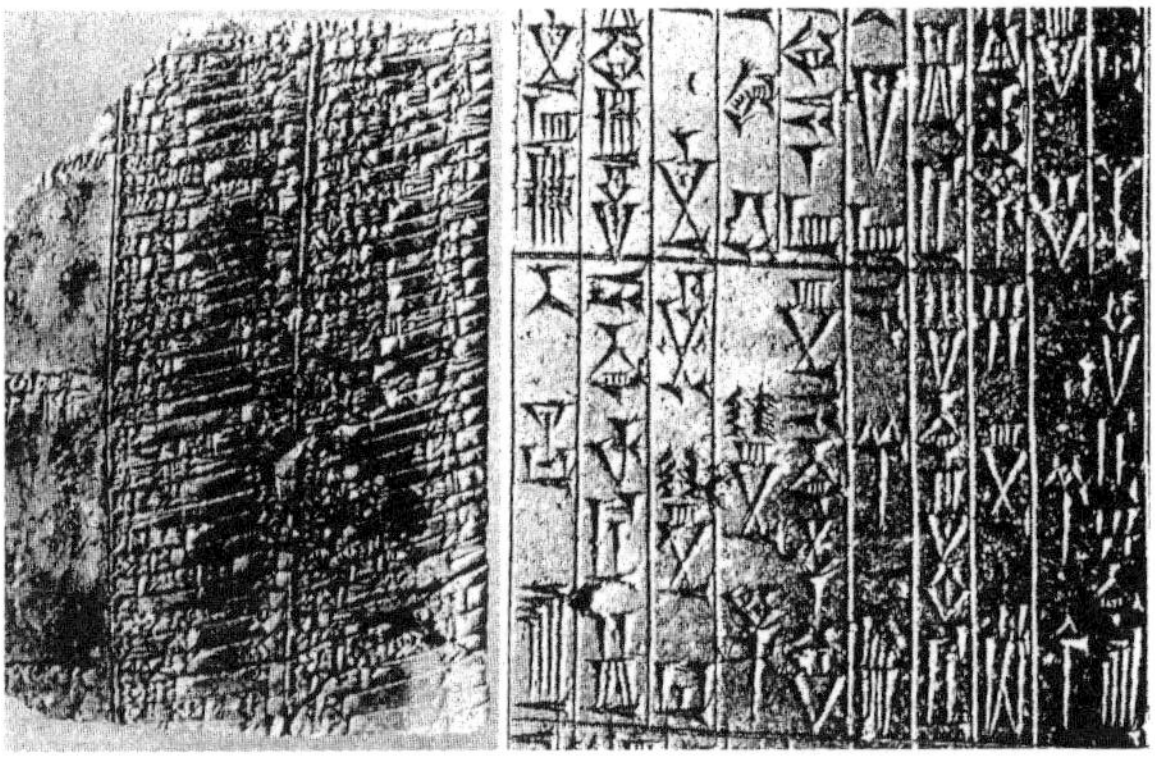

**楔形文字法**　左はシュメル法。縦18.4㎝×横14㎝。
右はハンムラビ法典碑の一部（『世界大百科事典』6巻）

㈦傷害・致死法、㈧職業法などのようなものだったと伝えられている。既に現代法に近い感じであるが、しかしその根本的な原理となるものは「目には目を、歯には歯を」が貫かれていることである。そして、その流れはユダヤ教、キリスト教、イスラム教など一神教に共通して残されていることが窺《うかが》えるのである。

　神がモーゼ（モイゼ）に言わしめた言葉として、「事が起こったならば、命《いのち》には命で、目には目で、歯には歯で、手には手で、足には足で、火傷《やけど》には火傷で、顔の傷には顔の傷で、打ち傷には打ち傷で償《つぐな》わねばならない……」などと、人々の諍《いさか》いや仕打ちの裁《さば》きとして、「やられたら、その分だけやって返す」という教えや、精神が貫かれ、今日現在でも実行されている（旧約聖書）。

　これらの思想・精神は古代エジプトや古代バビロニア以前のシュメール人が造った文

化の中にその萌芽《ほうが》があったと言われている。

これを思えば、今のイスラエルとパレスチナの諍《いさか》いが、三千年もの長い歴史に根があり、容易に解決できるものではないことも理解できる。

インドのヒンドゥ教（Hinduism）も紀元前二千五百年以上前にアーリヤ人がインド北西部に侵入して以来の古典バラモン（婆羅門）およびヴェーダ（吠陀）教の流れがあり、近代ヒンドゥはインドと同義であり、インダス川のサンスクリット（Sindhu）の転訛《てんか》でもある。ヴァルナ（Varna 梵＝種性制）と言い、バラモン（祭官・僧侶）を頂点として、その下にクシャトリア（王侯・軍人）、ヴァイシャ（平民）、シュードラ（隷属民）、不可触民《ハリジャン》の五階級が今なお多数のカースト（血統）を存在させていて、通婚や食事などに厳しい規制がなされている。インドでは現在も政治を複雑にし、多くの貧窮民を苦しめている。ゴータマ・シッダールタ（釈迦）のことは既述したが、二千五百年も前にバラモン教やヴェーダ教と闘い、インドに一定の勝利と広がりを見せたものの、入滅後はその教えは、インドの端々《はしばし》やシンハラ島やビルマ、シャム、日本に追いやられ、それぞれの国柄・風土に合った形で花開いている。

## (三)

日本にも武士の時代には「やられたら、やり返す」いわゆる仇討《あだう》ち敵討《かたき》ちが正当化されていたこともあった。

古くは天智天皇《てんじてんのう》（六二六〜六七一、在位六六八〜六七一）の時代、反旗を翻《ひるがえ》した弟・大海人皇子《おおあまのみこ》が天智の遺言《ゆいごん》に従わず、天智の第一皇子・大友皇子《おおとものみこ》を討って即位し、天武天皇となった「壬申の乱《じんしん》」があるが、親の仇討ちの例の典型は、一一九三年五月、富士の裾野《すその》の巻狩りの雨の夜、工藤祐経《すけつね》を討ち果たした曽我五郎・十郎の仇討ちが有名（吾妻鏡《あづまかがみ》）である。

私は二十数年来、西都市都於郡《とのこおり》城史文化研究会に属しているが、一昨年伊東満所の祖先である工藤祐経が何故《なにゆえ》にして曽我兄弟に親の仇《かたき》として討たれたのか？　伊豆伊東市や富士の裾野の街・富士市など会の視察旅行でその地を訪ねた。すると、現地ではこの事件のことや「伊東の荘園」の地が、今では「伊東」市であることをいかに受け留めているかに興味があったが、地元のガイドさんというか、史談会という方々の説明は私の興味とは別のところにあった。

私も西都市の都於郡地区に在住して以来、二十数年間も、「伊東満所」という郷土の偉人の生き方とその功績を探究し、顕彰もしてきた上は、西都市や都於郡という今では日本の片田舎《かたいなか》を盛り上げたいとか、贔屓《ひいき》する気持ちが強い。この寂《さび》れ行く地、限界集落にも何日《いつ》の日か来光《らいこう》を拝《おが》む時が来るのではないか。

この世のことを小さく考えたり、大きく考えたりするうちに、六十代を過ぎ七十代も過ぎ、もはや傘寿も過ぎ、連れ合いには先立たれ、来年は米寿。私も小論を遺《のこ》す年になった。

新渡戸稲造《にとべいなぞう》（思想家・教育家。札幌農学校卒業後、アメリカ・ドイツ留学。一八六二〜一九三三）がアメリカ在留中、「日本人はアメリカ人のように、日曜日には教会に行き、牧師や神父の祈りや教えを聞いて人格を高めるが、日本人は神社や寺参りはするものの定められたものでもなく、一般人は無宗教に近いようだが、どうしてあのように道徳的で、礼儀正しいのか」と問われて、「それは子供の時から父母の家庭教育が厳しく、寺町などでは寺小屋といって、武士が明治時代後失職して、また江戸時代に浪人となった武士が多くなり、寺に子供を集めて有料または只《ただ》で武士道を説き聞かせ、読み書きを教えてきたからだよ」と応《こた》えたが、そんな説明では中々《なかなか》アメリカ人は理解できないようで、首を縦に振らない。そこで稲造は、アメリカ人より上手な英文で『Bushidō（武士道）』という本を著《あらわ》したところ、アメリカはもちろん、英語通用圏で次々とベストセラーとなり、日本人理解が進んだと言う。当時のアメリカ合衆国第二十六代T・ルーズベルト大統領（一八五八〜一九一九）もこの本の愛読者となり、大変親日的大統領と一変し、日露戦争の講和斡旋《あっせん》（ポーツマス市で一九〇五年）をし、日本側・小村寿太郎全権大使とロシア側ウィッテ首席との間にポーツマス条約が成立した。

稲造は帰国後、京大教授や第一高等学校校長など歴任。国際平和を主張、国際連盟事務局長・太平洋問題調査会理事長として活躍。現在の日本紙幣五千円札の顔は樋口一葉だが、その前の顔は新渡戸稲造だった。

序《つい》でに付け加えると、稲造と札幌農学校の同期生である内村鑑三《うちむらかんぞう》（宗教家・評論家。一八六一〜一九三〇）は、稲造に負けず劣らずの秀才だったが、無教会主義のキリスト教徒であった。私は小学校五・六年を大家慎司先生が持ち上がりで、卒業時の贈る言葉に鑑三の「偉大なれよ、平凡なれよ。平凡にして偉大なれよ、空気または日光の如く」の格言を戴《いただ》き、私の人生訓になっている。

鑑三は明治天皇の教育勅語に対する礼拝を拒み、不敬罪を咎《とが》められた。また、日清、日露戦争の非戦論を唱道し、弾圧される。同じ平和主義者でありながら、新渡戸稲造の華々しく栄誉ある人生に比べ、内村鑑三は富国強兵主義の明治政府からは疎《うと》まれ、弾圧される人生に終わった。そのことが寧《むし》ろ彼を崇《あが》めた。

ある意味では、当時の日本とは正反対の国際的立場におかれた日本と日本人。一方的に法に基づかない現状変更、何の罪もないウクライナ共和国国民、特に女性・子供にミサイルを浴びせ、多くの死傷者も厭《いと》わないロシア・プーチン大統領とロシア軍。不条理な侵略戦争を正当化し、戦争ではなく特別作戦に過ぎないと、ロシア軍のウクライナ国民虐殺にも知らぬ存ぜぬである。国際刑事裁判機構から、戦争犯罪人に指定されてもプーチンはウクライナ国土と国民を蹂躙《じゅうりん》し続けている。

このような残酷な侵略戦争を強行する政府は、日本の過去に見られたように、自国内の国民の自由を奪い、言論・出版・報道の自由を抑圧し、戦争反対者を拘束・投獄・拷問しつつ、相手軍、国民を攻略・蹂躙するのである。こうした侵略国の構図は、その遂行者を支える自国民が存在し、当然として戦犯的遂行者の責任は少ない人数できれば単一の独裁者が国家主権のすべてを負うかまたは負わせる方が都合良く、ロシア国民の中でもどの独裁者、専制者も悪徳で、非人道的思想をもつ国民、侵略戦争を敢行することで私利私欲を得られる自国民が少なくない。できれば独裁者と言えどもその支持率を八〇パーセントや九〇パーセントに増加させ、反対者や不支持者をどこまでも〇パーセントに近づけたいのである。

この場合、そうした独裁者を作出《さくしゅつ》する勢力には必ずしも無知文盲ではなく、高水準な知識人や文化人と評判のある人も多数存在するもので、真の見識者から見れば、悪智恵《わるぢえ》を発揮する勢力で、自ら作出した独裁者の風向《かざむ》きが悪くなれば、上手《うま》く立ち回り変貌することは必至である。

日本人の過去にも悪智恵を働かせる狡猾《こうかつ》な学者や知識人といわれる勢力が存在して、独裁者の裏に隠れ色々と画策していた。戦後、大日本帝国（明治）憲法が廃止され、新憲法が（侵略）戦争を放棄してから七十六年が経過。専守防衛の自衛隊もその間多くの災害で活躍して、国民大多数が、その人命救助と財産の被害防止に誠実に奮闘し、人殺しの軍隊などと言われることもない自衛隊に対して大半が好感を抱いているようだ。

しかし、日本に向き合う近隣諸国に核兵器を年々増やす独裁・専制国家が自由と民主を旗印とする我が日本に敵意を剥《む》き出しにしている。現に一方的に何の非もないウクライナ共和国に侵略しており、既に一年数カ月に及びロシア侵略軍を国境外に追い出すための反撃戦争をゼレンスキー大統領の反骨精神の下、国民一丸となって闘っているが言葉にならないほどの苦しみが続く。独裁者プーチンが侵略戦争を放棄しない限り、延々と続くのだ。

ＮＡＴＯ加盟諸国もＥＵ諸国もアメリカも我が日本もウクライナ共和国と同じ立場、自由主義、民主主義で繋《つな》がっている。その最前線で「法に基《もと》づかず、現状変更」を迫った、現に侵食された国土を奪還するためロシアと戦っているウクライナ共和国。負けさせるわけにはいかないのだ。然《しか》るに、ロシアと親密な中国が国連安保理事国を構成し、不条理なこと・他国侵略をしている不法に反対する決議案には悉《ことごと》く拒否権を使う事態なのだ。国連は加盟している諸国に対しては機能不全となってしまっているのだ。

この混沌とした世界、地球温暖化の危機の中、国連が団結して問題解消に当たるべき時、核兵器を多数所有する安保理構成国が、国連を機能不全に陥《おとしい》れるとは、何と不条理な事態であろうか。非常識、非人道的な国連枢軸《すうじく》国の反乱ではないか。アフリカ諸国をはじめ、世界各地の発展途上国人民が飢餓に曝《さら》され、数知《かずし》れない人命の危機に直面するも国連は役に立たないのだ。アントニオ・グテーレス国連事務総長は東奔西走《とうほんせいそう》するも国連の根本精神が踏みにじられたのでは立つ瀬がないというものだ。盗まれた人の用心が悪いのではなく、飽くまでも盗んだ奴が悪いのじゃないか！　暴力を振るわれ傷付いた人が悪いのじゃない。暴力を振るった奴に罪がある！　そんな簡単な道理も通用しない人類世界なのか。何のために国際連合（the United Nations）は結成されたのか？　何のための国連・安全保障理事会（the United Nations Security Council）なのか！

加盟国の首脳たちは、そんな常識も無く各国民に選出されたのか。人間に最低必要な思想要素は自他共に人間の命を守ることではないのか。人道主義は自由主義や民主主義の上位に在るべき主義ではないのか。非人道や不条理が今日ほど問われる時代はないはずであろう。ロシアのプーチン大統領を選んだロシア人民は、この期《ご》に及んで未《いま》だ、あの特別作戦・ウクライナ侵略戦争を引き起こしたプーチンを国の首脳として許すのか。

私は史的（弁証法的）唯物論を完成し、「資本論」を著《あらわ》したドイツの哲学者、カール・マルクスとその心友フリードリヒ・エンゲルスは尊敬する。そして、これを学び帝政ロシア・ロマノフ王朝を一九一七年十月革命に導き、長く虐《しいた》げられた労働者・農民を解放してソビエト政権を樹立したウラジーミル・レーニン（一八七〇〜一九二四）の功績は大きいと評価するが、レーニンの出張・留守中、レーニンの妻クループスカヤと論争の末、暴力を振るいその口封じに及んだスターリン＝残虐独裁者は政敵何十、何百万人に及ぶ粛清《しゅくせい》に及んだこと。レーニンの遺言に「粗暴なスターリンは書記長（首相・レーニンの後継者）として相応《ふさわ》しくない。人格に欠陥《けっかん》のある者は組織の長に選んではならない」としたが、スターリンは強引にレーニンの葬儀委員長を任じ、第二次世界大戦では、日本の無条件降伏・昭和二十（一九四五）年八月十五日の直前八月七日に日ソ不可侵条約を破棄して参戦したこと（ヒロシマに原爆投下された翌日）、樺太《からふと》（サハリン）は日露戦争、ポーツマス条約でロシアから割譲された地である故、敗戦国日本がソ連に返還せざるを得ないとしても、既に日本軍が武装解除している八月二十三日から北方四島（間宮林蔵が日本国土として測量・編入した日本固有の領土）を不法占拠したこと。満州・朝鮮半島の日本人居住者が敗戦で引き揚げ帰還の寸前にソ連軍兵はこれを蹂躙、婦女暴行、略奪の限りを尽くし、武装解除後の関東軍日本兵や居住公務員などを数十万人も抑留《よくりゅう》し、その多くを極寒のシベリアなどに強制労働送りをして、五万人以上（推定）も餓死・凍死させた。終戦後七十八年も経過した今日まで消息不明だ。ソ連崩壊後ロシア共和国連邦となった現在も、暗殺された安倍晋三元総理があれだけ友好的に接待までしたプーチン大統領は、行方不明の抑留日本人のロシア・シベリア等の現地遺骨収集にも応じない不誠実さである。独裁者のうえ戦争犯罪人で、不人情、不誠実、冷酷となれば、日本人は誰でも人非人と呼ぶだろう。ソ連のスターリン独裁を継承か？

振り返ると、日本は二百五十四年間も続いた徳川政権も幕末（徳川幕府の末期）に於いては、佐幕派と革新勢力・尊王攘夷派に分かれて激烈な紛争となっていた。この日本国内の封建制社会が揺らぐ中、一八五三（嘉永六）年六月浦賀沖に来航した四艘の黒船の首領はアメリカ合衆国インド艦隊を卒いたペリー（Matthew Calbraith Perry 一七九四～一八五八）提督であった。彼はその時、米大統領の親書を幕府側に手渡したのみで、何も事を起こしたわけではなかった。すなわち、二百五十年も続いた徳川幕府に鎖国政策を止《や》め、開国を促すものであった。

大騒ぎとなったのは幕府と江戸の町人たちであった。もちろん、幕府はその少し前、中国・清朝がイギリスと阿片戦争を起こし、敗北した結果、半植民地化されたことは熟知していた。下手《へた》をすれば、日本も清朝の二の舞いとなる。時の将軍・徳川家茂《いえもち》は、この難問に対処できると頼りにしたのが大老・井伊掃部頭直弼《かもんのかみなおすけ》であった。約束通り、ペリーは翌年江戸湾へ来航、幕府の開国受容を促した。二百五十年以上の眠りを覚《さま》された幕府にしては、一年の限定期限内で全国の大名を納得させる取り決めは、いかに我慢と決断で頼れる井伊大老といえども余《あま》りにも短い猶予期限だった。

ペリー提督は、約束通り、米大統領のさらに具体的な親書を携えて幕府を恫喝《どうかつ》した。井伊大老は時の孝明天皇の勅許を得ることもなく、ペリーの圧力に屈し、日米和親条約（極めて不平等の日本側不利の条約）を独断締結してしまったのである。

これに激怒したのが水戸藩主・徳川斉昭《なりあき》であり、全国の尊王攘夷派の勢力が斉昭に同調したのだった。

ここで意外な行動に打って出たのが、吉田松陰であった。二回目に来航した米艦で密航を企てたが、失敗した上、幕府に発覚、捕縛投獄される。後に、これに始まる「安政の大獄」と、松陰と井伊大老とのことについても触《ふ》れたいと思うが、そのことが契機となって、日本と世界は大きく変転することになる。

この時代のこの動きを見透し行動した人々も多々あったが、中でも坂本竜馬《りょうま》や久坂玄《くさかげん》瑞《ずい》（一八四〇〜六四）、島津斉彬《なりあきら》（一八〇九〜五八）などの炯眼《けいがん》は格別だった。

現在に於いても、国際的紛争の大きなうねりと、その中で日本国憲法下の我が日本の取るべき道標《みちしるべ》を指し示し、幕末での炯眼の持ち主に並ぶような人物は出現するものか、期待されるところである。

ひところは、日本でもハーフと呼ばれる人々が差別され、白眼視される例もあったが、今日彼らが各方面、分野で頭角を現して来ている。元来、日本人は長い縄文・石器時代の間、北方アリューシャン列島伝いで渡来したエスキモー・モンゴリアン人種と、南方からは南風人《はえひと》（隼人《はやと》＝薩摩熊襲《くまそ》）などの混血が深まり、体毛多く彫の深い顔立ちの混血人種が多く、小さい集落が全土に点在したものと思う。狩猟採取の極貧生活故《ゆえ》、争いをせず協働・平等分配（大人は大人なりに、子供には子供なりに）、腕力ある男は原野に、出産、育児、調理、織布などは屋内で女・子供の仕事と分業もなされていたものと推定される。この時代は数万年続いたものと推定されている。

中国が前漢・後漢と続き、魏《ぎ》・呉《ご》・蜀《しょく》の三国志の時代になり、各国の覇権争いが激化すると、これが朝鮮半島に及び、争いに敗れた勢力が対島、壱岐や日本（倭人《わじん》の国）へと落ち延びて来るにつれ青銅器や鉄器、牛・馬を使役する狩猟系騎馬民族（モンゴル系種族）が九州や出雲・石見《いわみ》方面の本州日本海側に流入して来る。南方人も薩摩半島を境に太平洋側へ進む黒潮に乗って本州の伊勢辺りに定着する諸族がある一方、日本海側にも黒潮に乗って、出雲《いずも》・石見方面に北上する種族もある。

最早《もはや》、石器道具の縄文人は北へ北へと追いやられ、倭人の国・太平洋側はヤマト、イセ地方に青銅器、鉄器文化が根付き、弥生式の時代（縄文土器とは異なる弥生土器の出現）

に遷《うつ》り、役畜も飼い、農耕器具も銅器、鉄器が部族間の争いの武器にも使われ、稲作も規模拡大して収穫物は高床《たかゆか》式倉庫、各部族集落も規模を拡大し、長老の支配から実力者、祈祷師や占い師などが実力者と結びつき、冠婚葬祭と政教一致の権力が強力になると古代隷奴制の様相を呈し、古墳時代（紀元前八世紀から、後二、三世紀）が並進する。

日本側のイズモ、イワミ一帯では、イセ、ヤマトの太平側と同様潜水漁《せんすいりょう》（海人《あま》、海女《あま》漁）が行われ、伊勢神宮も出雲大社も高床式で、南方系文化の伝統が今に伝わる。

この時代になると、奴国王（現在の福岡県博多一帯）が中国漢の皇帝に朝貢したらしく、志賀島《しかのしま》から（漢の）倭奴国王《わなこくおう》の金印が発掘されている。

要するに、人類の進化・発展は他の動物とは異なり、二本足歩行から始まり、両手で道具を使うところから進化したと言われる。その発祥はアフリカ大陸からであったと、推定されている。その後何百万年、何十万年の時の経過により、異なる環境や突然変異を重ね地球上に異人種が生じ、これが再移動を繰り返し混血し、モロッコで、三十一万五千年前のホモ・サピエンスと見られる人骨が出土した。ホモ・サピエンス（Homo sapiens）とは、ラテン語で「賢い人間」という意味で、種の学名とされる。

今後もなお一層の進展・進化があるであろう。「万世一系の皇統」も象徴天皇制となり、現在ではこれに相応《ふさわ》しく皇太子（現上皇）と正田美智子さん（現上皇后）と、今上天皇も小和田雅子さん（現皇后）と婚姻し、皇室内の女性ではない皇后が二代にも亘《わた》り続いている。これは偶然の出来事にしても、象徴天皇制の現憲法の規定に相応しく、国民も大半が認めている。

邪馬台国《やまたいこく》（ヤマト国）の女王・卑弥呼《ヒミコ》（魏志東夷傳倭人之条《ぎしとういでんわじんのじょう》に記述されている）は、自論では南風人《はえひと》の種族（なかでもミャンマーかタイの系統で、ミクロネシア、ポリネシアなど太平洋諸島系ではないと想定）であり、同じく同書に記述される難升米《なんしょうまい》（ナショマと推読）は、北方系モンゴル系だと推測する。

女官千人の頂点に立つ卑弥呼が唯一接触した男性・難升米は当時日本に伝えられたばかりの漢語・漢文を読み、語ることのできる極めて見識の高い人物だったと推定される。それより五百年ほど後の古事記では、神代の時代である。

## (四)

外国人を迎え入れるに当たり、問題になるのが、日本語の難解さと特異な日本文化、風俗習慣である。しかも、とり巻く国際情勢の緊張化が増し、地球温暖化の影響も激化し、特に冬、夏の極端な寒暑の異常気象などで生活が困難となっている。

日本語の由来を顧《かえり》みれば、日常話したり、書いたりする言葉がふと我ながら、その奥深さに驚かされる。例えば「心ときめく」という言葉は清少納言の「枕草子」の文言葉《ふみことば》に万葉仮名《まんにょうがな》で使われている。天皇をはじめ殿上人《てんじょうびと》しか手にすることもできなかった漢文や大和漢語の文書《もんじょ》も、奈良・平安の宮中では女房が万葉片名のお陰で文章を綴《つづ》ることができるようになった。

幕末の漢学者・兵学の革命家・吉田松陰が「かくすれば　かくなるものと知りながらやむにやまれぬ大和魂」と辞世（弟子諸氏へ）と詠んだ「やまとだましい」は、日本最古の小説「源氏物語」に初めて文章として記されていたのだ。紫式部は生没年不詳だが、平安時代中期、関白太政大臣に上《のぼ》り詰めた藤原道長に可愛がられたらしく、したがって今から千年も前に記述されたものである。

その時代より相当以前から日常会話では用いられていた言葉と考えられる。源氏物語の大和魂と吉田松陰の用いた大和魂とでは、随分異なっているようで、曲亭馬琴《きょくていばきん》（本名・滝沢興邦・戯作者、一七六七〜一八四八）が、椿説弓張月《ちんせつゆみはりづき》（後編）では「事に迫りて死を軽んずるは、大和魂なれど多くは慮《おもんぱかり》の浅きに似て、学ばざるの悞《あやまち》なり」と断定している。

吉田松陰は安政六年（一八五九）に斬首《ざんしゅ》刑死しているから、少なくともそれより数十年も前に「大和魂が事態にあたり、死を軽んずるのは、切角多くを学び、見識の高い評判のある人物が、切迫事態を前にすると浅学非才の凡人に自らを貶《おとし》めるようなものだ」と断じられている。私はこのことを知って、ふと私の祖父・竹下亀治郎が安政六年七月生まれ、すなわち松陰がその年の暮れ、斬首されたことに鳥肌の立つ思いである。

思えば、太平洋戦争末期、多くの有能な若者が特攻隊を強いられ、死を決して敢行したことが、時の為政者によっていかに貶められたことか。既に、吉田松陰の功罪を問うより数十年も前から説き明かされているものを！

日本人の潔《いさぎよ》さを称賛するあまり、今日に於いてまで大和魂の罪深さを払拭し切れていないのではないか。

外国人から見て、「大和魂」のような日本語が未《いま》だ曖昧模糊《あいまいもこ》とされる日本語では理解される由もない。日本人自身が自国語を真の意味で理解できないようでは、自主憲法論を主張するに足らず、憲法擁護論も怪《あや》しく虚《むな》しいのではないか。私が、この書物を書くに当たっての表題に「日本人のスピリット」としたのは「魂」とか「精神」でも「根性」でも、ましてはその上に「大和《やまと》」を付ければ、日本語として議論の残る「大和魂」を思わせることになり、私の不本意な表題となりかねない。英語でspiritとすれば、和英辞典では結局「魂」や「霊魂」「精神」となる。私は「スピリット」と言えば、外国人には少なくとも日本人の曖昧なイメージが断ち切られ、世界中で厭《いや》がられる「特攻」とか「ジハード」「自爆テロ」などを想起させることもないと考えたからである。

私自身が、自称「物書き」を本分とする割には、日本語ほど奥深く複雑多岐にわたる言語はないと考えるのである。何十万か何百万かの漢字、漢語、加えて国字もあり、本来表意文字として伝来したものを、その読み音から大和言葉として音読に変え、その過程の中で片仮名、平仮名という表音文字を創り出した。その基本が以呂波歌であり、「イ（い）ロ（ろ）ハ（は）……」四十八文字であり、明治時代以来、学制改革からは、促音、濁音、破裂音など国文法も確立して、一般国民が読めるようになってきた。国際的にも、日本人ほど識字率の高い国民は少なく、恐らく文盲などこれほど少ない国民はいないのではないか。

私のように幼稚園からでも偉人伝が読めるようになったのも、どんな漢字、国字にも当時は、ふり仮名（ルビ）を付けたからだ。私の記憶には今でも「ヒトラーハ　四十四《ヨンジュウヨン》サイデ　トウトウ　ソウリダイジンニ　ナリマシタ」と、リアルな絵付説明文が脳裏から離れないのである。

文字の印刷側からすれば、小さいルビ一文字でも漢字一文字と同じ一字であり、大日本帝国の大本営発令を新聞・雑誌に製本するには大変なご苦労であったろう。

それでも私が国民学校一年生に入学したころの「よみかた」（国語）の教科書では、未《いま》だ蝶蝶《ちょうちょう》を「てふてふ」と読ませ、鰌《どじょう》は「どぜう」、「（照《て》る照《て》る）坊主《ぼうず》」は「てるてるばうず」、頑固《がんこ》は「グワンコ」などと読ませていた。敗戦後は、ルビの不要論、漢字極少論、中には日本語をローマ字に変えては？　等々特に各新聞、雑誌社など出版界から漢字、殊に難解な漢字の廃止論が沸《わ》き上がり、その後日本語も随分と変転した。第一「學校《ぐわっこう》」が「学校《がっこう》」、「圖書《としょ》」は「図書」、「藝能」は「芸能」、「發表《はっぴょう》」は「発表」、「禮儀《れいぎ》」は「礼儀」、「應援《おうえん》」は「応援」、圓《えん》は円へ、國《くに》は国へ、賣買《ばいばい》が売買、讀賣《よみうり》は読売へ、結局、常用漢字あるいは当用漢字と決まり、辞書、事典もこれに基づき製版されている。

最近は、造語・新語も急激に増え、加えてジャパニーズイングリッシュ、ＩＴ産業の進展によりローマ字語など年齢層によってその理解度も大きく異なってきた。

ご存じのことだが、榊（さかき）や梻（しきみ）、辻（つじ）、峠（とうげ）などは漢字とは言わず国字である。

韓国は儒教の国と自認しているが、漢字を廃《はい》しハングル文字文章で独自性を強調している。日本で例えれば、漢字を排《はい》して、片仮名、平仮名だけに国語を変えるようなもので、漢字なしに儒教が理解されるなどあり得ない。確《しっか》りした国語のない国が、いくら学制を変えようとも、国民の識字率が上がっても、国民の見識や人格向上に繋《つな》がらないことは明らかである。人間の思想は言葉・言語によってこそ伝えられるもの、その基本が簡素化ではどうにもならない。ハングル文字で果たして、孔孟の教えをいかに読むというのか。

「論語」の原典も読めずしてどのように儒学が学べるのか。

「子曰　學而時習之　不亦說乎　有朋自
遠方來　不亦樂乎　人不知而不慍　不亦
君子乎」（論語、學而第一之一）

ハングル文字のみを用いて右の論語文をどのように読めるのか？

「子曰　吾十有五而志于學　三十而立
四十而惑　五十而知天命　六十而耳順
七十而從心所欲　不踰矩」（學而第一之二十）

これをどう読むか。
「子曰　參乎　吾道一以貫之　曾子曰　唯
子出　門人問曰　何謂也　曾子曰
夫子之道　忠恕而已矣」（里仁第四之八一）
右は論語の中でも最も肝腎なところであるが、ハングルでこれが読めるのか？
私は韓国には四十六歳頃、釜山に二泊三日ほど、慶州にも行った。六十五、六歳でソウルに二泊三日ほど行ったことがあるが、韓国が儒教の国で年寄りや目上の人を敬《うやま》い、大事にすると何度も聞いた。どうも解《げ》せない。
中国はどうか？　私が五十六歳頃（今から三十一年前）に行った時は、個人の交通手段は自転車か徒歩であり、公共交通のバスは夏冬冷暖房がなく、特に夏の暑い盛りは、舗装もされていない道路を土埃《ぼこ》りを舞いあげながら、すし詰めのバスの窓は開けっ放しである。われわれが、冷房の効《き》いたバスで進むと「日本人だ！」と言わんばかりに睨《にら》みつける。上海空港から北京空港に着陸する国内航空は、着陸寸前まで斜めで、ドンと振動して着陸すると、乗り合わせた中国人は一斉に拍手喝采である。紫禁城（今は故宮博物院）の地下墓場は紅衛兵により破壊・毀損《きそん》され、孔子や孟子の末裔《まつえい》は、蔑《ないがし》ろにされ、諸葛孔明の子孫ですら貶《さげす》まされているという。労働者・農民が最上階級で、インテリ（知識人）や文化人・教育者などはブルジョア的だと、古代文化は兎《と》も角、清《しん》王朝文化や毛沢東時代の文化人は国家反逆人なみに抑圧され、家族末端まで紅衛兵の糾弾《きゅうだん》の的《まと》とされていた。我々が訪中した頃は、天安門事件から間もない頃であった。カンボジアでは、ポルポト政権による文化人（教師、医師など含む）が大量虐殺されて間もない頃で、今のフンセン政権はポルポトと戦った英雄なのであるが、独裁化しているのは、国民の見識の低さを物語っているのではないか。

日本では、米軍の配慮もあったのか、京都・奈良など古都をはじめ、全国的に色々な形で文化・伝統が継承されている。外国人に日本文化を誇示するわけではないが、せめて「親孝行」や「義理人情」「恩返し」など彼等があまり発想しない日本人気質《かたぎ》は是非理解してもらいたい。

私が何故《なぜ》日本人か？　当たり前のようなことを改めて問われれば、国籍は論外だが、私が日本語をちゃんと話し、読み書き、両親を家系の宗旨・臨済宗（私自身は無宗教）の様式で、墓中の遺骨を敬う。そのDNAで我が身体の構成がなされている事実からである。平成十五、十六、十七年の本山・正法山妙心寺《しょうぼうざんみょうしんじ》の夏季坐禅《ざぜん》講座を受講し、管長片岡義保《ぎほ》老師（当時九十八歳）からの講座修了証書まで勤めていながらなお無神論者かと言えば、それは私の人生観、世界観が史的（弁証法的）唯物論であり、死後のことまで神（八百万神《やおよろずのかみ》でも阿弥陀如来《あみだにょらい》でも、ましてやデウス、ヤーウェ、アッラー）でもなく、神の国、天国、エデンに行くことなど念頭にない。私は偶々《たまたま》竹下出雲之守の末裔とされるが、それは私が存在する途中経過を示すに過ぎず、元来大宇宙の摂理により地球上に生まれ、死んで再び宇宙の摂理により、取り敢えず地球に原子や中間子かあるいは光子など、いわゆるナノ（nano）すなわち10億分の1（$10^{-9}$）の世界、大宇宙に還る。と考えているからである。もし、全知全能の神というものがあるとすれば、それは大宇宙というのみである。

ドナルド・キーン氏は今次大戦中、沖縄に上陸し、苦痛な思いで戦った米兵だったが、あの惨《みじ》めだった日本人に情けをかけ、日本文化・風俗を愛し、好み、日本語を日本人以上に理解し、高齢になってから日本に帰化し、日本でつい先頃九十八歳でその生涯を終えている。しかし、彼は米国人だった。

明治時代にも、ラフカディオ・ハーン（一八五〇〜一九〇四）は、日本の旧制中学・高校の英語教師として来日し、各地を回ったが、末に松江中学校勤務時代、小泉節子と結婚し日本に帰化した。そして、妻節子の語る民話や昔話に心を動かされ、『心』『怪談』

『霊の日本』など多くの著作を残して亡《な》くなった。帰化名は小泉八雲《やくも》と名乗ったが、彼はイギリス人であった。

松原泰道《たいぞう》老師は『私の般若心経《はんにゃしんぎょう》』の著者だが卒寿を迎えた頃は、お元気で全国を奔走《ほんそう》して説教されていたが、私も夏季坐禅講座後も彼の著作から多くを学んだ。

「色不異空《しきふいくう》　空不異色《くうふいしき》　色即是空《しきそくぜくう》　空即是色《くうそくぜしき》」は、「佛説摩訶般若波羅蜜多心経《ぶつせつまかはんにゃはらみたしんぎょう》」の一節であるが、今から二千五百年前に釈迦（本名ゴータマ・シッダールタ）が説いたという教えである。数多くの日本人が「般若心経」（省略教名）を読誦しながら、意味の分かっている人は少ない。古代インドのヒマラヤ南麓に生まれた釈迦は三十五歳で悟りを得て、八十歳入滅まで教えを説《と》いたといわれるが、著作はなく、その後お弟子さんが伝承したもので、可成り後唐代の僧・玄奘《げんじょう》（倶舎《ぐしゃ》宗の開祖。六〇二〜六六四）がインドに入り、ナーランダ寺の高僧に学び、教典など多数持ち帰って翻訳したもので、実は大般若経のエキスを「般若心経」に纏《まと》めたものが、日本の僧（空海や栄西など）によってもたらされたもので、現在の我々は釈迦その人の真の言葉ではないが、概略の教えと考えるべきであろう。

色《しき》とは、人間の五感で捉《とら》えられる物質のこと。空《くう》とは永遠不変の実体のないもの。人間の五感では促えられないこと、虚空《こくう》すなわち何もない空間、今から二千五百年も前は空間で地球上には$CO_2$や$O_2$、$O_3$などという元素という物質があるとは思わず、真《まさ》に虚空＝何もないところと思っていた。ところが釈迦は、何もない空と人間の五感で知る物体＝色《しき》とは同じ物だと言ったのであり、色＝空（色不異空）と言い、空＝色（空不異色）、また色＝空（色即是空）、空＝色（空即是色）と四回も同じことを違う言い回しで、お弟子の舎利子《しゃりし》に言って聞かせている。これは凡人には分からないこと、空気は目に見える物体と変わらない、一種の変異したものが見えたり、見えなかったり「無常」（つねに同じではない）と言っているわけで、古代ギリシャの唯物論者・デモクリトス（前四六〇〜前三七〇頃）と同じような科学的宇宙論者だったと思える。釈迦牟尼《むに》とは偉大な人というサンスクリット語らしいが、当時の宗教・政治の支配者バラモン教の迷信や階級制と闘うためには、今でいう科学的・合理的理論武装で闘わざるを得なかったわけで、キリストはユダヤ教の不条理さと闘ったが、味方に裏切られ処刑された。が釈迦は彼の生存中（八十歳で没）に、インドからバラモン教を駆逐したらしく、入滅は横になって皆に惜しまれながら静かに眠るように死んだと言い伝えられ、それを入滅《にゅうめつ》と表現したのであろう。

　こうした私の釈迦の偉大さを受け止める思考は、やはり私が日本人であり、日本語として伝えられた仏教のあらゆる宗派から語られた言葉からである。そして、二千五百年ほども前のゴータマ・シッダールタを思い、尊崇したりできるのも日本語と日本文化伝統があってのことである。それかといって、他国語を貶《けな》すわけではない。寧ろ、明治になって西欧に学びつつ、徳川幕府を大日本帝国として富国強兵をなしつつ、日清戦争、日露戦争、第一次世界大戦と戦勝国の喜びを味わってきた。勝って兜《かぶと》の緒を締めよ、という諺があるが、日本人が〝調子に乗り〟過ぎて〝富国強兵〟を暴走、軍国主義日本となり、日本史上最も手痛い敗北となった。戦後の復興のことは既述したが、この近代史は教訓として、日本人は極めて慎重に今日を迎えているが、長い列島の西側の危険な態勢に、少子高齢化の我が日本がいかなる展望を開けるのか。とりあえず五十年の計としての人材の確保・育成骨格を次に列挙すると、

## ⑴ 当面の事態に対応する人材——当面、日本国民が間接的に選出した岸田文雄内閣総理大臣と岸田政権の人材

彼は安倍晋三総理の下、外務大臣を長期に務め、安倍総理の功罪二面の政治手法の影響下、国際的、国内的な人脈を多数把握している。ある面で他の政治家の持てない見識

を体得して、この面からG7サミットの議長国になるや、その会場を広島（彼の出身地）に誘致するなど特典を発揮。安倍氏が形成した最大派閥の有能な人材を多く得たが、ほとんど統一教会との繋がりが完全に払拭できていない。

人材は自民党内に多く存在するものと思うが、岸田内閣がこれを有効に配置し、公明党他野党に存在する人材も広く繋がり、日本全国及び国際的な人材との強い絆を結ぶこと。その際、最も大事なことは、個々の見識に裏打ちされた忠恕＝仁の人間性であり広く人智を結集することは大事であるが、忠恕に欠ける人の扱いには功罪の区画を明らかにし、罪の部分を厳しく抑制し、功の部分のみを引き出す仕組みを確立すること。将来の人材造りに際しても右記を原則とすること。

**(2)　将来の人材育成（忠恕に欠けぬこと）**

①家庭教育②保育所教育③六・三・三・四制学制教育④民間企業・研究所等の逸材登用（国の内外）⑤芸能界、芸術界など、障害者・ジェンダーいかんを問わず自分をそれまでとは異なった生き方、自分の在《あ》り方を変更したいと希望する人々の再教育。⑥産・学・官（行政）との連携・研究推進施設、⑦先端産業、レジタル関係の逸材は年齢に限定なく登用・研究・実験施設の充実。⑧宇宙産業は⑥の産・学・官の連携・独自の体制

を取る。⑨ハッカー攻撃や外国人スパイの国内活動に厳重な対策・統一教会系などへの対策を含む。⑩国の防衛の根幹である自衛隊の元退役幹部の陸・海・空を統合した会合・研究会議の現役化。

以上どのような機関であろうと、人材であろうと違憲、反道徳（忠恕＝仁に反する）・腐敗・汚職・晩節を汚さない人柄。清貧（贅沢《ぜいたく》をしない）、貞潔《ていけつ》、慈愛の生き方に努める。誰もが認める功績には褒章し、顕彰する。

二〇二三年七月吉日

筆者より

# 第一章　日本語というもの

# 第一節　日本語の始まり

## (一)

「三国志・魏《ぎ》志《し》東《とう》夷《い》伝倭《わ》人《じん》之《の》条」は後漢・魏国の史家・陳寿《ちんじゅ》（二三三〜二九七）が記述したもので、日本のことを倭人の国と称しており、倭国という国家として認めていない。なぜ倭人かと言えば、当時日本人は物を言うとき先づ「ワ」または「ワー」と発声し、今で言う「私」「我」「吾」を意味したのであろうが、その印象から「倭《わ》」人とし、倭人の住む地は未《いま》だ国家の態《てい》を成していないと見ていたのであろう。

中国の元号では景初《けいしょ》二年（西暦二三八）、邪馬台国《やまたいこく》から女王卑弥呼《ひみこ》が難升米《なしょま》を大夫《たいふ》（全権大使）として、魏国の明帝《めいてい》に朝貢《ちょうけん》し、「親魏倭王《しんぎわおう》」の金印紫綬《しじゅ》、銅鏡（三角縁神獣鏡《さんかくぶちしんじゅうきょう》）百枚等多数の返礼品を授与したとある。この年、陳寿は五歳の幼児である。また、正始六年（二四五）にも載斯烏越《さいしゆえつ》等を遣魏使《けんぎし》として送っている。魏も既に明帝は没し、斉王芳が少帝を名告《なの》っていた。邪馬台国も相当窮地にあったことが察せられる。しかし、陳寿はもちろん、倭人の国へ行っていない。しかも未《ま》だ十二歳の少年であり、三国志の勉強を始めたばかりであったろう。

ところで三国志の「三国」とはいかなる国かと言えば、中国は当時、魏の国（国主は曹操《そうそう》で後漢の献帝を奉じ、西暦一九八年建国したもの）、呉の国（国主は孫権《そんけん》、西暦二二九年独立）及び蜀《しょく》の国（国主は劉備《りゅうび》、西暦二二一年後漢をひきつぎ始め漢と称した）の三国が大陸を分け合って相争っていた。陳寿（四川安漢の人で、成人して中国正史の学者となり「三国志」の他「益《やく》都耆《とぎ》旧伝」などの著もある）は、卑弥呼が相当高齢だったと記述しているが、彼は倭人の国を直接訪《たず》ねたわけではなく、すべて倭のイト国（今の福岡県糸島郡とされる）の魏人国の駐在員の報告書を見て記述している。

また、その駐在官吏《り》も奴国《なこく》（今の博多）辺りの商人などから聞いたことを適当に報告したもので、奴国以外に出向くことは考えられない。倭人の国は戦乱の渦中《かちゅう》にあり、奴国以外に出廻《でまわ》ることは危険極《きわ》まりないことであった。それ故に「魏志倭人伝」に記述されていることは、「又聞きの又聞き」程度の話であったと思われる。それ故に、我が国では歴史家、国史家といわれる多くの文化人の中で、邪馬台国が一体現在の何処《いずこ》にあったか、北九州説や奈良大和説などに分かれ、なかには日向《ひむか》説や佐賀・吉野ケ里近辺説まで諸説に分かれている。いずれにしても、陳寿は少なくとも卑弥呼の晩年に中国の歴史家として活躍を始めた、同時代のリアル性は備えていたと言える。

王莽《おうもう》（前四五〜後二三）が漢書を倭に伝えたという説もあるようだが、当時は未だ邪馬台国は成立していなかったと考えられる上、漢書を読める倭人はいなかったのではと思われる。もし、倭人の国で漢書の解説ができる文化人がいたとすれば、それは高麗《こうらい》の官人か、帰化人程度であったろう。それから、四、五百年も経過して、万葉集が編《あ》まれることになったわけである。

(二)

では、次に当時倭《やまと》＝邪馬台＝大和の文化人が漢字をいかように使って大和言葉を表現したのか、漢字文をそのまま記載してみよう。その意味や読みも後に記述してみよう。

宇利波米婆　胡藤母意母保由
久利波米婆　麻欺提欺農波由

伊豆久欲利　枳多利欺物能曾（萬葉集）

和礼欲利母　貧人乃父母波　飢寒良牟
妻子等波　乞弖泣良牟比時者　伊可尓
之都々可　汝代者和多流　天地者
比呂之等伊倍杼　安我多米波
狭也奈理奴流　日月波　安可之等
伊倍騰　安我多米波　照哉多麻波奴
人皆可　吾耳也之可流　和久良婆尓（同）

臣安萬侶言　夫　混元既凝　氣象未敦
無名爲　誰知其形　然　乾伸初分
參神初分　參神作造化之首　陰陽斯開
二靈爲群品之祖（古事記）

万葉集は日本最古の歌集だが、その二十巻四千五百首は、仁徳天皇・皇后から淳仁天皇（七五九年）までの約三百五十年間にわたるものである。最終編者は山上憶良《やまのうえのおくら》の友人・大伴旅人《おおとものたびと》の子、大伴家持（中納言。七一七〜七八五）等三十六歌仙によるものとされる。

この三十六歌仙というのは藤原公任撰の三十六歌人のことで、柿本人麿、紀貫之、凡《おお》河内《こうち》躬恒《みつね》、伊勢・大伴家持、山部赤人、在原業平《ありはらのなりひら》、僧正遍昭、素性法師、紀友則、猿丸大夫、小野小町、藤原兼輔《かねすけ》、藤原朝忠《ともただ》、藤原敦忠、藤原高光、源公忠《ひろただ》、壬生忠岑《みぶのただみね》、斎宮女御《にょご》、大中臣頼基《おおなかとみよりもと》、藤原敏行、源重之、源宗于《むねゆき》、源信明《さねあきら》、藤原仲文、大中臣能宣《よしのぶ》、壬生忠見、平兼盛、藤原清正、源順《したごう》、藤原興風、清原元輔、小大君《こだいのきみ》、中務《なかつかさ》の総称である。

額田王《ぬかたのおおきみ》と大海人皇子《おおあまのみこ》の歌問答も実は漢字のみで、次のように書かれていた。

茜草指　武良前野逝　標野行　野守者
不見哉　君之袖布流　（巻一の二〇）

紫草野　尓保敝類妹乎　尓苦久有者
人嬬故尓　吾恋目八方　（巻二〇の二一）

紫野というのは地名で、現在の京都五山の一つ大徳寺のある辺りである。標野《しめ》とは、誰々の土地とか神域などを示す標識を立てている土地のこと。

天武天皇の在位は六七三年から六八六年。天智《てんじ》天皇の在位は六六八年から六七一年まで、その没年も六七一年だから、その崩御後一年忌が過ぎたところで壬申《じんしん》の乱は起こっていることになる。また、天武天皇が古事記《ふるごとふみ》の編纂《へんさん》を勅《みことのり》し、天皇の舎人《とねり》・稗田阿礼《ひえだのあれ》に誦習させ、その撰録を臣《おみ》・太安万侶《おおのやすまろ》に命じたが、完成したのは和銅五（七一二）年、元明天皇に献上され漢文として多くが記述されている。

もちろん、古事記が存在した、しないで議論もあるようだが、万葉集同様、日本最古の歴史書となる。次に出だしの記述を示してみよう。

古事記上巻《フルゴトノフミウエノマキ》　并序《アハセテハジメ》

臣安萬侶《マクラヤスマロ》言《マウス》。夫《ソレ》混元既《ニ》凝《サダマリ》。氣象未《ダ》レ效《アラハレ》。無《ク》レ名《モ》無レ爲《ワザモ》。誰《カ》知《ラム》二其《ノ》形《ヲ》一。然《モ》乾坤《ケンコン》初《メテ》分《ルルキ》。參神作《ナリ》二造化之首《カミト》一。陰陽二斯《ニ》開《ヒラケ》一。二靈爲《ナリタマエリ》二群品之祖《オヤト》一。所以《コノユエニ》出《イデイリ》二入《シテ》幽顕《ニ》一日月彰《ハレ》二於洗《フニ》一レ目《ヲ》。浮《キ》二沈《シズミシテ》海《ノ》水《ニ》一。神祇呈《アラハレ》二於滌《タマイキススギ》一レ身《ヲ》。故太《カレタイ》

素《ソハ》杳冥《エウナレモ》。因《ワソテ》二本教《ニ》一而識孕《シリウミ》レ土産《クニヲウミタマイキ》レ嶋《ヲ》之時《ヲ》。元始綿邈《バクナレドモ》頼二先《ソテ》聖《ニ》一而察二生レ神《ヲ》立《タテシ》人《ヲ》之
世一。寔知《ココニル》。懸鏡《クヲハキテ》吐レ珠《ヲ》。而百王相續《ギ》。喫《クヒ》レ劍《ツルギヲ》切《リテ》レ蛇《オロチヲ》。以《テ》萬神萬神蕃息歟《ソクセルコトヲハカリテ》。議二
安河《ヤスノカニ》而平《コトムケ》二天下《アマカヲ》一。論二小濱《ニ》一而清《キヨム》二國土《クニヲ》一。……清原大宮　卽《ニシテツキタマヒヌ》二天位《ニ》一。道軼《スギ》二
軒后《ケンコウニ》徳跨《コエタマヘリ》二周王《ニ》一握《トリテ》二乾符《ケンプヲ》一而摠《スベタマヒ》二六合一。得《テ》二天統《ヲ》一而包《カネ》二八荒一。乘《ジテ》二二氣
之正。齊《シキニトトノヘ》二五行之序《ツイデヲ》一。設二神理《ヲ》一以奬《テメ》レ俗《ヲ》。敷《テ》二英風一以弘《テヒロメタマイヌ》レ國。重加《シカノミナラズ》智海浩《ク》
瀚《トシテ》漂探《クリ》二上古《ヲ》一、心鏡煒煌《ケイキクワウトシテカニタマヘリ》明覩二先代《ヲ》一。於レ是天皇詔《ミコトノリシタマハリ》之。朕聞《ワレク》諸家之所レ賷《モテル》。
帝紀及《ビ》本辭。既違《ニタガヒ》二正實《ニ》一多加《クフト》二虚僞《ヲ》一。當《リテ》二今之時《ニ》一不レ改《ノ》二其失《ノアヤマリテ》一。未《ダ》經二幾年《ヲ》一。
其旨《ノ》欲《ナントス》レ滅《ビ》。斯《コレ》乃《チ》邦家之經緯。王化之鴻基焉《ナリ》。故惟《レ》撰二錄《シ》帝紀《ヲ》一。討《トウ》二覈《カクシテ》舊辭《ヲ》。削《リ》
レ僞定《ヲメテ》レ實《ヲ》欲レ流《ツタエント》二後葉《ノチノヨニ》一。時《ニ》有二舍人《トネリ》一姓稗田《ウヂハヒエダ》。名阿禮《ハアレ》。年是廿八《ハタチアマリヤツ》。爲《ナリ》レ人
聰明《ニシテワタレバ》。度レ目誦《ヨミ》レ口拂《ニフルレバ》耳勒《ニシルス》レ心《ニ》卽《チ》勅語《シテ》阿禮。令《セシメタマイヌ》レ誦二習帝皇《ハスメラミコトノ》日繼《ツギ》。及《ビ》先代
舊辭一。然《レドモトキ》運移《リ》世異《リテ》。未《ダ》レ行二其事《ヲ》一矣。……

以上、古事記の出だし部分とその後の一部について、次に現代風意訳を「古事記の本、高天原の神々と古代天皇家の謎」〈Books Esoterica〉を引用して、次のように記録す。

# 序文

臣下である安万侶が申し上げます。

この世の始まりでは、混沌たる天地万物の根源は凝《こ》り固《かた》まったものの、生命の兆《きざ》しやかたちはまだ現れておらず、名づけようにもないので、働きもわかりませんでした。しかし、やがて天と地とが分かれ、さまざまな神々が生まれてきました。

まことに、元始のときのことは定かではありませんが、古い言い伝えから、神が国土をはらみ、島を生んだときのことを知り、古《いにしえ》の賢人のおかげで、神が生まれ人が成った世のことを明らかにすることができます。

また神代を経て、神武天皇や崇神・仁徳天皇など、歴代の天皇がなさる政《まつりごと》はそれぞれでしたが、どの御代《みよ》も古をよく顧みて、崩れた道徳を正しくし、今に照らし見定めて、人道の規範を絶やすことはありませんでした。

いくつもの困難の後、帝位におつきになった天武天皇は、「私が聞くところによれば、各豪族の家に伝わっている天皇家の歴史や神話は、すでに真実と違っており、偽りが多く混じっているとのことである。今このときにその誤りをあらためなければ、幾年もたたずにその本旨《ほんし》は滅んでしまう。天皇家の歴史や神話は国家の基本であり、天皇政治の基礎となるものである。そこで、帝紀《ていき》を撰録し、旧辞を検討して、偽りを削り、正しいものだけを後世に伝えようと思う」と仰せになりました。

そして、天武天皇は、稗田《ひえだの》阿礼《あれ》という二十八歳の舎人《とねり》に命じて、帝紀と先代の旧辞とを誦え習わせました。阿礼は生まれつき聡明で、文章を一度見ただけで暗誦でき、一度聞いたものは忘れることはありませんでした。しかし天武天皇が崩御されたために、書物が完成することはありませんでした。

その天武天皇の御后《おきさき》の持統天皇、そしてその孫である文武天皇も書物をつくることがおできにならないまゝ、おかくれになりました。

さて、ここにおいて文武天皇の母君であられる今上陛下（元明《げんめい》天皇）が、和銅四年九月十八日に「天武天皇の仰せにしたがい、稗田阿礼が知っていることを書物にして、天皇家に献上せよ」と仰せになりました。よって、その命《めい》を受けたこの私、太安万侶が語ったものを、文字におこして詳しく書きとめ、まとめたものをここに差し上げる次第です。

しかし、わが国の古の物語に、渡来の文字である漢字のどれをあててよいのか、難しいこともあります。そこで場合に応じて、正式ではない方法で書きとめたところもあります。そして、意味のわかりにくいものは注を加え、氏姓《うじかばね》についてはもとのままにしてあらためたりはしませんでした。

上巻は、天之御中主神《あめのみなかぬしのかみ》から日子波限建鵜草葺不合命《ひこなぎさたけうがやふきあえずのみこと》まで、中巻は神武天皇から応神天皇まで、下巻は仁徳天皇から推古天皇までとし、あわせて三巻に記し、ここに謹んで献上いたします。

正五位上勲五等　太朝臣安万侶

と以上の主旨が「はじめに」に当たるものとして書かれている。

太安万（麻）侶という人物はこの記述からして相当の長寿だったようだが、平凡社の『世界大百科事典』によれば、七二三年没ということで、神武天皇の子孫で、壬申の乱に功があった品治《ほむじ》氏の子と伝えられている。七一二（和銅五）年に「古事記」を選録献上し、また「日本書紀」の選者の一人といわれている。七一五（霊亀元）年に氏《うじ》の長となり、養老七年に従四位下民部卿で死去したといわれ享年は不明である。

一方、稗田阿礼は生没年は不詳で、天武天皇（六七三〜六八六）に奉仕した舎人《とねり》（大化前代からの天皇・皇族の近習。貴人に従う雑人で、牛車《ぎっしゃ》の牛飼または乗馬の口取など）だったが、頭のいい人で、一度見たことや聞いたことは忘れず、天皇は「帝紀」や「旧辞」を正しく後代に残そうとして、諸家に伝わっている伝承を当時二十八歳の彼に誦習させた。それを七一二（和銅五）年に太安万侶が撰録し、三巻の古事記《ふるごとふみ》が成った。その具体的方法など知り得ないが、「古事記」成立に重要な役割を果たしたことは間違いない。文献によると「天の岩戸」「天孫降臨」の神話で活躍したアメノウズメノミコトの子孫といわれる猿女君《さるめのきみ》氏の出で、古来朝廷の祭儀やその舞楽に奉仕する氏族として重んぜられていた関係上、伝承の「旧辞」にも明るかったことが推定され、天皇の詔《みことのり》を受けてこの重任を果たしたわけである。なお、阿礼を女性とする説もあるが、現在のところ男性説が有力である。

## (三)

ここで、古事記作成の詔から献上に至るまでの関係人物の概要を次に列記してみよう。

(一) **天智《てんじ》天皇**（在位六六八〜六七一）（六二六生〜六七一没）**享年四十五歳**

名は中大兄《なかのおおえの》皇子《みこ》。舒明《じょめい》天皇の第二皇子（大海人皇子の兄）。中臣鎌足《なかとみのかまたり》等と図り蘇我氏

（大臣家）一族を滅ぼし、大化改新（六四五年・夏）即古代政治史上の大改革を敢行し、孝徳天皇を立て都を難波《なにわ》に移し、私有地・私有民の廃止、国、郡、里制による地方行政権の中央集権国家の形成を目指す。

㈡　**弘文《こうぶん》天皇＝大友皇子**（六四八生～六七二没）

天智天皇の第一皇子。六七一年天智崩御後、近江朝廷の中心となったが、翌年、壬申の乱に敗れて自殺。一八七〇（明治三）年に弘文天皇と追諡《ついし》される。

㈢　**天武《てんむ》天皇**（在位六七三～六八六）（出生不詳～六八六没）**享年不詳**

名は大海人皇子。舒明天皇の第三皇子。

六七一年出家して吉野に隠棲、天智天皇没後、壬申の乱（六七二年）に勝利し、翌年飛鳥の浄御原宮《きよみはらのみや》にて即位。新たに八色《やぐさ》の姓《かばね》制定、位階改定、律令制定。国史「古事記」の編修に着手。

㈣　**持統《じとう》天皇**（在位六九〇～六九七）（六四五生～七〇二没）**享年五十七歳**

天智天皇の第二皇女。天武天皇の皇后。名は高天原広野姫《たかあまのはらひろのひめ》。天武天皇没後、称制。草壁《くさかべ》皇子没後、即位。文武天皇に譲位後、太上天皇と称す。

㈤　**文武《もんむ》天皇**（在位六九七～七〇七）（六八三生～七〇七没）**享年二十四歳**

律令国家確立期の天皇。草壁皇の第一皇子。母は元明天皇。大宝律令を制定。

㈥　**元明《げんめい》天皇**（在位七〇七～七一五）（六六一生～七二一没）**享年六十歳**

天智天皇の第四皇女。草壁皇子の妃。文武・元正天皇の母。名は阿閉《あべ》。都を大和国の平城（奈良）に遷し、太安万侶らに「古事記」を撰ばせ、諸国に風土記を奉らせた。

万葉集も大和語を漢字の音で表す手法で「古事記」よりもその手法は拙いものも多く、漢文ではなく、表意文字としての漢字の読み音を大和語に取り入れ用いたもので、漢字の使い手によって用語もやゝ異なる。

抑《そもそも》、初め「倭」と書いたが、元明天皇の時国名は二字にすべしと詔し、「倭」「和」

に通じるので「大和」として「やまと」と読むこととなった。

私的なことだが、私が大分県立中津南高校三年時、国語乙（選択科目で古典のこと）の担当・日野バネ先生に始まる。彼が授業中、いつも目を瞑《つぶ》って机間をバネがついたような歩き方で、調子をつけながら、自分の気に入った万葉歌を詠《よ》みつつ進める授業だった。私は、その時間かされた歌にはほとんど記憶はないが、何か恋歌のようものが多かった。

後に、壬申の乱を引き起こした大海人皇子が、正妻であった額田王《ぬかたのおおきみ》を暴君となっていた兄天智天皇に横取りされていた時代のことが、特に念入りに採り上げられていた感じがある。額田王の万葉歌は多くの研究者に注目され、研究されているようだが、殊に天智天皇が蒲生野《がもうの》で狩りをなさった時に詠《う》たわれた歌は「壬申の乱」にも繋がる予兆を思わせる。

額田王

あかねさす　紫野行き　標野行き
野守は見ずや　君が袖《そで》振る　（巻一の二〇）

皇太子《ひつぎのみこ》が答えた御歌

大海人皇子（天武）

紫の　にほへる妹《いも》を　憎くあらば
　人妻ゆゑに　我恋めやも　（巻一の二一）

『もう一つの万葉集』（李寧熙《イヨンヒ》著）から引用したものであるが、大海人皇子の最愛の室（妻）であった額田王を兄・天智天皇の妾《めかけ》として、横取りされている時、天智天皇の狩りに同行した額田王と大海人皇子の秘かな歌のやりとりに、野守りが気付き、天智に知られるのではと恐怖を感じつつも大海人皇子の大胆な返歌が答えるところである。大化改新を共に戦った兄弟（舒明天皇の第二皇子と第三皇子）が、その後、権力の座についた兄・中大兄皇子に美麗で利発な最愛の妻・額田王（渡来系といわれ、古代朝鮮語で歌った意味不明の歌もある）を奪われるという悲劇的な運命に陥る。この時、大海人の寵愛を受け、額田王は十市皇女《とおいちのひめみこ》を儲《もう》けていた。

その後、天智の寿命も尽きる前、遺言で、二十三歳にして近江朝の中心となっていた大友皇子を後継者にするよう下臣一党に伝えると、身の危険を直感して剃髪出家をして吉野に隠棲した大海人は、天智天皇の崩御を知って一年忌が終わった六七二年壬申《みずのえさる》の夏、反乱を起こし、一カ月余で大友皇子を自殺させ、飛鳥浄御原宮《あすかのきよみはらのみや》にて即位、天武天皇となる。

日本人は、中国が殷《いん》の時代に象形文字として始まり漢代になってほぼ完成されたものを大和語として用い今日に至っているのだ。白川静編著の『字統』(平凡社)や『字通』(平凡社)にその詳細にわたり収められているが、これを取り上げれば、目下書下し半《なか》ばの論を逸脱するような膨大な大系である。私の広く浅くの人生観からも、これを手懸けるなどは恐ろしい。

飛鳥時代(推古天皇即位の五九二年から文武天皇没年の七〇七年)、聖徳太子(厩戸皇子《うまやどのみこ》または豊聡耳皇子《とよさとみみのみこ》、五七四〜六二二)が推古天皇の摂政として冠位十二階、憲法十七条を制定そして遣隋使・小野妹子《いもこ》を全権大使として、六〇七年、親書を持たせ二世煬帝《ようだい》に謁見《えっけん》させている。親書の初めに「日出国之天子《ひいずるくにのてんし》自《より》、日没国之《ひぼっするくに》天子様江恙無哉《へつつがなしや》……」との挨拶の言葉に煬帝は激怒したというが、翌年帰国に際して、隋の使節・裴世清《はいせいせい》らを遣《つか》わせている。帰国した小野妹子は同年には再び遣隋使・留学僧らと隋に赴《おもむ》いている。

聖徳太子は、「中国という国は、過去紀元より各種民族によって、くるくると政権が変わり、何も朝貢拝謁するような呈《てい》の国ではなく、朝廷体制も確立しつつある我が大和国が、隋の煬帝ごときに遜《へりくだ》るほどでもないと、見抜いていたのではないだろうか。

いわゆる「いろは歌」(以呂波歌)は以前、弘法大師・空海のよう利発な人が考えたものといわれていたが、どうも後の世の時代の作ではないかという説もある。誰か特定の個人の作ったものではなく、最古の小説「源氏物語」や「枕草子」などの中にもその源流があるのではないか。

「色《イロ》は匂《ニホ》へと散《チ》りぬるを　我《ワ》が世誰《ヨタレ》そ常《ツネ》ならむ　有為《※ウイ》の奥山今日越《※オクヤマケフコ》えて浅《アサ》き夢見《ユメミ》し、酔《ヱ》ひもせす」「尤《ン》」は百千万億兆京《けい》の「京」で無限ということらしい。

これは涅槃《ねはん》経第十四聖行品《せいぎょうぼん》の偈《げ》(言葉)で「諸行無常《しょぎょうむじょう》、是生滅法《ぜしょうめっぽう》、生滅滅已《しょうめつめっこ》、寂滅為《じゃくめつい》楽《らく》」の意を和訳したものという。平安時代の中期の作ともいわれ、色葉《いろは》歌とも書く。要するに、日本人が漢字音を大和音字化し、大衆にも理解できるように作られたわけである。

以呂波《イロハ》　仁保部止《ニホヘト》　知利奴留遠《チリヌルヲ》　和加与《ワカヨ》
太礼曽《タレソ》　川禰奈良武《ツネナラム》　宇為乃於久也末《ウイノオクヤマ》
計不己衣天《ケフコエテ》　安左幾由女美之《アサキユメミシ》　恵比毛世寸《エヒモセス》　「无《ン》」

＊有為《ウイ》＝様々な因縁によって生じた現象
＊奥山《オクヤマ》＝難しさを深山に譬《たと》えていう

㈣

私は四度目の転居先、小倉市日明《ひあかり》町菜園場《さいえんば》二階借家で、親父が近くの石鹸製造販売会社に入社、同社の若い従業員四人を下宿させ、お袋は身重で、家事手伝いに竹下のおカド祖母《ばあ》さん、お袋の三番目の妹・八千代叔母さんも同居していたが、私は日明幼稚園二年組に入園させられ、約一キロ半の距離を徒歩通園し始めた頃だったか？　その認知源は思い出せぬものの次のような意味不明の歌を二曲覚えていた。

マージョジンガラ　ジョイジョイ
シッカリカバタキ　ワイワイ
プロミンナ　パーミンダ
プロミンナ　パーミンダ
オーフリセット　ネーフリカ

ナッチャップロタナ　パーワ

もう一つは、

キリキリ　ワチワチ　カーユンキックン
カーワ　ハーヤア　チャンマ
チャンマップリ　ワンマ

私の通園は独りで、里芋畑の小道を通り抜け、往還《おうかん》に出るとすぐ小倉中学校（全国中学校野球大会では優勝を競うほど強いと聞いていたこと、学生が正帽に白カバーを覆《おお》い、白脚絆《きゃはん》に黒皮靴を履いて通学する姿がいかにも清潔で頼もしく見えたこと）の正門前を右に進むと、左側は丘の法面《のりめん》、右側は九電の社宅が百軒ばかり見下ろせ、その先に菱《ひし》池・蓮《はす》池がしばらく続き、やがて日明幼稚園に着くのであるが、この間人の通りが少ない時は、前述の意味不明な歌を口ずさんで歩く。

盆、正月は竹下の別荘（亀治郎祖父《じい》さんは竹下三倍傘製造販売会社を隠居、福岡県築上郡大字広津吉富町のテンツジ山横にて別荘暮らしをしていた）かまたは母方・実家（是永《これなが》円治、スミの祖父母は、大分県宇佐郡長洲《ながす》町本町の真光寺《しんこうじ》領内の田舎家）に帰っていたが、是永家に帰省することが多かったように想う。なぜかといえば、是永にはお袋の妹が千里（椛田家に嫁ぐ）、英子（東本家に嫁ぐ）、八千代（日明借家に手伝い）、澄江（長洲町の小学校教師・自宅通勤）、京子（女学生）、延子（私と同年だが早生まれで幼稚園一年組）に、従姉妹《いとこ》の椛田勝子、同トシミなど女ばかりの賑やかな里帰りであったこともあろう。円治祖父《じい》さんは日露戦争に出征、退役後東京警視庁巡査を務め、スミさんを娶《めと》り、前述の長洲にて家庭を持つと農業生活をしていた。是永家の玄関土間に入ると途端に味噌・醤油の匂いが鼻を突く。円治祖父さんが玄関前の大きな無花果《いちじく》の木の下でスミ祖母の手捏《てごね》に合わせて、石臼の正月餅を杵《きね》で搗《つ》く。そんな田舎暮らしが、北九州の都会っ児の私には興味津々《しんしん》であった。

私と歳の近い叔母さんや従姉妹にかこまれ、何かとちょっかいを掛けられると、私は前述の歌を唄ったりして驚かせたものだ。

「勇ちゃんは、幼稚園に行って何習ってるの？」と京子叔母さんが擽《くすぐ》るように言う。

「うん、マージョジンガラ　ジョーイジョーイ　シッカリカバタキ　ワーイワーイ……」と唄ってみせると、取り囲んだ女たちが一斉に、ゲラゲラ笑う。

「えーぇ？　それ何ぁに？　幼稚園で習うの⁉　おもしろーい！　もう一ぺん歌って！」

私は何度も何度も繰り返し唄う度に、彼女たちからの人気が上がり、一種の快感を覚える。その後、私は高校・大学と成長するにつけ時々、彼の歌を思い出し、ひょっとすると、親父から習ったのかと思う。もちろん、親父とそんな歌の由来について話したことはないが、中学時代、親父が出来の良い私・長男に心を許してか己《おのれ》の若き時代の想い出話を長々とすることがあった。私は私で、そんな親の昔話を大人しく聞いて付き合った。〈親父が十九（歳）のとき、竹下三倍傘の二百人ばかりの職人たちの工場長を長兄・登《のぼる》（後に實《みのる》と改名）に命じられていたが、厭《いや》になって、当時の百円（今で言えば何十万円か？）ほどを持って家出をし、東京で一年ばかり暮らしたことがあったと言う。その目的は、東京で金《かね》を稼いでアメリカに渡航することだった。先ず、英語を憶えるため英語学校に通い、背丈の小さい日本人が大きなアメリカ人と付き合うためには、武術を身に付けねばと、同時に講道館に入門し、嘉納治五郎館長の説教を聴いたり、三船久蔵《みふねきゅうぞう》十段の演技を見たことを生々しく語り聞かせたことがあった。その後、片寄った食生活のため、脚気（ビタミンB1欠乏症）を患い本家から呼び戻され、渡米の夢は断たれじまい〉

次に聴いたのが、お袋・是永芙蓉子と結婚する前、一度朝鮮の日本人林檎《りんご》農園に入り婿にさせられたが、養子縁組の二、三カ月後に、その農園の二階住まいから夜、朝鮮人雇人・使用人の助力を得て抜け出し、朝鮮、満洲、支那、台湾と一年間の放浪生活をしたことがある。筆が立つ親父は満州日報や後に台湾日報の新聞記者に雇われ暮らしたこと、その中で満州では馬賊に襲われ、その記事を書いて名を上げたことや、台湾日報の記者では、誰も嫌がる山上の蛮人村を訪ね、酋長に歓待され、豚祭りの宴《うたげ》に主役の席を得た報告記事で有名になったことなどの体験談を語る。それらの真の目的が法的婚姻《こんいん》解消が当時一カ年以上の不在（行方不明）の時効を必要としたことらしい。この間、南方の果物、マンゴウやマンゴスチン、ドリアンなどを食し美味かったことなども追加して語った。

私の中学時代は戦後の食糧難がまだ続いており、小倉在住の国民学校時代、それまでふんだんに食べていた台湾バナナなど全く途切れていた時代で、南洋の甘い果物など戦後も目にすることもなかったのだ。しかし、その果物名が前述の「マージョジンガラジョーイ、ジョイ……」の歌が南方の人々の言語と関係があるのではないか？　もしかすると、私の幼児時代、親父が歌って聞かせたものではないか？　それは私が教職員となり、忘年会の余興など出し物として歌った幼児の無意識の歌の疑問に繋《つな》がったのだ。縄文の日本に流れ着いた南蛮人《はえひと》とのつながりではないか。大和語の源流に多く見られる重複語「だらだら（液体が糸を引くように。坂道を歩く感じ。長ったらしい話）」「でれでれ（動作・態度、服装など締りがない）」「ばさばさ（乾いた物の触れ合う音。大量の枝など切り落とすさま）」「よれよれ（布や物の形が崩れたさま。疲れ切ったさま）」「するする（物がすべるさま、草木が勢いよく伸びる様）」「ずるずる（鼻水をたらす様。結論が出ず長引く様）」「ばたばた（鳥のはばたき、人が将棋倒しになる）」等々挙げれば限《き》りがない。これら重複語には漢字、国字は必要なく、外国語を平仮名、片仮名で表示することに近い。現に、調べれば、この重複はポリネシア・ミクロネシアなど南洋諸島語にも通じるのではないか。文字の無かった倭人の喋《しゃべ》る言葉を想起させる。

数百年か何千年か続いた平和で貧しい日本の縄文時代、草木の実や海岸の浅瀬で採れる魚介類、中に肺活量の大きく逞《たくま》しい男女が南方時代に行った漁法＝潜水で高級な獲物《えもの》を取り祝ったり、後に稲作や麻《あさ》栽培法が伝わり、各集落群《むれ》に富をもたらし、高床《たかゆか》式の倉庫を作り、集落の長がこれを管理するようになる。

この頃になり、列島の中央辺りの山海の地形からして、太平洋側では伊勢の辺り、日本海側では出雲《いずも》・石見《いわみ》辺りに豊かな地が生じ、弥生時代になって大陸の鉄器・青銅器や騎馬族が流入（中国・朝鮮半島の騒乱で敗北した側の権力が日本列島に新天地を求め、渡来した）し始め、次第に漢字文化や仏教文化を伝え始める以前の長い縄文時代に既に自然神の信仰、倭人の宗教が「神道」という文化を形成していたのではないか。日本独特の「鳥居《とりい》・鳥井《とりい》」も、インドでは古くから、石門の「トラーナ」がある。インド仏教追放後、東南アジアから日本に至るまで、南風人《はえびと》に混じってインド仏教の片鱗も伝わり、石の文化ではなく、杉や檜《ひのき》の「トラーナ」がベンガラ（酸化鉄）を塗り、腐敗止めをし、「トリイ」になったのではないか。前にも記述したように、伊勢神宮も出雲大社も高床式であり、元は五穀豊穣を鼠や害虫から防ぎ、大集落となった民人《たみびと》を年間に養う宝物を蓄える宝物殿すなわち、神宮や大社として神の宿る処と成っていったのではないか。しかも、次々と上陸する新しい南風人の中に、優秀な支配者が興り、薩摩や日向辺りから、古い伊勢や出雲にその社会的権威の完成、国家作りを志《こころざ》す勢力が世直しの勢力として遠征したのが、神代の話として古事記や日本書紀となり撰録されたのではないか。弥生時代稲作に鉄器・青銅器・騎馬文化の大和国が形成され、飛鳥・奈良・平安時代へと国家と中央集権が成るまで、聖徳太子・推古天皇の神仏習合、天智・天武の大化改新、律令政治の確立という、日本国の大きな地固めと古い神道文化と新しい仏教文化が融合するなかで日本独特の大和文化が今日へ伝承されたものと考えられる。

# 第二節　日本人に生まれて

㈠

私は昭和十一（一九三六）年七月十日福岡県小倉市大字篠崎《しのざき》弐百七拾番地（俗に清水《きよみず》町十三間《じゅうさんげん》道路沿線、一間＝六尺＝一・八メートル）に、父・竹下智二郎《ともじろう》、母・芙蓉子《ふよこ》（旧姓・是永《これなが》）の長男として生まれる。自宅（借家）出産で小田シズヱ伯母（親父の姉・産婆＝助産師）の介助による。昭和十六年四月にはお袋の考えで四度目転居先（小倉市日明《ひあかり》町菜園場《さいえんば》）の日明幼稚園二年保育組に入園、同年十月二日嵐の明け方、やはり小田シズヱ伯母の介助により、最初の愛すべき妹・明子が生まれた。

親父《おやじ》は商売か何かで門司港に行っており、電話か電報かの知らせにより、嵐の中追風《おいかぜ》に乗った自転車で帰宅し、出産に間に合う。明け方に生まれたからか、地名の日明町に肖《あやか》ったか、その名が命名された。

この年の十二月八日未明、日本軍はハワイのオアフ島真珠湾のアメリカ艦隊などを奇襲し、太平洋（当時、日本は大東亜《だいとうあ》と称す）戦争に突入したのである。後に聞いた話であるが、「アメリカは、武士道の国・日本が卑怯《ひきょう》にも、〝騙《だま》し討ちを仕掛けた〟と批難した」らしい。日本は真珠湾奇襲の前に宣戦布告はしていたが、米当局に到達するのが何らかの理由で遅れたらしい。当時尊敬していた山本五十六《いそろく》海軍連合艦隊司令長官が卑怯な戦争を始めるわけがない！と、国民学校入学後の当時、私は既に確信していた。

お袋から幼稚園入園と同時に、英才教育か？片仮名を憶えさせられていた。それには、伊藤博文や野口英世、二宮尊徳から、アドルフ・ヒットラーまで多彩な人物が出てくる。

入園当時。左は家の裏に住む仲良しタカちゃん

そもそも、私の姓名「竹下勇」が何故《なぜ》命名されたかというと、第一次世界大戦時の大日本帝国海軍の連合艦隊司令長官は「竹下勇」海軍大将で、彼はインターネット等に詳しく紹介されている。アメリカ

大使官付の武官も任官しているようだし、第一次世界大戦では、我が国は国際連盟加盟国の戦勝国側であり、その戦後処理パリ・ヴェルサイユ講和会議の日本側代表武官として参加している。その後退官して、在郷軍人会会長時代、東京都渋谷区元千駄ケ原＝現・原宿の竹下通りの一角に竹下邸を構え在住したことから、その寂しかった往還が今

3歳・5月5日の節句。小倉市清水町にて

では若者に人気の「竹下通り」となったという経緯《いきさつ》がある。

三歳になる五月節句は、祝いの飾りが床の間に置かれ、鎧兜《よろいかぶと》を身につけた武者や小さな弓矢なども飾ってある。七五三の祝いの写真も残っていた（清水町）。

四歳の終わり（五歳になる年七月十日の三カ月前の四月初め）に小倉の日明幼稚園の二年保育に入園したが、その前の到津《いとうづ》町には約一カ年は暮らした。

ご存じの到津遊園地があり、小倉の駅前辺りの賑やかさとは少々異なる魅力ある郊外

七五三・小倉市清水町の写真館にて

であった。借家は八幡に向かう電車通り表右手に位置し、電車軌道の両側には「到津停留所」が上り下りにある。日頃、通りは電車が十分おきに到着する間は、荷馬車や人力車、偶《たま》にハイヤー（予約・料金前決めのタクシー）や大型トラックも時偶《ときたま》通行する賑やかな往還だった。電車通りの向かい側には古めかしい洋館建ての写真館があり、添付のような記念写真はすべて、その写真館に依頼していた。

裏手には小川があって、その橋を渡り一・五キロほど歩いた所には愛宕《あたご》神社があり、それを登ると愛宕山の頂上に至る。

その頃は小児用三輪車を買ってもらっていて、親父が竹下三倍傘を担《かつ》いで出張となると、電車通りを横切り、向かいの停留所まで、三輪に跨《また》がって追い掛けたものである。見送りの積りであった。その度に、お袋やおカド祖母さんが気を揉《も》んでいたが、私はお

4歳の夏・小倉市到津町にて

構いなく繰り出していたのだ。ところが、案《あん》の定《じょう》、私は荷馬車の車輪と接触し三輪は半壊、私はその場に転び、家人や馬車引きが騒動となり、人だかりができた。私は起き上がり、その場に立っていたが、馬車引きの小父さんは、お袋やおカド祖母さんに三拝九拝の土下座である。私は幸い怪我《けが》もなく、三輪車が少し潰《つぶ》れた程度で事は済んだ。

また到津では、角のタバコ店には、私より一級上の男の子がいて兄貴分《あにきぶん》風を吹かせ、何かと転居して来たばかりの私を子分扱いにしていた。ある時、その子に苛《いじ》められて泣いて帰ると、丁度玄関口に親父が居合わせ、その辺りにあった棍棒《こんぼう》を持たせられ、「そいつをやっつけて来い」と言い付けられ、私もこれに乗せられて、血相を変えてその悪餓鬼を追い回した。ところが奴は卑怯《ひきょう》にも自宅タバコ店に逃げ込み奥に身を潜《ひそ》めた。私は腹立たしさの余り、土足のままその座敷に飛び上がって「やい、卑怯者！」とか何とか棍棒を振りかぶっていると、表のタバコ売りの小窓の席に座っていた祖父《じい》さんが「どこのクソ坊主か、我《ひと》の座敷に土足で上がりやがって……」と怒鳴る。私はハッとして、この店から外へ出た。しかし意気揚々として親父の元へ戻る。それ以来、タバコ店の悪《わる》は、私との力関係を逆転させた。

その角のタバコ店は道一つ横が、小倉市営運動場になっていて、時に中学校野球大会予選試合があり、白ずくめの試合着の中学校野球対抗試合を見たこともあり、その片隅には立派な柱に屋根付の土俵もある。巡業相撲で当時の横綱双葉山《ふたばやま》、照国《てるくに》、羽黒山《はぐろやま》の土俵入りを見たこともあった。到津《いとうづ》遊園地では、ライオンや象、キリンなども見られ、たくさんの遊具もあった。秋には菊人形展があり、幽霊屋敷なども催される。その怖さは幼児には夜中の便所にも行けなくされたものだ。

四歳も終わりになると、親父の仕事の都合で例の日明に引っ越すことになった。この時は、今まで触れてなかったお袋の唯一人の弟、和一郎叔父さんが手伝いに来た。是永《これなが》家にとってはお袋に次いで二番目の千里叔母さんの次に当たる唯一の嫡男だが、既に軍に召集されたか、職業軍人だったか長靴にサーベルを佩《は》き、軍馬に跨《また》がる位で、到津の電車軌道の表通りに家移りとは言え、軍馬に乗った将校さんが現れたというので近所の人々は各家から飛び出した。しかも、私をその馬鞍《くら》の前に乗せて日明《ひあかり》まで行くという。私も名前だけで初めて見る（これが最後の別れでもあった）和一郎叔父さんの格好良さ、叔父さんが私を鞍に抱《かか》え上げ後から私を抱《だ》くように乗馬すると、平屋や電車の天井を見下ろす感じである。到津停留所から西小倉国民学校前停留所まで小倉中心街に向かって進み、そこから左折、採園場に向かう。何だか、私は特別な人間なんだと、誇らしく思った。叔父さんは馬上色々と語られたと思うが記憶にない。和一郎叔父さんの戦死の知らせは、昭和二十一年正月のことだった。後に澄江叔母さんあたりに聞いたのは、昭和二十年、敗戦直前に沖縄を目指したらしく、宮崎県の都城連隊基地から、鹿児島港より軍用艦船で出港間もなく米軍の攻撃を受け、撃沈させられたらしく、叔父は看板上で戦死、艦船と共に沈んだらしい。白木の遺骨箱には戦死の知らせを記した一枚の紙しか入っていなかったそうである。私もたった一度のあの優しかった馬上の叔父さんに確《しっか》り感謝の挨拶ができたか記憶になく、思えば肉親で唯一人の戦争犠牲者に今心中で敬意を表するのみである。

日明町に引っ越した翌年は、既述のように、日本が太平洋戦争に突入した年でもあり、日明幼稚園から西小倉国民学校に入学し、一年の担任は四十歳前後の嶋津という女先生だった。日明幼稚園時代、片仮名をマスターし、講談社絵本偉人伝を繰り返し読んでいた私は、それが徒《あだ》となり、国民学校一年の「ヨミカタ」(国語)という教科書は絵が多く、出《で》だしが「アカイ　アカイ　アサヒ　アサヒ」とだけ。次が「ハト　コイ　コイ　コマイヌサン　ア　コマイヌサン　ウン」というものでそれぞれ絵が色刷りで描かれている。嶋津先生が先ず読んで、皆に後唱《あとよみ》させる。私にはそれが馬鹿馬鹿しく、木製の椅子を反《そ》らせて座り、教科書は開いているだけで、他の子の読んでいる顔を眺め回していた。嶋津先生はそれを気遣ってくれて、私に指名して、黒板に教科書の文字を書かせる。私はすらすら白墨《はくぼく》を運び、戻って席につくと一つ前の坊主頭をコツンとやって座る。

ある習字の時間、日明幼稚園時代、何らかの病で一年休園し一つ年上のNという餓鬼大将がいて、彼が私に目を付け、先生が教室に現れる前の休み時間、「オイオイ」といって私の胸を突《つつ》く。理由は分からないが、私に喧嘩《けんか》を売ってきたなと咄嗟《とっさ》に思い、「なんじゃ、何か用か」といいながら、机上に置いてある文鎮《ぶんちん》を取り、相手の頭にゴンと一発喰らわすと、Nは頭を押さえ、その場にしゃがみ込んで泣き始めた。誰もがNには恐れをなしていたので怯《おび》えていた。先生もいないし、「ざまあみろ！」といった具合で皆私に贔屓《ひいき》した。

それ以来、私の方が学級の餓鬼大将と見做《みな》されたようだ。しかし、男子一組四十数名の餓鬼大将は同じ組の者が他の組の者に苛《いじ》められたとなれば、学級間の集団喧嘩になることもある。そうなれば、私は組の先頭に立って、やり合わなければならないわけである。しかも常日頃、同じ級友とは諍《いさか》いを起こさず、苛《いじ》めたりはしないことが前提である。しかし、先生にそんな修羅場を見付けられたら、喧嘩大将はどんな折檻を受けるかもしれない。また、男女別に別け隔てられると、それまで何とも思っていなかった女の子になぜか興味が強まり、可愛く出来のいい子を苛《いじ》めてみたくなる。学校帰り待ち伏せして、追いかけたり、悪戯《いたずら》したりする時には、餓鬼大将が誘われる。女の子も内心、そんな男子の心情を心得ていたのではないか。

そのうち嶋津先生は私の素行を見抜いていたのか、お袋に連絡し、「学校に来て窓の外からでも、しばらく勇さんのすることを見てください」と言ったらしく、その頃からふと教室の窓の外にお袋の睨《にら》みつける顔を屡々《しばしば》気付くことになる。そして、学期の終わりの「通信簿」をもらうと「修身」という科目だけは「良」で、他は「読み方」でも「さんすう」でも「ずこう」でも「優」だった。一番成績の良いのが「優」で次が「良上」そして「良」は普通、「可」は悪いで、「不可」は不合格でこれが一つでもあると落第となる。

## (二)

その年の暮《く》れから翌年正月にかけて、亀治郎祖父さんの別荘に帰省した。夏休みにも一家揃って別荘に帰った。

最近知ったことだが、この亀治郎祖父さんは長く慶応生まれだろうと思っていたが、豈図《あにはか》らんや、安政六年（一八五九）七月生まれだと知った。吉田松陰が斬首処刑される前である。しかも禿《は》げ頭に長い白髪を生やし、俳句の趣味など私に隔世遺伝したようだ。

私が別荘に行くと、十数枚の石段の下まで迎えに出ている太郎やんと次郎やんが親父やお袋に軽く会釈をして、「坊っちゃん、いらっしゃい」と手を延べる（二人は朝鮮人の下男で、体格がいい）。他にも二、三人の下男、下女がいたが、私は、名前は知らない。祖父さんが、この二人を私の見張りに付けている。と言うのは、私がこの山坂の別荘、特に裏側には大きな蓮池らしき場所もあり、もし怪我をしたり、災難を引き起こしたりを恐れるからの配慮だった。私は祖父さんが書をする座敷にもお構いなく、入り込むと、手を広げた祖父さんの膝《ひざ》上に乗り、きまってその長い白い顎鬚《あごひげ》を引っ張った。「いてて！」といって笑って見せるので、私も調子に乗って悪戯《いたずら》をする。

安政は六年間だが、七年（一八六〇年四月八日）に万延《まんえん》元年と改元、その万延は僅《わず》か一年で文久《ぶんきゅう》（一八六一年三月二十九日）に改元。文久は四年二月二十日（一八六四年三月二十七日）に元治《げんじ》元年へと改元。元治は江戸末期孝明天皇の年号で、甲子《きのえね》革命により元治二年四月七日（一八六五年五月一日）慶応に改元する。これは孝明天皇、明治天皇朝の年号で、慶応四年九月八日（一八六八年十月二十三日）明治へ改元される。

明治は明治天皇即位により始まり、その崩御により明治四十五年（一九一二）七月三十日大正元年となる。大正は十五年（一九二六）十二月二十五日、昭和に改元。

竹下亀治郎祖父は昭和十九年夏、日本の敗戦を見ることなく逝去した。私も西小倉国民学校二年生の夏休み、広津の本家・竹下實宅の広間で行われた葬式には会葬したことをはっきりと憶えている。庭には竹下亀治郎の胸像が良く剪定《せんてい》された松の木等の間に、凛《りん》として見えた。享年八十七歳となるのか？　位牌は見ていない。

なぜ竹下三倍傘と称するかと言えば、和傘の頭（轆轤《ろくろ》）で竹骨を絞《しぼ》るのだが、絞《し》める糸が木綿《もめん》糸では早く腐って骨が外《はず》れ落ち、傘そのものが駄目となる。そこで高価だが生《き》糸《いと》（絹《きぬ》）をそれに当てれば、普通の三倍は長持ちするということで、亀治郎祖父さんが特許を取り、一種の発明であるか？　その一代で財をなし、その第一工場（朝鮮人を主流に二百人ばかりの職人の家内工業）は登《のぼる》伯父（腹違いの長男で、親父より二十歳ばかり上の伯父）へ、第二工場は直二郎（腹違い次男の親父より十七、八歳上の伯父）に経営を譲り、早々と隠居していた。傘は戦前朝鮮、満州、台湾など広範囲に販売し、繁盛していた。

後添《のちぞ》いのおカド祖母《ばば》は旧姓・宗《そう》で武家の家筋が良いと私たちにも自慢していたが、気が強く、男勝りの気風あり。末男の親父（智二郎）の初孫なる私は目に入れても痛くないほどの可愛がりようだった。親父の後腹の長兄は、克治《かつじ》と言い妻を娶《めと》り、私の従兄《いとこ》・次郎（兄さん）を儲けていたが、大正末期、第一工場で流行《はや》っていた腸チフスを患い他界、その次男義一《ぎいち》は東京の大学に入学していたが、夏帰省中同じく腸チフスに罹り亡くなる。おカド祖母さんの三子がシヅヱ伯母さんで既述のように産婆（＝助産師）となり私と前述した私の長妹・明子も介助・出産させた。三男は信次伯父で、戦時中は中国広東《カントン》で料亭を営み、大富豪（当時二億円ほどの財産持ち）で従姉の叔子《としこ》、小衣子《さいこ》、力《つとむ》（従兄）を儲けていたが、戦後無一文《むいちもん》となり、引き揚げて来た。

日明町菜園場の生活に戻るが、私が国民学校一年に入学する頃には、明子さん（なぜか私は我が妹は嫁ぎ、別姓となり、その連れ合いのみが妹の名を呼び捨てにできる人で、たとい兄であっても明子と呼び捨てはできないと考えていた）もヨチヨチ歩きをして、数十メートル歩いて着く小倉中学校の運動場まで午後、学生のいなくなった大へん広く、緑の絨毯《じゅうたん》を敷きつめたように広がるクローバーの園を可愛い妹と手を繋いで歩きたいと常に思っていた。

「お手《てて》つーないで、野道を行けば　みんな可愛い小鳥になって　歌を歌えば沓《くつ》が鳴る晴れたみ空に　沓が鳴る」

と幼稚園で習った歌を思い出しながらか、実際に歌ったか知れないが、明子さんの手をしっかりと握りしめながら、歌の文句のような気分で小倉中学校（五年制）の中を歩く。

遠くにも三三五五と親子連れや子供連れが遊んでいる。すると急に、「ナナチャヤ　アチャチャヤ（あの人は、遊ばんと）」と明子さんが言う片言は、私はほとんど解《わか》っていて、「ん、ん」と頷《うなず》く。突然、夕空に友軍機アカトンボが飛び行くのを見て、「チコチコ　アガレテンマレ　アガレ」とまた明子さんが興奮ぎみに、空を見あげて、呟《つぶや》く。「おお友軍機じゃあ。アラワシじゃないな」と応じる。「アカトンボ」とは練習機、「アラワシ」は「神風戦闘機」なのだ。

正月の別荘には、フサ（子）叔母さんも居合わせて私を見るなり、

「勇ちゃん大きくなったねぇ。国民学校に入学したんだって？　国民学校は面白い？」

と矢継ぎ早に聞く。

フサ（本名。親父唯一の妹）は一度嫁いだが連れ合いの夫が肺結核で看病するうち、フサ子叔母にも伝染し、連れ合いは亡くなり、出戻りとなり九州大学別府温泉療養所で治療中の身であったが、正月親元に帰省していた。明るく綺麗な叔母で、私を見るとニコニコしながら相手になりたがる。

「あんまり……。おもしろくはねぇ～」

「あら、勉強が？　友達できないの？」

「ううーん。一年生の歌がおもしろいよ」

「どんな歌？　ねぇ、ちょっと歌ってごらん？」

「みんなで学校《ガッコウ》うれしいな、こくみん学校《ガッコウ》、一年生《イチネンシー》～」と歌うと、いきなり叔母さんが「アハッハッ、アッハハ」と笑いだす。

「もう一ぺん歌って？　ハハ」

「みんなで　がっこう　うれしいなぁ　こくみんがっこう　いちねんしー」

すると、叔母さん今度は腹を抱えて笑い出す。私は叔母さんの笑いの意味が分からなくて、叔母の顔を見ながら神妙にしていると、

「勇ちゃん、一年せいじゃなくて、一年しーなの？　生《せい》じゃないの？　ハハハ」

「うんうん、生《せい》だよ。生《しー》と言ったかなぁ?」

「言ったよ、二へんとも生《しー》と言ったよ。オッホッホゥ」と笑い転ぶ。

「へえー、発音悪かったかな?」

「ハッハッハァー、オッホッホォー」

二人の会話は笑いで終わる。正月の帰りは、何時《いっ》ものように、親父とおカド祖母さんの「正月餅」の要《い》る要《い》らんの押問答に十分間かかり、結局親が負けて重い餅を小倉まで持ち帰ることになる。

フサ子叔母さんは、その後お袋が私と明子さんを連れて、療養所に見舞ったが、結核患者に子供は接触厳禁に拘《かか》わらず、私も明子さんもお袋の後を付け、室内に入ると「勇ちゃんも明子ちゃんも来とったのね。有りがとう。叔母ちゃんびっくりしたわ」と泣いて、喜ぶ。明子さんはその寝台の下に這《は》いづり込み、流石《さすが》にお袋を慌てさせた。

フサ子叔母さんは終戦の翌年夏亡くなり、本家で再び葬式が行われたが、お袋と明子さんは中津の新居先に留り、親父と私のみが会葬した。

会葬の帰り道、二人で山国橋《やまぐに》(旧国道に架かっていて現在にも残る)を渡り、中津側に至る辺りで、向こう側の左隅をトボトボと背嚢《はいのう》を担ぐ復員軍人がこちらへ向かって歩いてくる。

「おお、次郎じゃないか。今帰って来たか」

と親父がその軍人に声を掛ける。

「え、？　智二郎叔父《おっさん》？　また、奇遇ですね。只今、戦線から復員しました」と、畏《かしこ》まって直立不動、記章のない戦闘帽を深々と被り、敬礼する。

「おお本当に奇遇じゃのう！　それで、今から何処に行こうちゅうのか？」

「一応、広津の本家に行こうと思ってます」

「あゝ、わしどもも今、本家でフサ子の葬式から帰るところじゃ。本家はバタバタしとるし、亀治郎親爺《おやじ》も終戦直前に死んどる」

「はぁー？　そうですか。横は勇ちゃんですかねぇ？」

「はい、次郎兄さんお帰りなさい！　元気でよかった」と私が言うと、次郎兄さん（親父の同腹の長男・克治叔父さんの嫡男）は急に、元気が出たらしく、目をギラギラさせて、

「あんなに小さかったのに、大きうなったなぁ。小学校何年かなぁ？」

「三年です」

「次郎、負け戦《いくさ》で大変じゃったろう。今日は俺《おり》がん家《ち》に来て、ゆっくりせんか。良《よ》う生きて帰った！」親父が言いながら、次郎兄さんの肩を叩く。

「叔父《おっ》さん方は、どこに住んでるんですか？」

「敗戦で、今津の疎開先から中津の上宮永《かみみやなが》町ちゅうとこに引っ越しとる。この土手から行けば案外近いぞ。今日は俺方《おり》で話し明かそうじゃないか。兎に角、疲れちょるじゃろう」

「智叔父《ともおっ》さん、済んません。甘えさせてもらいます」と次郎兄さん（私の竹下家の同腹の従兄弟では長兄である）。

その晩は、お袋も無けなしの材料で持て成そうとはするが、無理がある。親父が、声を弾《はず》ませ、「すき焼きじゃ！ 久し振り牛鍋を囲もう！ 勇よ小倉《おぐら》肉屋で四百匁《め》買え！ ついでに葱《ねぎ》もじゃ。瀬口の豆腐は俺《おり》が買《こ》うち来るで。次郎に栄養をとらせにゃ。今日は、白米飯じゃ。芙蓉子多めに炊《た》いちょけ！」

私は何時も急な時、自転車を走らせる。その晩は特別に私も親父も、くーたくたに疲《つか》れているはずの次郎兄が、興奮のあまり、語る復員までの生か死の懸《かか》った戦線の退却を寝床そっちのけで語るのに付き合った。

「ビルマ辺りのインパール作戦後衛隊で、目的地に着いたばかりで、前線が最悪、何個大隊も退却命令。退却といえどもジャングルの中何十里も、しかも食料といえば、煎り大豆が袋一つ、毎日何粒と粒を数えながら山坂沼地などを退却しなくてはならん。十日くらい後退するとへとへと歩き、大阪、東京から来た旨《うま》い物食って肥った大男に限って早く参る。中には、マラリアに罹《かか》って苦しむ奴もいれば、悪い水を飲んで下痢をする奴、色々あるが薬もなく、衛生兵もいない。浅い池があって泳いで渡る途中、水中に死んで沈んでいる奴、岸辺に倒れ込んで、〝構わずに、先に行ってくれ〟と言う奴。兎に角、敗け戦、何十里もの退却ほど情けないことはない。一カ月以上もジャングルを通り、広東辺りの街に出て、引揚げ船に乗れたのは部隊の何割だっただろうか。こういう場合は、他人どころではない。只《ただ》、自分を自分で励まし、絶対故郷に帰るぞ！と頑張れる者だけが助かる」

こんな話や問答があり、廊下の障子が白けてきた。次郎兄さんは、その後竹下家の墓参りをし、菩提寺・中津寺町の松巌寺の和尚と話すうち、当時独身が原則だった臨済宗の和尚の庭女（隠し妻）に年頃の娘がいて、彼女と夫婦となり、次郎兄さんは中津市の深田光霊流（詩吟）師範となり、お弟子さんも多く八十歳後半まで人生を全うした。

㈢

話は祖父やフサ子叔母さんのことで一気に戦後まで進んだが、私はまだ西小倉国民学校一年生で太平洋戦争（一九四一年十二月八日開戦）突入の直後だった。

間もなく何不自由なく暮らしていた子供たちの周りから、台湾バナナやビスケット、キャラメルなど甘い物が消えていき、何となく大人社会が世知辛くなっていくのを感じた。下宿人の一人に宮崎県出身者がいて、彼が里帰りすると、決まって唐芋《といも》（福岡・大分では薩摩芋とは言わない）と餅米で作ったほのかに甘く、柔らかく練った菓子（今では、ねりくりと菓子名を知る）を土産に持って来ていたが、それにもしばらく与《あず》っていない。

西小倉国民学校は、住宅街の中心で、電車通りに面し、子供たちには便利な場所である。正門を入ると奉安殿があり、これには脱帽、最敬礼する。中に何が入っているか一年生には分からない。右横には二宮尊徳が薪を背にし、読書する姿の石像がある。これにも会釈をして教室に向かう。

入学式や新学期には、千人ばかりの生徒が講堂に集まり、式典があるのだが、君が代、校歌斉唱の後、白手袋を嵌《はめ》た校長先生が壇上正面の観音開きの扉《とびら》の中から「教育勅語」を取り出し、厳《おごそ》かながら神妙に読み上げる。その間生徒は最敬礼で、咳払い一つもいけない。

「朕惟《チンオモ》フニ我カ皇祖《コウソ》皇宗《コウソウ》　國ヲ肇《ハジ》ムルコト宏《コウ》遠ニ　徳ヲ樹《タ》ツルコト深厚ナリ　我カ

臣民《シンミン》克《ヨ》ク忠《チュウ》ニ克《ヨ》ク孝ニ億兆心ヲ一《イッ》ニシテ　世々《ヨヨ》厥《ソ》ノ美ヲ濟《ナ》セルハ　此レ我ガ國體《コクタイ》ノ精《セイ》華《カ》ニシテ　教育ノ淵源亦實《マタジツ》ニ此ニ存《ソン》ス　爾臣民《ナンジシンミン》父母ニ孝《コウ》ニ兄弟《ケイテイ》ニ友ニ夫婦相和《アイワ》シ朋友《ホウユウ》信《シン》シ＊恭儉《キョウケン》己《オノ》レヲ持《ジ》シ博愛《ハクアイ》衆《シュウ》ニ及《オヨ》ホシ學《ガク》ヲ修《オサ》メ業《ギョウ》ヲ習《ナラ》ヒ以テ智能《チノウ》ヲ啓発《ケイハツ》シ徳器《トクキ》ヲ成就《ジョウジュ》シ進テ公益ヲ広メ世務《セイム》ヲ開キ常ニ國憲ヲ重シ國法ニ遵《シタガ》ヒ一旦《イッタン》緩《カン》急アレハ義勇公《ギユウコウ》ニ奉《ホウ》シ以《モッ》テ＊天壤無窮《テンジョウムキュウ》ノ皇運《コウウン》ヲ扶翼《フヨク》スヘシ　是《カク》ノ如《ゴト》キハ独《ヒト》リ朕《チン》カ忠良《チュウリョウ》ノ臣民タルノミナラス又以テ爾祖先《ナンジソセン》ノ遺風《イフウ》ヲ顯彰《ケンショウ》スルニ足《タ》ラン　斯《コ》ノ道ハ實《ジツ》ニ我カ皇祖皇宗《コウソコウソウ》ノ遺訓《イクン》ニシテ　子孫臣民ノ倶《トモ》ニ遵守スヘキ所之《コレ》ヲ古今《ココン》ニ通《ツウ》シテ謬《アヤマ》ラス　之《コレ》ヲ中外ニ施《ホドコ》シテ悖《モト》ラス　朕爾臣民ト倶ニ＊拳々服膺シテ咸《ミナ》其徳ヲ一《イッ》ニセンコトヲ庶幾《コイネガ》フ

御《ギョ》＊名《メイ》　御《ギョ》　璽《ジ》」

＊恭儉《キョウケン》＝人に対してうやうやしく、自分の行いは慎み深いこと。
＊天壤無窮《テンジョウムキュウ》＝天地とともにきわまりのないこと。永遠に続くこと。
＊拳々服膺《ケンケンフクヨウ》＝胸中に銘記して忘れず守る。
＊御名御璽《ギョメイギョジ》＝おお御名。天皇の名。

読み上げが終わるまで生徒全員は直立不動だが、その中の生徒が倒れたり、しゃがみ込んだりしたことは聞いたことも、見たことなど一度もなかった。また、読み上げる校長先生もし読み違えたり、咳《せ》き込んだりして壇上から途中降りたりすれば、校長降格と聞いていた。私は何度聞いても憶え切れなかったが、普通五、六年にもなれば、やっと憶えるそうで、一年の何回かの式で聞く間は何のことか分からないものだ。偶々《たまたま》親が漢学者か東洋文化通であれば、特別に教《おそ》わることもあろうが、地方や九州辺りにはそんな例はないだろう。

今の時代、学校で「教育勅語」に接したこともない年頃の政治家などで、これを高く評価し、復活すべきだなんて主張する人もいるようだが時代錯誤も甚《はなは》だしい。

戦況はもはや石鹸の製造・販売どころではなくなったようで、若い従業員も次々召集・出征ということでいなくなり、親父も四十歳近くなって小倉工廠《こうしょう》（軍直属の兵器弾薬製造工場）の事務官試験に合格し、軍属となった。そして、私たちは誕生地・清水《きよみず》町十三間道路沿線の元居た借家に戻った。近くに小倉南国民学校があり、本来は転校すべき校区だったが、私を大変持て余していた嶋津先生が同じ清水町に住まわれていて、歩いて二十分ばかりで電車通りに出て、二つ停留所を越せば西小倉国民学校に着くというので、連れて出勤されるということになり、転校はせずに済んだ。当時、転校生は激しい苛《いじ》めにあうのが普通で、私のような暴《あば》れん坊が転校すると、どうなるか予想した学校側

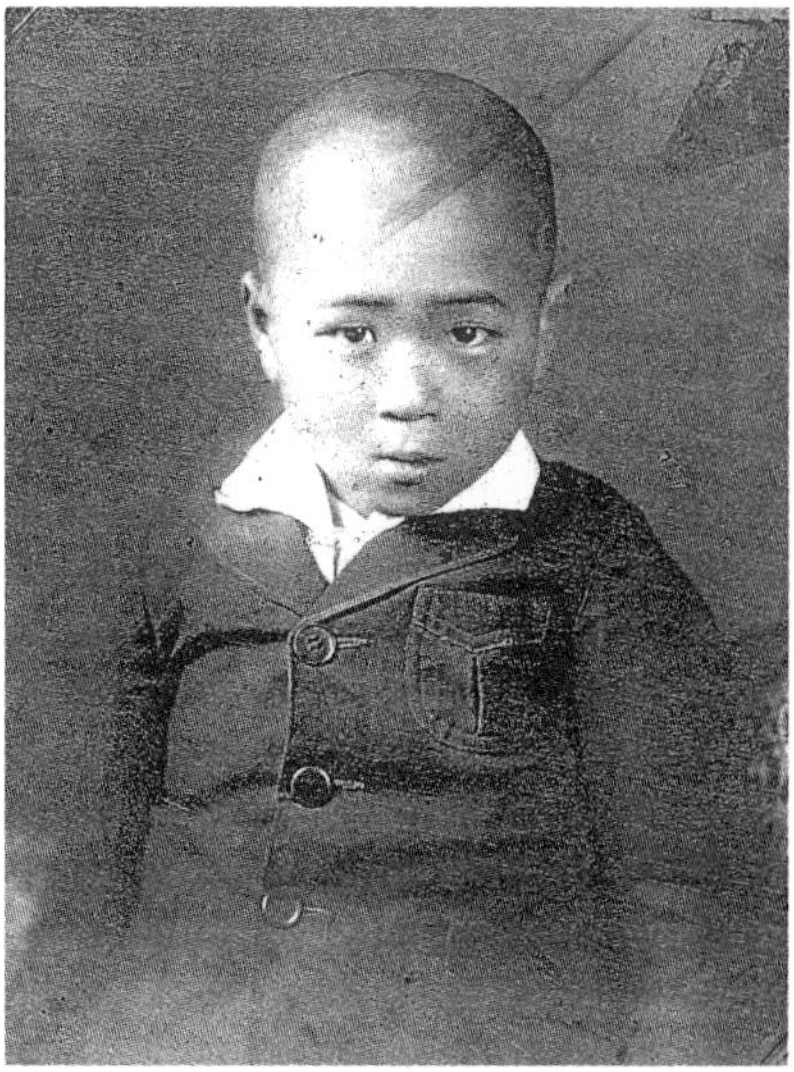

西小倉国民学校２年生の頃

の配慮もあったのではないだろうか。

　その年の暮《く》れは小倉も随分雪が降り、寒い三学期であった。二学期には「ヨミカタ」の授業も進み、「アシタハウンドウクヮイ」と題名も進み、

　「ヒルスギカラ、空ガクモッテ來マシタ。アシタハ　ウンドウクヮイデス。勇サンハ、天キガ　シンパイデタマリマセン。

　外へ出テ、空バカリ　見テヰマス。勇サンハ、カミデ　テルテルバウズヲ　ツクリマシタ。ソレヲ　ニハノ　木ノ枝ニ　ツルシテ、テルテルバウズ、テルテルバウズ、アシタ　天キニ　シテ　オクレ。トウタヒマシタ。

ケレドモ、空ハ、ダンダン　クラク　ナッテ　來マシタ。トウトウ　雨ガ　フリダシマシタ。テルテルバウズハ、ビショヌレニ　ナッテ、ナイテ　ヰマス。

少シ　タッテカラ、勇サンハ、オカアサンニ　イヒツカッテ、ハガキヲ　出シニイキマシタ。勇サンハ、『雨ガ　フッテ　ツマラナイナア。』トイヒナガラ、カサヲサシテ　出カケマシタ。……」

というように漢字混じりとなり、おまけにその主人公が「勇サン」となる。私も流石《さすが》に真剣になって来ていた。通信簿の「修身」も優となり、優等生になった。しかし、もう一人の優等生・宮澤君が級長に指名されていた。

二年生になると、学校側の配慮か、今度は同じ清水《きよみず》町でも清水神社の向かい側の邸宅にお住まいの今村先生という二十歳《はたち》前後の女先生が同伴登校して下さることになったのだ。嶋津先生と全く違って若いパリパリの先生に同伴してもらうというので嬉しく希望に満ちた気分だった。ところが、若い女性は、是永の叔母さん方で少々気になっていた独特の匂いがして、それは私の好まない匂いであったのだ。少し間隔を置いて歩くようにしていたようだ。「日曜日には、家も近いことだし、遊びにおいで」と先生が言って下さり、清水神社周辺には以前から名も知らぬ友達も独楽《コマ》回しやラムネ玉遊びなどしていたので、神社前の邸宅は気付いていた。ある日、今村先生宅を思い切って訪ねると、丁度先生が玄関口にいて、私をニコニコしながら招《まね》き入れる。玄関の下駄箱の上には、精密に造られた軍艦の模型が置いてあり、座敷に通されると、立派な応接台があり、座布団を勧められ、座って囲りを見回した。亀治郎祖父さんの別荘の各所にあった高級な調度品ごときが各所に置かれている。先生がもうしばらく口にしていない生菓子や羊羹《ようかん》など各皿に別々の菓子や高級な茶碗にお茶を注ぎ入れ、私に勧める。

「竹下さん、清水の町には馴《な》れましたか」

「先生、僕は清水の今の家《うち》に生まれたんです」

「えーあら、そうなの？　じゃあ、馴れるどころか、生まれ故郷だね。どうして日明《ひあかり》に居たの？」

「あ、、それは父《とう》さんの仕事の都合で。だけど半年前《はんとしまえ》父さんが小倉工廠に入ったので、また元に戻ったんです」

「あ、、あなたのお父さん工廠の事務の方でしょ？　聞きましたよ。お母《かあ》さんはお家？」

「へぇっ、先生、父さんのこと知っていたんですか。母さんは妹が小っちゃいのでいつも家にいます」

私は何か、不思議な思いを抱き、先生宅をお暇《いとま》した。

家に帰ってそのことを親父に話すと、大変な驚きようで、

「そりゃ、勇、お前は大変な先生に巡《めぐ》り合ったもんじゃなあ。多分、お前の先生のお父上は、工廠で一番お偉《えら》い今村陸軍中将さんじゃろう。今度から、先生宅にお邪魔するのはいいが、相当神妙《しんみょう》にせにゃいけん。わしの最上司のお偉いさんのお宅じゃからのう」

「えーえ？　それで先生は父さんのこと知っとったんじゃなあ。出されたお菓子も滅《めっ》多《た》に食べられないもんじゃった」

清水に来てから、日明《ひあかり》とは違い三十分は早く家を出る。今村先生が、何度か「明日は、父上と一緒で登校しますよ」と言った朝は、それより十分は早く出ないとならない。私も胸弾《はず》む登校だった。

今村陸軍中将さんの軍服の色は日頃見かける兵隊さんの服とは違い、濃緑色で襟章《えりしょう》や肩章も特別なもので、黒のピカピカの長靴、それに左腰にはサーベルを吊し、大股でゆっくりと歩く。今村先生と私は「三尺（一尺＝三〇・三センチ）下がって師の影を踏まず」の距離を保ちながら後を歩く。小倉工廠の二メートルほどの土塀に差しかかると、夜勤明けの工員さんや技手《ぎて》さんが正門から繰り出し、工廠規定の作業服姿の人が多くなる。彼らは皆、今村中将と行き交う時は、直立不動の姿勢になり畏《かしこ》まって敬礼をする。それに対し、今村中将は柔らかく敬礼返しをする。

当時の子供たちはそういう景色に最も憧れたものだ。そこでも、自分が特別な位置にいると、何か偉《えら》くなった気分だった。気が付くと何時《いっ》の間にか、今村中将の真似をして歩いていた。

親父からは戦局の話は聞いたこともなく、明子さんもまだ三歳になってない赤子であり、お袋は何をするにも、帯で背負い、寒くなると綿入れのねんねこ半纏《はんてん》を背に掛けて仕事をしていた。明子さんは私と違い、病気に罹《かか》らない元気な子だった。それに反し、私は幼児の頃から扁桃腺が弱く、しょっちゅう風邪を引き、学校を休んだ。

やがて、清水の十三間道路（小倉工廠から八幡製鉄まで続く軍用道路）の歩道にも各戸一つづつ防空壕を造ることになった。軍部からの命令で、隣保班長の指図通り、歩道のコンクリートタイル（二、三十センチ真四角）を剝《は》がして、縦三メートル、横二メートル、深さ二メートルばかりの長方形の穴を掘り、その上に四、五本の丸太か枕木を渡し、その上に古畳、またその上に古布団を敷き、最後に掘り上げた土砂を山のように盛り上げる。出入り口は大人一人やっと入れる程度の穴を開け、木製の梯子《はしご》二、三段を立て掛ける。それは家族総出だが穴掘りなど力仕事は隣保班の若い者（といっても二十歳代は皆徴兵され、三十代が若い方だ）。防空訓練といえば、サイレンがけたたましく鳴り、各自（自家製の）防空頭巾を被《かぶ》って各家の防空壕に入る。

女、子供には隣保班長からも、学校でも話はない。ただ、訓練の程度から想像する他はないのだ。国民学校でも、既に何回か、訓練として、集団下校が行われたが、南小倉方面は途中まで十数人が、今村先生の先導で道路の端を小走りで各々自宅を目ざす。最後は今村先生と私だけになり、十三間道路の十字路で別れる。その北西側角には、万屋《よろずや》兼食堂があり、夏はかき氷やトコロ天、冬はうどんなど時偶《ときたま》食べることもあり、うどん一杯十三銭（百銭か一円で、子供には多くて五十銭程度の小遣いを持たせられることもあった）、夏のトコロ天も同じ十三銭だったと思う。年に何回か大門《だいもん》（地名）の映画を見たこともあったが、印象に残っているのが『マライのハリマオ』と『ノートルダムのせむし男』『フランケンシュタインの復讐』（？）などで、大人《おとな》七十銭、小人《こども》三十銭だったことを憶えている。映画といっても、白黒の無声映画が多く、弁士は徳川夢声という声優だった。本番が始まる前、朝日や毎日ニュースがあり、大本営発表としては、我が帝国海軍の勇敢な戦いぶりに、敵艦からモクモクと黒煙が舞い上がり、日本軍の優勢が讃《たた》えられていた。今考えると、あのフィルムはほとんど真珠湾攻撃で撮った開戦初戦の画面を色々な角度から放映したものだっただろう。

十三間通りには、八幡方面に向けて鬼畜米英の捕虜が何十人もリアカーなどを引いてだらだら歩く姿を頻繁《ひんぱん》に見掛けるようになり、前後に銃剣を担いだ憲兵が、軍靴を鳴らし歩く姿も勇敢で対称的だった。

その年、正月明け、二月の初めだったか、私は何時《いつ》ものように午後二時頃から清水神社の裏手の稲の切り株も腐った田圃《たんぼ》で、その辺りの子供たちと凧揚《たこあ》げを競っていた。一時間ばかり遊んでいた頃、当然警戒警報のサイレンがけたたましく鳴り響いた。子供たちは皆驚いて凧を下《おろ》し、畳《たた》んでそれぞれの家に戻り、人影は無い。私も走って家の前の防空壕に近づくと、親父は非番だったか、狭い出入口から首を出していて「どこに行っちょったか、早よ中に入らんか!」と怒鳴る。

もう辺りは薄暗く、どこからともなくサーチライトが暗い空を交差して照らす。サイレンは繰り返し鳴り続ける。

「今日は、えらい念の入った訓練じゃのう。ちょっと何日《いつ》もとは違うようじゃ」

父親も暗い中不安顔である。お袋さんは明子さんに小さい頭巾を被せて背に負《おぶ》い、隅の方に屈《かが》んでいる。サイレンが一層けたたましく響く。そのうち飛行機の爆音らしき音が聞こえたかと思うと、サーチライトの照らす空に、高射砲の発射音がドカンドカンと何百回と打ち響き、出入口の狭い穴から、夜空の高射砲弾の爆裂雲が無数に空を覆《おお》う。

「こりゃ訓練じゃないわい。本物の空襲じゃろう」と、親父が叫ぶと同時に、ズシンズシンと地響きがして、その瞬時前にピカピカッと赤、青、紫、橙、黄色など閃光が穴から差し込み、同時に壕の土砂がどこかの隙間《すきま》から落ちてくる。

「いやいや、こりゃ壕の中じゃ駄目じゃわい。あれだけの高射砲雲が空一杯だが、敵機には届かん。ひと静まりがあったら、家に戻って押し入れの布団の中にでも潜《もぐ》ろう」と親父も最悪を考えているようだ。

そのうち、一瞬辺りが静かになり、暗闇の中、親父の後を追い家に入った。私も押入れの上階に這い上がり、布団の中に潜り込んだ。間もなくして、案の定、ズシンズシンと響き、家の鴨居がギシギシと家が壊れるように不気味な音がする。もう真夜中である。敵機来襲というのは昼じゃなくて、真夜中に来るのか？　私はお腹を空かしたまま何時《いっ》の間にか寝入ってしまった。

実は、これが九州最初の米ボーイングＢ29数十機による小倉空襲であったのだ。そのことは、だいぶ後になって知った。次の朝目覚めてみると、親父はすでに工廠へ出勤していて、外では隣保班長さんがメガホンで触《ふ》れ回っていた。

「皆さん、女・子供さん方は、許しがあるまで外に出てはいけません。危いですから、外には絶対に出ないように。外は警防団や警察、消防、医者関係の人だけです。指示があるまで家に居てください！」というような注意をしていた。

家の中では、お袋がおにぎりや梅干、たくあん、漬物などを備えていた。十三間道路側には何の異状も見られなかったが、裏のガラス窓から外を覗《のぞ》くと、小庭を挟んで直裏《じきうら》の家も半分崩れており、その向こうはぎっしりあった家々が潰《つぶ》れ、瓦礫《がれき》の野っ原になっている。

夕方、疲れ果てた顔で親父が戻ってきて、開口一番、「外は大へんなことになっとる。工廠じゃ、夜勤の工員さんたちが二千人くらいは死んだらしい。みんな死体処理が真っ先じゃや。そう言えばシ姉《ねえ》さん（シヅヱ叔母）のごつ、衛生に一寸《ちょっと》でも関係ある人は、死体や怪我《けが》人処理に駆《か》り出されとるんじゃな。びっくりするわい。工廠もじゃが、往き帰り道はやっとかっと通れるようなことで、どこもかしこも瓦礫《がれき》の山じゃ。家も人も爆弾で潰《つぶ》れた屋根にゃ千切《ちぎ》れた手や足や、悪くすると首がひっ掛かっちょる始末じゃ。女・子供が見られる状態じゃない。お前たちは、しばらく外に出たらいけんじゃろな。電気も点《っ》かんし、水だけは井戸もあり、なんとかなるが、一時《いっとき》食い物もないかもしれんど。仏壇の蠟燭《ろうそく》も持って来ちょけ。昼間は、俺も工廠の片付けに出らにゃならん」

「ほんなら、あんた角の店で竹輪《ちくわ》や蒲鉾《かまぼこ》、佃煮《つくだに》など買《こ》うて来ておくれ、私《うち》たちゃ出られんけ、残っちょるじゃろか？」

「わかった。ある物《もん》は買うて来ちょこう」

　要するにこの度の空襲で、どれだけの人が死傷したか、家・屋敷の被害、公共施設などはどうだったか。特に女・子供には知る術《すべ》もなかった。

　一週間ほど経った頃、学校からも、今村先生からも何の通知もなかったが、ぶらりと歩きながら、西小倉国民学校へ向かった。特に今村陸軍中将さんと歩いた道を通って見ると、自宅のすぐ裏手から住宅は全滅、ラジオ屋さんも八百屋《やおや》さんも、鍛冶《かじ》屋さんも、呉服屋さんも無く並木道の両側は瓦礫《がれき》の山で、所々に大きな擂《す》り鉢《ばち》状の穴が空いていて、中にはその間雨が降ったか、小学生等が中に落ち込んだら自力で上がれないほどの爆弾の破裂跡があり、以前の景色が全く思い出せないような無惨な眺めだった。ところが、電車通りは全く爆撃されていなく、十三間通りと同じく沿線の家屋は残っていたし、国民学校も無傷だった。後で気づいたことだが、米軍は軍用道路や鉄道、電車道は日本を占領した後、自分たちも使う積りで残したのではないか？

なぜか、国民学校への登校の連絡や今村先生に会ったのか、そのあたりのことは全く記憶になく、間もなくして夜の八幡市上空辺りが真っ赤になっていたことを思い出す。

これは、私が宮崎県の教職に就き、小林商業高校で一緒だった堀川彰一先生と、私が小倉生まれで、小倉大空襲を受けた話をすると、彼はその頃「わしもあの頃、父親の仕事の都合で八幡にいて空襲を受けた」と話が始まり、

「それがな、小倉と違い、八幡製鉄所はコンクリートと鉄で造られている工場じゃから、町の人間と木造の家屋敷だけを消滅させ、工場は日本占領後使う積りじゃったろう。とにかくＢ29が飛んできて先ず重油ごときを撒《ま》き散《ち》らしてから、爆弾じゃなく、焼夷弾《しょういだん》攻めじゃった」

と太平洋戦争中、一つ年上の堀川さんも私も戦災の子供時代で意気投合した。

「それにしても、小倉は再び原爆投下の候補じゃったそうじゃな」

「そうそう、一回目の大空襲じゃ、十三間道路や電車道、学校、寺院、仏閣は除けるほどの余裕があったが、小倉上空がひどい曇りで長崎造船所や諫早《いさはや》造船所を狙ったのが、長崎投下だ。学校も教会もあったもんじゃない！　全滅ちゅうか抹殺じゃったなあ」

「新型爆弾が落ちたと聞いて、間もなくで〝玉音放送〟だったけなあ」

「沖縄で散々手こずって、一も二もなかったんじゃろうな。二十万人が殺されたと聞いとる。もうちょっと早く、七月中にポツダム宣言を受諾しとればなあ」

「それどころか小倉空襲の二月頃、御前会議が行われておるらしい。ここで少しぐらい損しても和平交渉に入っとれば、相当犠牲者も減っていただろうにな」

「歴史にもしはないが、二月に台湾やボルネオ・スマトラ辺りを手放して妥協しとけば、沖縄戦（四月頃から六月頃まで）はもちろん、日ソ不可侵条約を破棄し、八月七日になってソ連は連合国側につき、参戦したそうじゃないか。それも無かった」

「ソ連のスターリンちゅう奴だけは本当に許せん。樺太《からふと》の日本人居住地を襲ったのも、八月十四日、日本が無条件降伏をしてからじゃないか、ましてや北方四島などは、駐屯日本兵が武装解除してより八月二十三日から上陸し、日本住民を全員内地に送り返し、兵隊・公務員は皆抑留するなど卑怯極まりない」

「それどころか、満州や朝鮮にいた日本人たちは略奪・強姦のあげく、数十万人の無抵抗の復員させるべき兵隊や公務員を抑留・シベリアなどに送り、戦後何年間も強制労働をさせ、その多くを極寒と食い物不足で凍死や餓死させている。しかも何処で死んだか不明だ」

「それを思うと、遺族の悔《くや》しさ、恨《うら》みは消えそうにもないな」

これは、敗戦後三十年ばかり経過した頃の回想会話である。

## (四)

親父たちは破壊された工廠の残留物（何が残ったのか？）を大分県宇佐郡糸口山という処に移し、工廠を敵から隠蔽《いんぺい》し、関係者は軍属として転属となった。したがって、私たち一家も昭和二十年三月中ごろ工廠転属先に近い下毛《しもげ》郡今津町（現在大分県中津市に合併）の紘本《つるもと》さんという豪農宅一階に疎開《そかい》となった。紘本さん宅は、日豊線今津駅から歩いて十五分ばかりの街筋を下って、左側岡上に二階、一階は岡法面《のりめん》をくり貫《ぬ》いて作った元納屋を補修したもの。二階の本宅には内部の梯子段からも登れるが、正式には横の石段十数段を踏み上がって玄関となる。裏山はかなり広い畑で、鶏など十数羽が放し飼いとなっている。私より二つばかり幼い女の子が一人、両親、祖父母という三世代家族だ。しかも、その周辺今津町の隣保班長さんである。

駅から紘本さん宅に至る間、駅に向かって右手には二軒も映画館が連なり、休みの時は親父は好んで一家を連れて観に行くのだが、明子さんは最初に入場した映画館で映写が始まると「大きい人間が出た！　怖い、怖い」といって泣きじゃくり、止《や》まないのでお袋は映画館を飛び出て映画は見られない。

絋本さんの右隣りが田中家で、私と同級で体格のいい田中ヨッさん（義雄）がいて、早速仲良くなり、一緒に今津国民学校に通った。左側を十数メートル行くと十字路、先に進めば今津川の橋を渡り漁村に行く。十字を左に進めば、赤土の坂道で登り詰めると右側に町役所がある。役所前には日露戦争戦勝記念の信管処理した大砲玉が立ててあり、周りに土留めの石が、円く囲んである。その先に再び今津川上流を見下ろす高い橋が架かっており、渡って間もなく今津国民学校である。正門を入れば大きな蘇鉄の木が数本繁《しげ》っており横には二宮尊徳像があって、真ん中に奉安殿があるのは、西小倉国民学校にそっくりだ。

ところが、小倉の地をどのように出て、家財道具をどのように運んだか、その前に西小倉国民学校や今村先生とどのように別れたのか、第一小倉空襲の後、今村先生に会ったのかどうか全く記憶がなく、「立つ鳥跡を濁《にご》さず」というが、濁しっぱなしではなかったか。今村先生のお父上・今村陸軍中将さんは、その責任の重さに絶えたのだろうか。

父上を心配された今村先生はどうだっただろうか。

後に、私が大学生となり、夏休みに親父と一緒に清水町の昔の佇《たたず》まいの辺りを歩いたこともあったが、十三年間道路はそのまま、歩路が綺麗《きれい》に補修されており、バリアフリーも良く景色は一変していた。

私は四月の一学期始業式の日から転入し、田中ヨッさんと学級は違《ちが》ったが、毎日仲良く通った。担任は乙女《おとめ》先生（三十歳前後の女先生）で、簡単に「小倉より疎開で転入した竹下勇君です。皆仲良くしてね」程度の紹介をしていただいただろう。何時もニコニコした優しそうな先生だったが、驚いたことに組長は朝鮮人であった。私は、〝この学校は成績が良ければ、朝鮮人だって組長にするんだ〟と内心驚いた。今津は半農半漁の田舎。全く空襲などない安心安全の町だ。学級仲間を見ると大方は日焼けした薄汚《うすぎたな》い洟垂《はなた》れ小僧で、どちらかというと漁村の荒くれ者が多い。休み時間となり、先生が職員室に戻ると、忽《たちま》ち、喧嘩の弱い順に摑《つか》みかかってくる。ほかの子供は周りを取り巻き囃《はや》し立てる。都会から来た色の白い弱そうな転入生と舐《な》めて掛かる。私は喧嘩する時は手より足が早く、両手を上げて掛かってくる奴の腹を思いきり蹴上げる。大抵一発でしゃがみ込ん泣きだす。子供の喧嘩は先に泣いた方が負けだ。足が上がり過ぎて、相手の顎を蹴り上げることもあり、蹴り飛ばすとドドドッと後退《あとずさ》りして尻もちをつく。そんなことを二、三日続けるうちに、転入生苛《いじ》めはぴたっと終わる。考えてみると、私が転入早々から田中ヨッさんと仲良しで、二人で往き帰りとも通学しているからか？　ヨッさんの喧嘩するところは見たことがないが、体格がよく、男子生徒は相当悪でも一目置いている。

紘本さん宅は広く、一度二階へこっそり上がって見ると、広い部屋の真ん中に卓袱台《ちゃぶだい》が置いてあり、幼稚園くらいの女の子が、正座して食事をはじめるところだ。よく見ると、山盛りについだ銀飯茶碗に小皿の漬物。醤油に裏庭で鶏の生み落とした卵を割《わ》って、何と当時大ご馳走である卵ご飯！　日ごろ飢《かつ》えている私など涎物《よだれ》である。すると、階下からお袋の声が飛ぶ！

「勇さん、他人《ひと》が食事をするのを覗《のぞ》くなど賤《いや》しいことをするんじゃない！」

その頃、紘本さんに与えられた往還向かいの猫の額ほどの畑に、茄子《なす》、南瓜《かぼちゃ》、胡瓜《きゅうり》など野菜栽培の楽しみも覚えた。時々は田中の小母さんも指導してくれる。田舎暮らしも良いものだと一瞬思う。

二軒の映画館で見たものは、やはり無声映画に徳川夢声の弁士。題は『かくて神風は吹く』とか『神風特別攻撃隊』そして、アラカン（嵐寛寿郎）の『鞍馬天狗《くらまてんぐ》』などチャンバラもの。役者も二枚目が林長二郎（後の長谷川一夫）やバンツマ（坂東妻三郎）、片岡千恵蔵、女優では田中絹代、原節子など子供ながら憧れたものだ。本番が始まる前の朝日や毎日ニュースには、大本営の一段高い報道官の声が軍艦マーチと共に流れる。もう七月の夏休み前、そのニュースでアメリカ大統領のルーズベルトが死んだという画面があり、その葬式が見もので、男は黒づくめの服にシルクハット、女は黒い帽子にベールというものを顔に垂らし、皆ハンカチを鼻に当てて、泣いている。私には異様な景色であった。鬼畜米英の親玉が死ねば、もう日本は勝ったようなものだと私は武田信玄が急死、天下取りを止めて引き返した話を思い出していた。

その一月ほど前より、小倉から青白く、痩せ細ったシヅヱ叔母さんが、疎開先の私の家で療養を兼ねて、疲れを癒《い》やすため床を取っていた。お袋は、出産での恩人に精一杯田舎の野菜や魚をスープにして栄養補給をし、見る見るうちに、肌に赤味が差し回復してきた。

シヅヱ叔母には、小田一《はじめ》、孝一、三郎と三人男の子がいて、一兄さんは、陸軍少尉となっていて、今津町まで母親シヅヱ伯母を見舞ったことがある。今津駅で降りて、短剣を腰に下げ、将校姿の軍人が町を歩けば、田舎町の人々はびっくりして門口に立つ。

「どこのお偉いさんじゃろか？　どうやら、紘本さんところに疎開して来た竹下さん宅じゃが。あすこは、親父さんも工廠勤めだそうだし、お偉いさんの家じゃな」と町中の評判が立つ。三郎兄さんは相当悪餓鬼で、私が生まれる前養子に貰《もら》う話もあったらしいが、今は全寮制の四日市農業学校に在学中だ。孝一兄だけが小倉の自宅でぶらぶらしていた。

それから間もなく、伯母さんは、胃の手術のため、小倉陸軍記念病院に入院した。今津の内《うち》の療養で回復したと思っていたが、何処か悪いのか？　一兄さんの関係で陸軍病院だろう。しかし、それから十数日経《た》って手術結果が悪く、危篤状態だという。一兄さんは、どこの連隊に所属しているのか、病院には立ち会えぬという。親父が竹下一家揃いで小倉に行くと、孝一兄さんは重い風邪（今でいう流行性感冒なのか）で酷《ひど》い熱を出して寝ている。結局、私共一家だけが、陸軍記念病院のシヅヱ伯母さんの病室を見舞った。胃癌《いがん》の手術を受けて三日目というのに、意識朦朧《もうろう》としている。

「芙蓉子《ふよこ》さん、足もとの窓を開けて、私の背中を起こしてくれんじゃろか」
「姉さん、無理をしたらいけんよ。窓を開けても暗いばかり、風が吹き込むだけよ」
「いや、空には綺麗な星が一杯見えるじゃないの……」

親父が目配せして、床に仰向けに休む伯母さんの背を起こす。

「まあー、綺麗な星だこと！　有り難う。嬉しいわ……」

と言いながら、息を引き取る。

其所《そこ》に立ち会ったのは、親父、お袋、私に明子さんの竹下家だけであった。多分、昭和二十年七月中旬ではなかったかと思う。間もなく、国民学校も夏休みに入ったようだ。その頃は、国民学校にも、校長先生より偉い配属将校がいて、朝から全校生徒を運動場に集合させ、お立ち台には配属将校さんが軍刀を下げ、説教を垂れる。

「……鬼畜米英は沖縄に攻め込んでおる。場合によっては、本土決戦となるやもしれん。お前たちも、日頃の訓練のごとく、竹槍《たけやり》を持って一人一殺じゃ。子供といえども、鬼畜の一人や二人は殺して死ね！　決して、犬死にはするな。沖縄戦では男も子供も勇敢に戦っておる。鬼畜米英は腑抜けな奴らじゃ、日本人には大和魂がある。最後は神風も吹く。明日から夏休みじゃが、何かがあれば学校に集まれ！　俺が責任をもって指揮をとる！　以上、終わり」

当時は、夏休みの宿題などない。夏休みは子供たちは「よく遊び、よく遊ぶ。欲《ほ》しがりません勝つまでは」で悩み事はない。

その少し前だったか、田中ヨッさんと下校途中、町役場の壁ぎわで弁当を食べることにし、時々早下校のときは、アルマイトの弁当を開けて貧しい中味を完食して帰る。蓋を開けると麦飯の真ん中に梅干が一つ、隅に竹輪か蒲鉾の煮しめか、雑魚《ざこ》の塩辛に漬物。

そこは高台で橋の下には今津川の浅瀬が見える。水遊びや川海老とりの話などして、ヨッさんがアルマイト弁当箱の蓋を取ろうと手を伸ばした時「イテッ！」と大きな声を上げる。見れば、右中指を左手指でしっかり握っているが、指の間から紅い血がドクッドクッと流れ出ている。

「こりゃ、大変じゃ」と言って、私が弁当風呂敷で指根っこを確《しっか》り結ぶが血が滲《にじ》む。

そのうち、ヨッさんが「イテーイテー」と言って泣き始めた。

「よし、俺の肩に掴《つか》まれ！　負ってやるから」

私は重いヨッさんを背負い、持ち物は一切持たず、一目散に帰りの下《くだ》り坂を下りて行くが、途中岡の洞窟で一休み、再び泣いているヨッさんを背負って、田中宅まで運び、その玄関で思いっ切り大声で、

「田中ん小母《おば》さん！　おりますか？　ヨッさんが大怪我をしちょる……」

間もなく、玄関戸が開き、小母さんが顔を出し驚いた顔で、

「どげーしたんね。滅多に泣かん義雄が泣きよるが……。あら、手からうんと血が出よる」

「ハイ、僕も何でか分からんのです」

「こりゃ、すぐ医者に行かにゃ」

小父《おじ》さんも奥から顔を出し、

「俺《おり》が自転車に乗せて連《つ》れていくが。竹下君有り難う。何処から担いで来たか？　義雄は重《おみ》いのに、あんたよう担いで来たなぁ」

それからは、ヨッさんのいない登下校となった。帰り道、辺りに誰もいないと、軍歌など歌いながら歩く。

「若い血潮の　予科練《よかれん》の　七ツボタンは
　桜に錨《いかり》　今日も　飛ぶ飛ぶ　霞ケ浦《かすみがうら》にゃ
　デッカイ　希望の　雲が湧《わ》く」

軍歌は歌い始めると止まらない。軍歌は皆で合唱するもの、一人しんみり歌うのは行軍で狭い道を一列で歩く時だろう。

「ここはお国を何百里　離れて遠き　満州の　赤い夕日に照らされて　友は野末《のずえ》の石

の下　思えば友は昨日まで　真先駆《まっさきかけ》て突進し　敵を散々　懲《こら》したる　勇士は此《ここ》に眠れるか」

何かその場面が頭に浮かぶようだ。

七月二十日、夏休みになったが田中ヨッさんの姿はなかった。暑い夏であり、皆と同じように今津川の浅瀬でガンショ（川海老の方言）掬《すく》いが楽しみだ。本当は朝早くの方が捕れるが、大人と違い子供は一人じゃ物騒である。私は未だ深みでは泳げない。深みでスーイスーイ泳いでいる子供たちは羨《うらや》ましい。少し引け目を感じながら、深みの淵に立って眺めていると、突然後ろから誰か私の背を押し水中に突き込まれた。私は必死に犬《いぬ》搔《か》きで泳ぎ、浅瀬に着き一安心。一体誰の為業《しわざ》かと後ろを振り返れば、上級の餓鬼大将がニヤニヤ笑っている。私は一瞬、畜生《ちきしょう》と思ったが、思いと裏腹でニッコリ笑い返すと、餓鬼大将も「ヨッシャ！」というような仕草を見せた。お陰で私も深みが怖くなくなり、次第に泳げるようになった。自転車に乗れるようになった喜びと同じような気分だった。餓鬼大将も良いお節介《せっかい》をすることもあるなと思った。

それから油蟬や熊蟬の鳴く声が忙《せわ》しくなった頃、大人の話では米ボーイングB29が「新型爆弾を日本の何処かに落とし、大変な戦災が起こっている」との噂《うわさ》が広まった。

どうやら「途轍《とてつ》もない爆弾」だそうだ。おまけに、ソ連のスターリンが鬼畜米英に加担し、日ソ不可侵条約を破り、日本に攻めて来るという。子供ながら、映画ニュースに出て来る鼻髭をはやし、軍服姿のスターリンが頭に浮かぶ。見かけによらず、全く卑怯《ひきょう》な奴だ！

(五)

間もなく昭和二十年八月十五日。その日は日本晴れで、朝から裏山の蝉時雨《しぐれ》が一段と騒がしい。隣保班長の紘本さんから、町中に触《ふ》れがなされ、正午前まで紘本さん宅の大広間に大人も子供も集合せよとのこと。何やら正午から玉音放送なるものがあるそうな。親父は糸口山工廠に出勤。私と明子さんを抱いたお袋とが階段から二階へ上がると、そこは十六畳ばかりの部屋で、奥に立派なラジオが置かれている。既に、四、五十人ばかりが正座をして神妙にしている。十二時の時報が鳴ると、アナウンサーの声が聞こえる。

「皆さま、ただ今より天皇陛下のお言葉があります。その場に、最敬礼して、静かに御拝聴願います」

というような案内があって、日頃聞き馴れない発音のお声が雑音に混じって流れてくる。

「朕《ちん》深ク世界ノ……

……堪《た》エ難《がた》キヲ堪エ　忍《しの》ビ難キヲ忍ビ……」

朕といえば、国民学校の各式の度に、校長先生が白手袋を嵌《は》めて読み上げる「教育勅語」の出だしのお言葉、それは天皇陛下が「私」のことを「朕」という意味だと知っていたが、これに続くお言葉は、何を言っているのか国民学校三年生（九歳）の私にはさっぱり理解《わか》らない。ところが、「……堪エ難キヲ堪エ忍ビ難キヲ忍ビ……」というお声がする辺りで、大人たちの咽《むせ》び泣く声が聞こえ始めると同時に、その場は異状な感じとなり、終わりの方になると、大人の叫びが口々に、

「日本が敗けた！　降参した！」

「鬼畜米英に降参したちゅうこっじゃ」

という異様な声と共に、誰も彼も声を押し殺しながら泣き叫び、畳を叩いてうつ伏《ぶ》す者もある。私にはまだ天皇陛下のお言葉が全く分からず、涙も出なかった。

夕方親父が帰って、玉音放送の意味をよく聞くと、日本は米・英・支（支那《しな》＝中華民国）・蘇（ソヴィエト連邦）など連合国軍に「無条件降伏」といって、我々が一番嫌《きら》いな「降参」をしたことが分かった。

「あの映画館で見聞きした『朝日』や『毎日』の大本営発令は皆嘘《うそ》だったのか。大本営は我々を騙《だま》し偽《いつわ》りを言っていたのか。尊敬していた東條英機《とうじょうひでき》陸軍大将や近衛文麿《このえふみまろ》総理大臣は我々を裏切り、負けていたのを勝っていると騙《だま》していたのか」

親父も日本が降参し、武装解除した以上は糸口山工廠も無くなり、失業者となったことを私たちに知らしめた。

間もなく、私たち一家もお世話になった紘本さん宅を辞して何処かへと行かねばならない。今さら焼け野原の小倉に帰っても仕方がない。親父の旧知の中道さんという中津市内の自転車屋さんが、彼の世話で中津の上宮永町という処に一軒入れるところがあるというので、とり敢《あ》えずそちらへ引っ越すことになった。元湯屋《ゆや》医院（当時、鶴井村に移って開業中）の裏長屋三軒のうち、その真ん中の一軒が空いているという。右隣りが奥村さんという下駄職人で私と同年の治臣《はるおみ》がいる。左隣りは国鉄職員の子だくさんで秋吉さんといい、和夫（カーさんの通称）が同級で治臣と違い大へん温和な人柄である。井戸を挟《はさ》んで前の湯屋医院は大へん広く、その表左の一室が鈴木という父親と美人の娘が営む床屋で、その裏部屋に川信《かわのぶ》という酒飲みの父親と娘がいて、表玄関を境に右側に二部屋、右後に廊下伝いの大きな便所がある。

私たちの新居となる前が往還に出る瀬渡合《せどあ》いで、その右手に二階屋の村上さん宅があり、家主は後家さんで知恵遅れの四、五歳児がいて、二階に塚崎後家と十五、六歳の兄修さん（聾唖者《ろうあしゃ》）と大工の弟子入りの謙ちゃんの三人が借間住《す》まい。各家に水道はあるが、中の釣瓶《つるべ》井戸が綺麗な湧き水で井戸端の六家族の洗面・洗濯・炊事場となり、正に向こう三軒両隣りの井戸端会議所となっていた。

さらに、土地の様子を述べれば、瀬渡合いを出て往還を左に行けば、狭い県道でその十字路を右に行けば耶馬渓《やばけい》青の洞門、左に進めば中津市の繁華街、それまでの右側は三段ほどの田圃《たんぼ》で稲栽培がきちんとなされ、それに接する三段ばかりのレンガ塀に囲まれた七、八棟の別荘が久恒貞雄《ひさつねさだお》さんという田川辺りに炭坑を持つ富豪で、田圃の所有者でもある。なにやら大正か昭和初期には山国川の三口辺りから福岡県（山国川が大分県との県境）築上郡方面に恒久橋《こうきゅう》を架けたり、道路を整備するなど公共事業をした人物として地域に高く評価されている。左の市街地へ向かう角はやはり久恒というタバコ屋兼精米所で戦後の配給などはここで行っている。その隣りが乾繭問屋《かんけんどんや》の筧丹治《かけひたんじ》さん、空地があって隣りが横川鉄工所だが主人は皆から「カジヤんおっとん」と親しまれていた。

あまり、地理上のことにページを割くわけにはいかないが、中津市には大きなカネボウ（鐘ヶ淵紡績の略）やフジボウ（富士紡積）それに生糸のシンエイ（新栄？）という軽工業は結構盛んだったが、軍事産業に関係しない都市は米軍の空襲を受けていない。

私は昭和二十年九月一日の二学期から中津豊田国民学校（全校生徒千数百人）に転入した。三年一組の担任は中野キューピー先生と呼ばれた四十歳前後の優しい男先生だった。なぜキューピーなのかというと、戦時中から髪は伸ばし、中央部分がキューピー人形の頭髪のように盛り上がっていたからという。戦時中は出征の可能性のない三十五歳以上の男性でもほとんどが坊主頭にしており、長髪の人はどちらかと言えば、官憲に睨まれていたと思う。その間の暮らしは、大へん粗末で飯米をはじめ食料、衣料などほとんどが配給で、それだけでは食生活はなり立たず、闇市《やみいち》で求め、あるいは大人も子供も河川、海、山に行き狩猟採集の生活だった。中津に来てからしばらくは親父も失業者で、川では鰻テボ（竹で編んで作った鰻獲り漁具。竹筒《つつ》もある）に罠餌《わなえさ》の田螺《たにし》を入れておいたものなどを小川で夜仕掛け、早朝に鰻の二、三匹は収穫できることもある。

他に鮒《ふな》釣りや三百間という遠浅《とおあさ》の海岸に行って（秋吉カーさんと一緒）あさり貝や絹貝《きんがい》採りでオカズ（ご飯の副食）にしたり、各家庭が色々と工面をしていた。引っ越した新居の近くに半プロの荒瀬という小父さんがいて、彼は山国川で鮎《あゆ》捕りや鰻捕りが専門で、多く収穫すると、近所に売って回る。肉屋さんも点々とあり、今では到底口《とうてい》にすることのできない天然物の鰻や鮎や農家の労役に使った黒毛和牛の肉が食卓に結構上ったものだ。驚くことに、もう十数年口にしていない松茸なども五、六本、焼いて橙酢醤油《だいだいずしょうゆ》、土瓶蓋と松茸ご飯など腹一杯食べたことや、親父の大好物の河豚《ふぐ》ちりには、幸い近くに瀬口の豆腐屋といって何時も出来たての柔らかい豆腐を食べることができていて、麦飯や芋飯ではあっても、オカズは今では特上物をふんだんに食ったものだ。当時人糞《ぷん》は田畑に、稲藁《わら》は細工物や堆肥に残飯は養豚業者が集めて廻るなど何もかも自然サイクルで、私共の年代が長寿であることも、当時の食料難時代のお陰ではないだろうか。私なども戦中、戦後の四年間、砂糖の姿にはお目にかかったこともなく、三十三歳までは虫歯一本もなかった。

テレビなどに見る広島・長崎の被爆者も、生死の境を彷徨《さまよ》った後、生き延びた方は、思いの外長寿で頑張っておられる。戦時中、大本営か大人の噂なのか「日本が敗けたら、生き残った日本人は鬼畜米英の奴隷となり、男は皆金玉（睾丸《こうがん》のこと）を抜かれ、女は皆淫売女《いんばいい》（遊女または女郎）とされ辱《はずかし》めを受ける」などと語られていた。それくらいならと、「一億総玉砕、死なば諸共《もろとも》」などと囁《ささや》かれていた。

# 第三節　敗戦後の日本

## ㈠

転入早々、豊田国民学校では運動会の練習の最中で、授業では習字の時間、国語、算数、社会の教科書で、軍国主義的教育内容に習字の筆で塗り潰《つぶ》す指導がなされた。

校門で一礼、門を通り過ぎた所に奉安殿があり、その右手だったか、二宮尊徳（本名・金次郎）の石像がある点などは、西小倉も、今津も、中津の豊田国民学校も判《はん》で押したように同じであった。ただ、脱帽する時の帽子の被《かぶ》り方は、それまで目深《まぶか》に被っていたのがやや阿弥陀《あみだ》被《かぶ》りとなり、不良《ふりょう》（今でいう非行少年）などは斜め被りをしていた。奉安殿も最敬礼ではなく、普通のちょこんと頭を下げるのが多くなった。戦後すぐ「りんごの歌」や「鐘の鳴る丘」（戦災孤児院に関する歌）など、国民を敗戦の悲しみや苦労から癒《いや》す歌が流れ始めたが、大人の恨み、恋愛、夢を歌った流行歌が祭りの青年団の舞台やラジオから放送され始めると、国民学校内では一切流行歌禁止となった。

運動会では赤白、男女分かれての徒競走、棒倒し、騎馬戦や三角帽を被っての梯潜《はしごもぐ》り、百足《むかで》競争や二人三脚など昔ながらの団体競技が多く、所属団が負けた場合、目立って遅れた者は名指しで袋だたきにする。本人は競技が終わって解散し、人ごみに逃げ込むのだが、大抵捕《つか》まって叩かれたり蹴られたりで、その後も苛められるものだ。戦争で負けた日本人は多くが勝ち負けを気にしていたようだ。おまけに、復員軍人の若い先生が増えてくると、運動会の行進などで厳しくなり、指導する先生は青竹を持って、歩き方や並び方の下手《へた》な生徒の足や背中を後ろから叩く。騎馬戦や棒倒し、綱引きなどでは競技指導の先生が下手な子に厳しくなる。私はあまり叩かれたことはないが、そうした軍国気風は好まなかった。

三学期になると、私は体調が悪く、仲町の松井内科で検診を受けると、肋膜炎《ろくまくえん》と診断され、二カ月間ほど栄養を摂《と》って安静にすること、週一回は検診を受けることとなり、学校は休学とした。今津での生活で栄養不足や夏の過激な川遊びなどが原因だったと考えられる。通院は毎回人力車だったが、終わりの半月は、お袋がどこかの木工屋さんで作った木製の手押し車を片道五キロばかりを押して通った。人力車では、家計の負担が重すぎたようだ。三年三学期は終業式の少し前から登校したが、特に算術の掛算、割算が珍紛漢紛《ちんぷんかんぷん》で、三学年修了の成績は良上《りょうじょう》が一つか二つ、あとは皆良《りょう》だった。西小倉国民学校から今津を経由して豊田国民学校に来たら急に劣等生になった気分で敗戦と同じ、自分自身も敗戦気分であった。

四年生はやはり四十歳過ぎの浪岡先生が担任になった。どこか東北弁の訛《なまり》のある、お話の上手な先生で思慮深いような優しい感じだった。級長は尾園建吉さんで、級長は「さん」付けで呼ぶ。成績は優等であろうが、親しみやすい感じで、やはり上宮永町に住んでいるという。その三年の中野学級の後半は、朝鮮人や支那人、台湾人の生徒は次々と去って行き、それに入れ替わるように引揚者が増え始めた。その中には、久恒豊次ちゃんが抜群に成績がよく、級長の小西忠さんより学力は上ではないかと囁《ささや》かれ、元々自宅は上宮永だった。彼も浪岡組となり、さらに転入生で井上先生の子息・井上憲一君が同学級となり、算数の出来が抜群に勝《すぐ》れていた。彼も上宮永で豊次ちゃんや尾園建吉さんの近くで、学校では上宮永は成績優秀な生徒が多いと評判になっていた。言うまでもなく、私はその評判の中にはいなかった。

私の湯屋医院の三軒長屋では右隣りの奥村家が転出し、仲の悪かった治臣は、私とは逆に今津小学校に転校して、その後に川北家が入ってきた。父親は京都か大阪の大学図書館の司書で、関西訛りが強く、母親は極めて小女だったが、ちょこまかとよく喋《しゃべ》り、井戸端会議に早々から馴染んだ。一彦《かずひこ》、泰彦《やすひこ》兄弟がいて、どちらも学業、体操とも出来が良いらしい。一彦ちゃんは私より三歳年上で、旧制中学校（五年制）に入学したばかり、泰彦ちゃんは私より一級下で、二人とも優しく、好都合な友達ができたと思った。

その頃学校には、朝から保健所の職員が五、六人運動場に来て、低学年から組順に呼び出され、身体消毒をするという。女子は髪に虱《しらみ》が涌《わ》き、男女とも戦後の不衛生な住まい、衣服ゆえ、蚤が跳《と》び回って体中が痒《かゆ》い。呼び出され運動場に出て見ると、男女別に並んだ子供たちが、順番に自転車の空気入れのような噴霧器で、頭から、襟首《えりくび》から真っ白い粉を吹き付けられている。これが戦後国家のすることであった。後で聞いた話では、白い粉はＤＤＴやＢＨＣなどという米国農業の害虫駆除剤だそうで、後に日本の田畑にも導入されたが、何と発癌性があるということで、使用中止になった。

戦後は学校教育も混乱していて、六・三・三制ということになり、国民学校は中津市立豊田《とよだ》小学校となり、新制中学校三年制（旧制は五年制）、新制高等学校は三年制で県立となり、大学は四年制（医学部は五年制）で、大日本帝国大学は廃止され、その代わり大学院三年制などと改変された。

小学校では、先ず「教育勅語」の校長読み上げが廃止され、従来の講堂が体育館とされ、引揚げ者が多く一学級五十人以上のすし詰め学級も増えると、元講堂にベニア板で仕切り、二つ三つ教室代用がなされた。時には、職員室が廊下の片隅に移されたり、急激な変化が見られた。教科書は遅れ気味で、学校では授業は少なく、春、秋は遠足や、田植え休み（三日ほど）稲刈り休みがあって、非農家の私たちも近くの田圃で田植えや稲刈りを手伝い、稲の分蘖《ぶんけつ》前にオトボ（白い蛾でこれが髄虫《ずいむし》を生《う》み、若い稲を枯らす）取り奉仕を生徒全員で手別けして行う。それに運動会や講堂に有名ソプラノ歌手（記憶に残る歌手は、荒巻ノリ子・シューベルトの魔王）を呼んだり、有名劇団？の公演をしたりで、想い出は多い。

既述の浪岡先生はお話し上手で、教科書代わりに楠木正成《まさしげ》の「千早城の合戦《かっせん》」話や、上杉謙信と武田信玄の「川中島合戦」、源義経の「壇ノ浦の合戦」、また時には「耳なし芳一（琵琶《びわ》法師）」や「鶴の恩返し」など昔話を、声を顰《ひそ》めたり、急に大きい声などで学級の生徒は息をのみ、先生の口元から目を離さない。一度は、青の洞門へ学校遠足となり、片道十五キロほどの距離を歩くのだが、リュックにはお菓子や果物は制限され、中味を点検される。弁当は麦飯に蒲鉾や竹輪の煮しめや、アミの塩辛、奈良漬に、真ん中の梅干などだが、長歩きで腹が減り弁当の中味はどうでも楽しみで旨い。しかし、ほとんど粗末な物しか食べていない生徒の中に、お菓子屋の子や果樹園の子などが贅沢《ぜいたく》な食い物を旨そうに食うと差別感を生み、切角楽しい遠足が暗くなる。そのように学校が配慮していることは子供にも分かり、文句は言わない。

遠足の翌日、図工の時間は必ず想い出の絵を描かせて、浪岡先生は良さそうな物を黒板に五枚ばかり画鋲で留め、批評をする。

見ると、私の絵もその五枚の中にあり、浪岡先生が一つ一つ評価をするが、私の絵の前でニッコリ笑い、「竹下君が描いたこのスケッチはどうじゃ？　わしは大へん良く描けていると思うが皆どうじゃ？」

驚いたことに精密画の上手い小西忠さんの絵がない。

「稲の金色《こがね》に実った田圃の中を皆が続いて歩いている。遠くには耶馬渓の岩山が薄らと描かれている。生徒はそれぞれ、あっち向きこっち向き色々な格好で描かれている。いかにも楽しい学校遠足の景色だ。わしは竹下君の絵が楽しい遠足を一番よく描き表していると思う」

皆が私の顔に視線を浴びせる。私は胸がワクワクして、内心嬉しかったが、下を向いていた。「竹下は絵が上手いんじゃなあ」「あんな風に描くと、良いんじゃな」と周りの囁きが聞こえた。転入生で、中野キューピー先生の組では、あまり知られていなかった私が急に注目されるようになった。

上宮永の家では、相変わらず秋吉カーさんと仲良しで、ラムネ玉遊びやバッチン（面子の方言）遊びで例の瀬渡合いは賑やかだったが、川北兄弟はオタク的で、家中で兄弟遊びをしているようだ。ある時、一彦ちゃんが高跳びのバーのような物を家の前の小広場に立て一人で高跳びを始めた。私が、

「一彦ちゃん、それは陸上競技の練習でー」

「あ、、勇ちゃん、あんたもやってみらんね。先ず一メールを跳び越せるかどうか」

「小竹の棒で作っちょるんじゃなあ。越せんじゃったら足が痛え《いて》じゃろ」

「痛いほどじゃないよ。学校の体操で始まったんで、僕は走るのは大丈夫じゃが、高跳びは練習せんといけん」

川北家の玄関から、泰彦ちゃんも顔を出し高跳びに加わった。

「勇ちゃん、あんたは英語は書けるね」と、いきなり一彦ちゃんがいう。

「英語ね、最近進駐軍が学校ん前をジープやトラックで大貞《おおさだ》方面に行き来することが多くなったんで、下校時に出くわすと、みんなハロハロと言ってトラックに走り寄ると、チューインガムやキャラメルの菓子類をばら撒《ま》く。変なこつに、朝でんないのにオハイヨウと言ったりカモンカモンなどという。僕たちもこの頃言い始めたのが、ギブミー、チョコレートなどキブミーと言うて近づく……」

「あ、そりゃ英会話ちゅうことで、僕が言うのはアルファベットと言って英語の文字書きじゃよ。会話は未だほとんど習っちょらん。じゃけど、アメリカ合衆国はＵＳＡと書くが、それは多くの州に別れていて、日本の都道府県の代わりに、何々州と言うよじゃよ。その州の中にオハイオ州というのがあって、日本語のお早《はよ》うに似ており、オハイヨーと言ったんじゃろ」

「へぇー、オハイオ州ちゅもんは初めて聞いた。それに、さっき地べたに書いたユーエスエイというのが、英語の文字な」

「うん、アルファベット二十六文字のうち三文字じゃわなぁ」

「二十六文字でぇ、少《すく》ねぇなぁ。そら一彦ちゃん教えてもらえる？」

「僕も習ったばかりじゃが、あんたに教えると復習になるけん、泰彦と一緒に勉強すればいい。あんたは頭が良《いい》けん直ぐ憶えるが」

翌日早速、古い新聞紙に墨で書いたアルファベットの大文字を一彦ちゃんは私に手渡し、読み方も横に片仮名で書いて読んでみせた。

「A《エイ》、B《ビー》、C《シー》、D《ディ》、E《イー》、F《エフ》、G《ジー》、H《エイチ》、I《アイ》、J《ゼイ》、K《ケイ》、L《エル》、M《エム》、N《エヌ》、O《オー》、P《ピー》、Q《キュー》、R《アール》、S《エス》、T《ティ》、U《ユー》、V《ヴィ》、W《ダブリュ》、X《エックス》、Y《ワイ》、Z《ゼット》」

まだ、小文字や筆記体というのもあるが、この大文字を憶えるのが他を憶える基《もと》となるという。良い先輩が隣りに来たものだと嬉しくなった。

他にも一彦、泰彦兄弟で、紙相撲というのをやっていて、私にも仲間になるよう勧められた。それは、馬糞紙（今のボール紙ができる前の粗末なもの）を二重にし、力士のように切り抜いて、腰の辺りに色々な色を塗り、色別に力士名を付けて、空き箱の上で向き合わせて、箱の端を指でトントンと軽く叩きながら絡《から》ませ、先に倒れたり、箱の下に落ちた方が負けという決まりで勝負させる。私も何人か贔屓《ひいき》の力士の四股名《しこな》を知っていて、相撲には興味があったので、「名寄岩《なよろいわ》」の四股名でデビューさせた。廻《まわ》しの色は紫だった。もちろん、隣り町の天津出身、横綱双葉山は既に引退していた（後で知ったことだが年寄名が時津風親方で、日本相撲協会の理事長）ので、使えない。実際の姿は、既述したように私が四歳、小倉市到津《いとうづ》運動公園の一角の土俵で、照国、羽黒山と共に土俵入りを披露した時の生《なま》の格好だった。相撲史上未到の六十九連勝、優勝回数は十二回だが、当時は年二場所だったので、今と比較はできない。親父から聞かされていたのは、中津城跡公園地の片隅で古くから営んでいた潮湯《しおゆ》屋の風呂焚《た》きをしていた若き（十七歳頃）双葉山が非常に体格が良いのに、公園地に巡業で来ていたある親方が目を付け、力士になることを勧めたという。しかし、この話はどうも眉唾物《まゆつばもの》のようだ。

中津市にも大貞《おおさだ》公園近くに進駐軍（占領軍のことで、最高司令官がマッカーサーということを聞いていた）の基地があるらしく、豊田小学校（国民学校は廃止され、六・三・三の新学制となる）の前の県道をジープや大型幌《ほろ》トラックなどが猛スピードで往き来する。まだ舗装されていない道路には通る度に土埃《つちぼこり》が煙のように舞い上がる。

ある日、早朝から進駐軍のＭＰ（military police　武装解除前の憲兵のような役）が四、五人校長室に土足で踏み込み、中尾校長先生を逮捕し、ジープに乗せて連れ出すという騒ぎが起こった。小学生皆は朝礼前で、三三五五運動場に出ており、まだ整列前だった。何か大変なことが起こったと皆思ったが、訳が分からない。後で知らされたことだが、浪岡先生や中野先生より少し年上だが、校長先生には戦中、子供たちを戦場に駆《か》り出す軍国主義教育の責任者として、戦争犯罪人とされ拘束《こうそく》されたという。東條英機元陸軍大将・総理大臣などはA級戦犯として、既に東京巣鴨の拘置所に収容されているという。こういうニュースを知り、私たち子供も日本が敗戦したという具体的な実感を抱いた。次の田中校長先生は朝礼の訓示が、特別に短かく、例えば「皆さん、豊田小学校の生徒は、明るく、正しく、元気な人になりましょう」などと、一口標語のようなことを言って、お立ち台から下りる。あとは戦中からだったか、一斉体操（今のラジオ体操の前身）を体操責任の若い先生がお立ち台上で指揮をして終わる。

間もなく中津藩出身の福澤諭吉の油絵肖像画（今の一万円札の元画）が校長室か図書室に掲《かか》げられたが、生徒たちは誰もその顔を知らない。私もその肖像は初代校長先生かと思っていた。すると、疑問を持たない子供たちに、浪岡先生が「あの額《がく》の人は、福澤諭吉という偉い人だが、戦争には反対の人で、西郷隆盛と大久保利通の西南の役の際も、ドンパチ戦争の最中《さなか》でも、慶応義塾では諭吉先生の授業は続けられたという。戦争するより、諭吉先生の授業の方が大事だという考え方なんだ。だから、今度の戦争中も自由主義者で、軍国主義に反対の諭吉像額縁は学校の倉庫の奥に隠《かく》していたんだよ。君たちはみんな中津城公園地には何度も行ったことはあるだろう？　あの池の横に大きな石碑があることも知ってるだろう？　あれには何と書いてあるかな？」

浪岡先生の質問に答える生徒は誰もいなかった。小学四年生には難しい質問過《す》ぎた。

「あの石碑は、戦争中もちゃんとあった。皆も知っとるだろう？　あれにはねぇ〝独立自尊〟と刻まれているんだよ。意味は分かるかな？　難しいな」

といって、黒板に〝独立自尊〟と書いて、

「今はまだ君たちには難しいだろうから、家でお父さんに聞くなり、図書室で調べるなり、小学校を卒業するまでには理解《わか》るように勉強しなさい」

と答えは言わなかった。

これも後で聞いた話だか、浪岡先生には三人男の児がいて、その三人とも東京大学に合格したということを聞いて、〝なるほど〟と思ったものだ。それから、二学期の中間テストがあった頃だったか、何かの授業の弾《はず》みで「君たちの中で、英語のアルファベットの文字を知っている者はおるかな？」と浪岡先生が言う。皆は「へぇ～、何だ？」という顔である。私は内心〝しめしめ〟とばかり、手を挙げた。見ると、小西忠さんも手を挙げていた。あまり目だたない私が級長に張り合って手を挙げているので、浪岡先生は目を丸くして驚いたように、

「竹下はアルファベットを知っているのか？　では、前に出て、知ってる文字を書いてみよ！」

と教壇から下りて、私に〝どうぞ〟と合図をする。

私は、さっと前に出て、アルファベットの大文字、小文字までスラスラと白墨で書いた。先生は「ほう、小文字まで憶えたのか。驚いたなぁ。では書いた文字を一つづつ指差して皆に読んで聞かせてくれ」

クラスの皆は、私が黒板に書いただけでも驚いたのに、読み方まで知っているのか、と二重に感心していたようだ。

「エイ、ビー、シー、ディ、イー、エフ、ジー、エイチ、アイ、ゼイ、ケイ、エル、エム、エヌ、オー、ピー、キュー、アール、エス、ティ、ユー、ヴィ、ダブリュ、エックス、ワイ、ゼット」二十六大文字、二十六小文字。

小西忠さんが、小文字まで知っていたかどうかは知らなかったが、彼の影が薄くなったようだ。「英語の竹下」か「竹下の英語」かと、他のクラスまで私の名は響いた。

私が英語というか、アルファベットを憶えたのはもちろん、北川一彦さんのお陰であった。しかしその前に「ギヴミー　チューインガム」とか「ギブミー　チョコレート」

昭和20年9月27日、昭和天皇がマッカーサー総司令官を訪問。国民は敗戦を改めてかみしめた。

など米軍に媚《こ》びる日本人では情けない。あの小倉の十三年間軍用道路をノロノロ歩いていた鬼畜米兵の捕虜姿、それとは打って変わった敗戦後の日本の大人たち、特に衝撃的だったのが、敗戦後間もなく新聞報道された一面の天皇陛下とマッカーサー（後に正式には、連合国総司令官General Headquater＝GHQ、Douglas MacArthur）が並んで写《うつ》った写真なのである。

あの奉安殿の中の御真影の主が、この写真。初めて見る今上《きんじょう》天皇の真の御姿か！　左横に堂々と立っているマッカーサーは、軍服姿で両手は後ろのポケット辺りに当てた大男。天皇陛下はモーニング姿でやゝ畏《かしこ》まっている。敗戦とともに日米が急に逆転した姿か。この御方が玉音放送で「朕《ちん》」と仰《おお》せられ「爾臣民《なんじしんみん》」と国民に呼び掛けなさったのか。日本人の誰もが、悲しみに打ち拉《ひし》がれた「終戦の詔書」の発信者だったのか。

私がこれらの事実をこと細かに知ったのは、『一億人の昭和史』（一九七五年九月一日第一刷、毎日新聞社発行）であった。

アメリカ合衆国では五月頃大統領が急死し、副大統領であったハリー・トルーマンが広島、長崎に二つの原子爆弾投下の決定ボタンを押したこと。その前には、日本が無条件降伏をするように、昭和二十年二月十六日から受諾の八月十四日まで東京や東海地方に計四百五十八万四千枚に及ぶビラを撒《ま》き、日本上空から日本人に呼び掛けている。私は、その紙上で次のような内容のビラが降り注《そそ》がれていたことを知った。

「日本國民諸君《にっぽんこくみんしょくん》へ。軍閥《ぐんばつ》は彼等《かれら》の見事《みごと》な防空壕《ぼうくうごう》の安全地帯《あんぜんちたい》から臆面《おくめん》もなく抗戦《こうせん》を慫《しょう》慂《よう》しているが、然《しか》し乍《なが》ら諸君の防空壕は死の玄關《げんかん》に過ぎない。諸君《しょくん》が抵抗《ていこう》を繼續《けいぞく》すれば、日々更に大《だい》なる戦慄《せんりつ》を諸君《しょくん》に齎《もたら》すであろう。

爆弾《ばくだん》は諸君《しょくん》の大都市《だいとし》に、大穴《おおあな》を開《あ》け、工場群《こうじょうぐん》を狙《ねら》って投下《とうか》された爆弾《ばくだん》は、諸君がありもせぬ避難所《ひなんしょ》を求《もと》める爲《ため》必死に駆け廻《まわ》る間《あいだ》に諸君《しょくん》の住家《すみか》を破壊《はかい》し、焼夷弾《しょういだん》は大火災を惹起《じゃっき》して諸君《しょくん》を炎《ほのほ》に取《と》り巻《ま》いて焼《や》きつくすであろう。全爆撃機《ぜんばくげきき》はその通過《つうか》の後《あと》に恐怖《きょうふ》を残《のこ》すだろう。諸君《しょくん》はとても逃《の》がれ得《え》ない。又何處《どこ》に隠《かく》れる事《こと》も出來《でき》ない。抵抗《ていこう》は戦慄《せんりつ》すべき死《し》を意《いみ》する計《ばか》りである。

斯《かか》る絶望的抵抗《ぜつぼうてきていこう》を終熄《しゅうそく》するやうに要求《ようきゅう》せよ、これが祖國《そこく》を救《すく》ふ唯一《ゆゐつ》の道である」

しかも、トルーマンの写真入りで、さらに筆書きの原稿によるビラには、

「日本國民諸氏《コクミンショシ》、アメリカ合衆國大統領《ガッシュウコクダイトウリョウ》ハリー・エス・ツルーマンより一書を呈《テイ》す。ナチ獨逸《ドイツ》は壊滅《クワイメツ》せり、日本國民諸氏も我米國陸海空軍《ワガベイコクリクカイクウグン》の絶大なる攻撃力を認識《ニンシキ》せしならむ。

貴國爲政者並《キコクイセイシャナラビ》に軍部《グンブ》が戰爭《センソウ》を繼續《ケイゾク》する限《カギ》り、我《ワ》が攻撃《コウゲキ》は愈々《イヨイヨ》その破壊及《ハクワイオヨ》び行動《コウドウ》を擴《カク》大強化《ダイキョウカ》し、日本の作戰《サクセン》を支持《シヂ》する軍需生産輸送《グンジュセイサンユソウ》その他人的資源《タジンテキシゲン》に至《イタ》る迄徹底的《マデテッテイテキ》に壊《クワイ》滅《メツ》せずんば熄《ヤ》まず、戰爭《センソウ》の持久《ジキュウ》は日本國民の艱苦《カンク》を徒《イタズ》らに増大するのみ而《シカ》も國民の得《ウ》る處《トコロ》は絶無《ゼツム》なり。我が攻撃《コウゲキ》は日本軍部《グンブ》が無條件降伏《ムジョウケンコウフク》に屈《クッ》し武器《ブキ》を棄《ス》てる迄《マデ》は断《ダン》じて中《タウ》止《シ》せず。軍部の無條件降伏の一般國民《イッパンコクミン》に及《オヨ》ぼす影響如何《エイキョウイカン》。一言《イチゴン》にて盡《ツク》せばそは戰爭《センソウ》の終焉《シュウエン》を意味す。日本を現在《ゲンザイ》の如《ゴト》き破滅《ハメツ》の淵《フチ》に誘引《エンイン》せる軍部權力《グンブケンリョクショウメツ》を消滅せしめ前線《ゼンセン》に悪戰苦闘《アクセンクトウ》中なる陸海將兵《リクカイショウヘイ》の愛《アイ》する家族農村或《カゾクノウソンアルヒ》は職場《ショクバ》への迅速《ジンソク》なる復歸《フッキ》を可能《カノウ》ならしめ且又僂《カツマタハカ》なき戰勝《センショウ》を夢見《ユメミ》て現在の艱難苦痛《カンナンクツウ》を永續《エイゾク》するを止《トドミ》なるを意味《イミ》す。蓋《ケダ》し無條件降伏は日本國民の抹殺及至奴隷化《マッサツナイシドレイカ》を意味《イミ》するものに非《アラ》ざる事《コト》は断言《ダンゲン》して憚《ハバカ》らず」

といったトルーマン米大統領としては、限り限《ぎ》り切実なもので、彼はアメリカの砂漠で

行われた原子爆弾の恐ろしさ、非人道的な兵器だと身に染みていた故に、その日本投下の決断の前に取れるべき手立てだったろう。しかし、日本の大本営からは何の反応もなく、日本国民がたとえ、田舎の片隅で拾ったビラであったとしても、目を光らせていた日本の官憲は一つ逃《のが》さず没収したであろう。日本国民は〝これから先どんな酷《ひど》い米軍攻撃がなされるだろうか〟と不安に駆られていたであろうか。大人も子供も米軍が「日本國民の抹殺及至奴隷化を意味するものに非ざる事」とまで断言していた米側の忠告一つ知る術《すべ》もなかったのだ。歴史に「もし」があれば、昭和二十（一九四五）年七月二十六日のポツダム宣言がなされた七月末までの五日間に、これを受諾し、無条件降伏・戦争終結をしているならば、同年八月六日の広島原爆投下も、八月七日日ソ不可侵条約破棄、連合軍に参加、対日本宣戦布告も無かったし、八月九日の長崎原爆投下も無かった。これらは私が教員生活を始め、過去を顧みて知った見識である。

㈡

再び、中津市時代に戻るが、右隣りが川北家に入れ替わってから、私には得るものが多かった。親父は戦後失業者となり、以前の心境とは変わったのか、本家第一工場の竹下實伯父（親父の腹違いの長兄で、年は二十歳ほども離れていた）の世話になり、表の湯屋医院で理髪をしていた鈴木一家が営業を止め、何処かに屋移りしていて、空き屋になったので、それを借用して、和傘の製造・販売を始めた。傘の製造となれば、雇い人は技術を習い、一定の職人技《わざ》を身に付けなければならない。お袋は竹下家に嫁入りして以来、見よう見まねで職人のすることを心得ていたので身重（私は全く気付かなかった）だったが、親父の手伝いをし、村上家の二階に住む聾唖者の修さんを雇って仕込み、遠い親戚・小田千代さん、藤村の後家さん、名も知らぬ片目を鶏の嘴《くちばし》でツツかれ白くなっていた十四、五歳の娘など雇って営業を始めた。和傘の材料、轆轤《ろくろ》、竹骨など基礎材は本家から仕入れ、傘用和紙は市内、堀井紙店（文房具店）から、桐《きり》油は福岡県の久留米辺りからか、兎に角一度は若い時本家第一工場長もしていた親父はその辺りの知識はあった。

明子さんは幼稚園入園前、私は隣家川北一彦、泰彦ちゃんとの付き合いに夢中、街には進駐軍がパンパンガールを連れて、徘徊する姿が目立つ。日の出町から、勢田丸《せいだまる》から豊後町、福澤通りなど闇屋街というか、いかがわしい店が多く、兎に角食べ物屋が新設され活気は日増しに感じられた。和傘も未だ造れば売れるようで、番傘が主体だが、蛇の目傘もより芸術的に工夫され、近所の売れない絵画屋の久末《ひさすえ》さんに、蛇の目傘に柄絵《がらえ》を描いてもらいより斬新なものをと工夫もされていた。

学校ではその頃から、アメリカの脱脂粉乳や缶詰めの魚団《ぎょだん》など学校給食が始まり、農家の子には余った大根、人参、芋類などの寄付をさせ、それらを煮込んだスープというかシチューなのか汁物が出されるようになり、我々の粗末な日の丸弁当に栄養を添えた。すると、浪岡先生は「アメリカという国は、上杉謙信のような国だ。宿敵、武田信玄の甲斐《かい》の国は、海がなく駿河《するがの》国の今川から、戦略上塩を止められ、民百姓《たみひゃくしょう》が音をあげている。それで流石《さすが》の武田信玄も窮地に陥ると聞けば、直ぐ越後《えちご》の塩を贈り民人《たみびと》を救った」という。兼て、浪岡先生の「川中島の合戦」も聞いていたので皆すぐ分かる。お陰で学校に行く楽しみが一つ増えた。

兎に角、戦中から食べ物がなく、私も四年間ほど砂糖の姿を見たことがなかった。ところが、これもその頃、久恒のタバコ屋が周辺地域の隣保班長（戦後は、軍国主義組織は廃止されていたが、以前の班長は戦後も自発的に世話役を買って出ていた）をしていたらしく、砂糖の配給も引き受けていた。各家庭にほんの少し配給され、料理の味付けではなく、ちり紙に包んで子供のおやつとされた。

序《つい》でに、上杉謙信と同年（一五三〇年）の生まれの大友宗麟《そうりん》は豊後府内《ふない》（今の大分市）生まれだが、謙信と同じ年、京都の大徳寺（臨済宗《りんざいしゅう》）で得度《とくど》（剃髪入道して仏門に入るが、今までの守護という地位と任務は果たす、いわゆる在俗出家）を受けて瑞峯院殿休庵《ずいほういんでんきゅうあん》宗麟と号《ごう》したが、上杉謙信も同じ大徳寺（京都紫野の地域）で得度し、不識庵《ふしきあん》謙信と号している。

私が教職を退職一年前から住している宮崎県西都市大字山田の中山集落は都於郡《とのこおり》八区の端だが、都於郡城に生まれ育った伊東マンショ（漢字で満所と書き、南欧諸国歴訪時の署名に用いた教名、本名は伊東修理亮祐益《しゅうりのすけすけます》という）が十三歳のとき、大友宗麟義鎮《よししげ》守護大名の命《めい》で遣欧《けんおう》少年使節の首席正使《しゅせきせいし》として、ポルトガル、スペイン、イタリアを歴訪、スペイン帝王フェリーペ二世やローマ教皇グレゴリュウス十三世などに謁見《えっけん》、当時のルネサンス文化を日本に持ち帰り、歴遊中は極東の日本国と日本人という欧州では知られぬ国と人を、優れた国家、人民と知らしめ、帰国後の後半生はカトリック神父として、貧窮に喘《あえ》ぐ民百姓などに宣教し、「清貧・貞潔・慈愛・勇気」の生き方に一点の曇りなき偉人であった。

私は三十数年にわたり大友宗麟や伊東満所を研究することにより、我が身を励まし、宮崎の教職で知り合った直接間接一万人以上の教え子に彼等が喜寿になり、米寿に至ってもその師匠として「教育活動を続けるに恥じないよう「マンショ」に学び生きて行かねばならない。……何か、この書のテーマの結論めいたことを記したが、まだ私の論は進む。

浪岡先生の「給食から上杉謙信」の話とは大きく横道に逸《そ》れたが、話を戻すと、豊田小学校には各学級に一区画の小さな花壇が与えられていたが、花壇と称するように、どの学級も綺麗な花植えを競っていたが、浪岡先生だけは、南瓜《かぼちゃ》、胡瓜《きゅうり》、茄子《なす》、唐芋《とういも》（薩摩芋とは呼ばなかった）などを植えていた。諸生徒と作業するなかで急に「アイ・キャン・スピーク・イングリッシュ」とか「ジス・イズ・ア・スイート・ポテイト」と言う。

「これから英語を勉強せないかん。アメリカに占領され、日本人も戦争中『敵性語』としてそれまで使っていた英語は次々に日本語に変えていたが、アメリカに頼らんとならん今では、早いうちに英語を憶え、アメリカが本当は日本をどう変える考えか知らんとね。竹下んごと、早よ、アルファベットを憶え、英語会話ができるようにせにゃいかん」と耳もとで言う。

私は浪岡先生の言うとおりだと思った。親父も十九歳でアメリカに渡ろうとして英会話学校に行ったと前に聞いたことがある。帰ったら聞いてみよう。私は早速、夕食後親父に英会話学校で習ったことを憶えているかを尋ねてみた。

「おゝ、そうじゃのう。少しは憶えとるぞ。お前は川北さんにアルファベットを習っとるようじゃが、あれは基礎文字で、英語を勉強するのは、これからじゃなあ」

「父さん、僕は英語を勉強します。とはどのように言うんで？」

「うん。アイ・ウィル・スタディ・イングリッシュ。かな？」

「へえ、ちょっと片仮名でこん紙に書いてくれんでぇ」

親父はノートに鉛筆《えんぴつ》で書きながら意味も言う。

「アイとは僕、ウィルは〝……しようと思う〟スタディは勉強するちゅうことで、イングリッシュは英語ということ。だから、日本語の順番と少し違う。英語では、私、僕、俺、わたし、朕《ちん》もアイ。お前の憶えたIであれば天皇陛下でも百姓でも一人称はIじゃ。

I《アイ》僕は→wish《ウィシュ》またはwill《ウィル》＝望みます、study《スタディ》＝勉強をする。English＝英語を、となる」

「では、僕はスイカを食べたい、は？」

「I＝僕は→したいwant、食べる＝eat、西瓜《スイカ》を＝watermelon《ウォーターメロン》となる」

「今日は遅うなった。また、暇んとき英語を教えてな。浪岡先生が言うように、できるだけ早く英語は憶えにゃいけん」

「おお、いいこっちゃ。暇ん時は教えてやるぞ！　そん浪岡先生は担任か？　偉い先生じゃのう。わしも思い出して、憶えにゃいけん」
豊田小学校の五、六年は持ち上がりの大家《おおいえ》慎司《しんじ》先生となった。自宅が旧福澤諭吉邸跡の近くで、海軍兵士だったが、乗っていた軍艦が終戦まぎわに敵艦により撃沈され、木《き》片《ぎ》れに摑まって一昼夜漂流してやっと上陸し、無事帰還されたという話を知った。国民学校入学以来初めて男女同学となり、席順は、男女一組が机を寄せ、隣り合わせになるという。問題は学級担任の大家先生が一存で決めるという。果たして相手は？　恒住《つねずみ》笑子《えみこ》さん！　なんと上宮永の私宅左隣りの秋吉さんが最近転出して、その後に子だくさんの恒住家が家移りしていたが、同学年の女の子が隣りに来たと聞いていた。

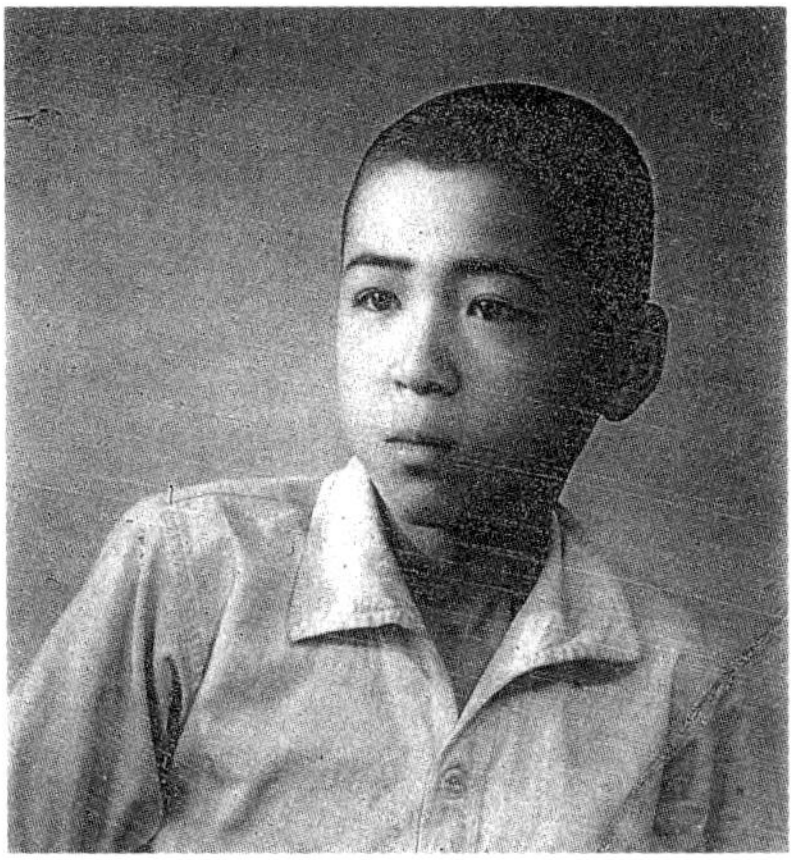

中津市立豊田小学校５年生の夏頃

　ところが、彼女は私と隣り合わせになったことを喜んだらしい。私もそれを聞き安心したが、隣りと言えど男女仲良くする時代ではなかった。

　教科書も戦後の新しく改訂されたものとなり、社会科はどうだったか、その記述内容にほとんど記憶がない。五年二組だったか、成績の良い女の子の名前は、直ぐ噂で聞き、久持登久子《ひさもちとくこ》（故人）が一番、次が思塚昌子《おんづかまさこ》さん、三番が引揚者の横松叔子《よこまつとしこ》さんという。男子も引揚者に出来の良い人が多く、恒久豊次《ひさつねとよつぐ》ちゃん、尾園健吉さんは二番となり、三番は転入生の井上憲一君だと聞いた。引揚げ者は皆、標準語を使い横松さんなどは「エス様」がどうのこうのと、今まで聞いたこともない言葉を言うのである。後に、年一度の学芸会で我が学級は「シンデレラ姫に横松さんが扮《ふん》し、私は何とそのゾウリ取り役である。練習を何度も繰り返すのだが、その度に、私は彼女の前に跪《ひざまず》いて、その可愛い足にガラス（紙で作った）の靴を履《は》かせたり、脱《ぬ》がしたりで、その乳臭い彼女の足に触れるのである。彼女は歌も上手で卒業前の教室でのお別れに、もう一人歌上手な江熊さんと「故郷を離る歌」の二部合唱をしたのが、今も頭に焼き付いている。

その頃、宮永（上宮永町と下宮永町がある）では、学業成績の良い子が多いと評判が立ち、私もその中に数えられていたようだ。

大家学級の授業では、音楽、図工、国語、算数は結構充実していたが、社会科はまだ戦後の情勢に相応しいものがなく、自由研究的なものが多く、大家先生は日頃、子供が見られないようなもの「今日は、鐘紡《かねぼう》（鐘ヶ淵紡績株式会社）の見学を会社の了解を取ったから、みんなを連れていくことにしよう」と、豊田小学校前の県道を渡り、二メートル以上の土塀、何時も三十メートルほどの煙突だけを見ていた小学生に工場内を案内させるという。

大家先生は門衛に挨拶をして、係の案内人が五十人ばかりの小学生をぞろぞろ大きな工場の出入口から案内する。日頃見たこともない工場内風景は、入口から出口まで何十台もの自動織機や糸繰機などが並び女工さん一人一台の機械に張り付いて仕事をしている。遠い向かいの出口までは、霧が立ったように綿埃《わたぼこり》で霞《かす》み、周りの器具にはクリスマス・ツリーに乗っかった雪のように綿埃が積み重なって見える。後に教職時代、女優・山口百恵主演の『あゝ野麦峠』（女工哀史《あいし》）を思わせるものであった。

ある時は、「今日は中津地方裁判所を見学しよう」という。丁度、強盗犯被告人の裁判風景であった。傍聴席に五十人ばかりの小学生がギッシリ座るわけで、皆「強盗犯人」と聴いただけでも怖い、無気味な見学だった。

大家先生宅近くの福澤諭吉屋敷といえば、現在一万円札の顔だが、豊田小学校にも油絵の肖像画が掲げられたことは既に述べたが、後に『福翁自傳』を読んで知ったことで、彼の父上が中津藩大坂倉屋敷の役人で、一八三四年大坂に生まれ、幼児のとき豊前中津藩の屋敷に戻ったが、中津藩家老の奥平壱岐という我侭者に近習《きんじゅう》扱いにされ、中津藩の身分差別を嫌い中津を跳び出して、長崎に学んだ後、大坂の緒方洪庵の「適塾」に学び、中津には戻らなかったようだ。この時の経緯《いきさつ》が本《もと》で、あの有名な格言「天は人の上に人を造らず、人の下に人を造らず」（大家先生から小学校卒業記念の贈る言葉）は私の人生訓である。序《つい》でに言うと、贈る言葉には内村鑑三の「偉大なれよ、平凡なれよ、平凡にして偉大なれよ、空気または日光の如く」は、もう一つの私の人生訓である。

諭吉は二十五歳の万延元（一八六〇）年、日本の軍艦として咸臨丸《かんりんまる》（軍艦奉行・木村摂津守《せっつのかみ》、指揮官・勝海舟〈麟太郎《りんたろう》〉）に乗船し渡米する。文久元（一八六一）年、遣欧使節（岩倉具視《ともみ》遣欧米使節団）にも随行して、その二度の体験から、『西洋事情』や『学問のすすめ』そして「時事新報」創刊。その後、慶應義塾（後に大学となる）を創設など多くの功績を残したが、政府部内には距離を置き、明治十四（一八八一）年には、東京学士院会員を辞退している。噂によると、第一号文化勲章も固辞（伊藤博文から再三の推薦あるも）したと聞く。私人に徹したことは、後の渋澤栄一に共通するものがある。

大家先生はいわば、帝国海軍の軍人であったにしては、生徒に大へん優しく丁寧であった。

小形早喜君《おがたはやき》とは、親の都合で小学四年から転入生同士で、大分大学経済学部まで同じ道を歩き、私とは正反対のタイプと思うが、今日に於いても中津市在住で、親友であるが、私の著作、随筆「サルがヒトになるについての三つ目の要件」という長ったらしいテーマで書いたものと重複するので、今回は省略する。

昭和二十三年後半になって、私たちの新制中学校（豊陽《ほうよう》中学校と後に称す）として、小学校の正門から見て、グランドの左端にプレハブ校舎建設が始まっていた。しかし、入学には間に合わず、旧制中津中学校（五年制）の日頃使用しない舎屋が仮校舎となり、職員室は廊下に細長く設けられていた。

入学式はどうだったか記憶にないが、教室は蚤《のみ》だらけで朝から足に這《は》い上がってくる蚤には皆全く閉口したものだった。授業どころではなく、休み時間は皆で暴《あば》れ合って痒《かゆ》さを紛らせていた。一年の担任は復員軍人の田代欣一《たしろきんいち》先生で英語専科であった。他にも多くの先生方は復員軍人で、未《いま》だ記章を外《はず》しただけの軍服姿。スリッパと言えば、軍靴を改造したもので、歩く度にガタンガタンと大きな音がする。また、何事にも軍隊式で怒鳴ったり、叩いたりで大へん恐ろしかった。

三学期頃になって、やっと小学校内のプレハブ校舎が出来上がり、そちらへ移動して、

中津市立豊陽中学校１年生（田代学級）の生徒。最後列左端が田代欣一先生。左から六番目が私、その右隣りが古川さん。

蚤の襲撃から解放された。

少し前まで敵性語として禁止されていた英語を、復員軍人の先生に習うわけだ。田代先生も〝Jack and Betty〟という教科書で授業を始めた。私は小学校からの続き、「竹下の英語」か「英語の竹下」かと皆に知られ、図工も抜群と言われ、年輩の専科・大橋先生（四、五十歳ではなかったか）の気に入られていて、その他の科目も優秀になっていたので、担任の指名で私が級長、女子の古川さんが副級長で一番後ろの座席に二人机をくっ付けて座った。

その少し前、小学六年二学期・昭

和二十三年九月十八日。中学校の裏塀の道向かいに細川産婦人科医院があり、そこで久し振り、私より十二歳離れた二人目の妹の陽子さんが誕生した。私は気付かなかったが、いよいよ臨月となって、私は自転車で細川医院へ走らせ、お袋の気分が悪いとか、どうも調子がおかしいとか知らせに行き、妹が生まれることを楽しみにしていた。陽子さんは元気に生まれたが、その後風邪を拗《こじ》らせ、ある時は無熱性肺炎になって生死を彷徨《さまよ》うこともあり、その度に私は自転車を走らせていた。

二学期も終わり頃になると、二毛作の田圃《たんぼ》は麦が成長し、長屋の左端の恒住さん宅から県道に向けて三段ばかりの筧《かけひ》家・乾繭《かんけん》問屋所有の麦畑が、少し成長しての麦踏みが始まる。麦は十センチばかりに伸びると、一旦出ばなを踏み折った方が成長が良くなるという。筧の麦踏みは長女の順《じゅん》ちゃん（順子・今は我が妻）と妹の須賀《すが》ちゃん（須賀子）が二人で、何日間も麦を踏み続ける。筧は父親は早死だが、丹治爺《じい》さんがやり手で、プチブルというか小金持ちであり、近所でも久恒貞雄に次ぐ分限者《ぶげんしゃ》と見られている。私は親父が甲斐性《かいしょう》なしと言われ、貧乏人の子だ。しかし、中津市に引っ越して来て、上宮永町では学業優秀な子供たちの一人に数えられるようになった。筧家の娘と貧乏な竹下家の子息の対比を思い、生まれて初めての俳句を詠んでみた。

寒き日に　踏まれし麦の　育つ日は

麦は我が身である。この苦難の人生は将来どうなって行くのか？　新制中学校までが、戦後の義務教育となったが、その上に進学できるほどの保障はない。大家慎司先生は小学校卒業にあたり、内村鑑三《かんぞう》の「……空気または日光の如く」なれ、と格言を贈られ励まして下さったが、高校、大学と進学もせずに偉大な人物になれるのか？　色々と少年の私が「我が人生」を考え悩んだ一句であった。

内村鑑三（一八六一～一九三〇）は明治時代、今の北海道大学の前身・札幌農学校（一八七二・明治五年に創設）を新渡戸稲造《にとべいなぞう》等と共に学び、ウィリアム・クラーク（一八二六～八六、アメリカ人教育者）の「少年よ大志を抱《いだ》け」の開拓者精神で教育を受け、無教会主義のキリスト教信者で、教育勅語の明治天皇署名への最敬礼を拒《こば》み、不敬罪に問われた。日清戦争（一八九四～九五）や日露戦争（一九〇四～〇五）など戦争反対を唱えた異風な有名人。

これに対して対照的な新渡戸稲造（一八六二～一九三三）は、同じ札幌農学校に学びクラーク先生の教えを受けたが、卒業後アメリカ・ドイツに留学。京都大学教授、一高校長を歴任。国際平和を主張し、国際連盟事務局次長、太平洋問題調査理事長などで活躍。英語で著《あらわ》した彼の『武士道』は、英・米人より優れた英語で書かれ、国際的に有名となった。特に、アメリカ合衆国第二十六代大統領・セオドール・ルーズベルトに大きな影響を与え、日露戦争の講和をポーツマスに斡旋《あっせん》し、大変な日本贔屓《びいき》であったという。同じルーズベルトでも、第二次世界大戦を戦った米合衆国第三十二代大統領フランクリン・ルーズベルト（一八八二〜一九四五）とは天と地の差だ。日本人嫌いで、日本に対する石油禁輸政策など致命的制裁を課し、太平洋戦争を誘因した。

こうした明治・大正・昭和の先人が日本の今日に及ぼした影響には測り知れぬものがある。

中津市立豊陽《ほうよう》中学校は、私が二年生となってやっと完成した。しかし、それは沖台平《おきだいい》野の辺鄙《へんぴ》で「焼き場」（今の斉場）が近く、時折学校のグランドや教室にも魚を焼くような臭いがして、皆鼻を抓《つま》みながらの授業や体育であった。体育館はもちろんなく、バレーボールや軟式テニスやバスケットボールはグランドに仕切りを付け、セットしてあったので、雨の日は体育は保健の授業に早変わりした。

そう言えば、軍国日本・特に太平洋戦争後半は英語は敵性語で使えなかったので、既述した、テニスは庭球、バレーボールは排球、バスケットボールは籠球、サッカー＝フットボールは蹴球、戦時でも若干は続けられたベースボールは今でも野球と呼ぶし、ファーストベースは一塁、セカンドベースは二塁、サードベースは三塁、ホームベースは本塁、ピッチャーは投手、キャッチャーは捕手、ホームランは本塁打、ストライクは「よし？」ボールは「だめ？」か、兎に角、戦後も英語の訳語が用いられている例も多い。ただし、サイレン、サーチライト、ラムネ、サイダー、パン（ポルトガル語 pão）、カステラ（ポルトガル語castilla）、シャボン（ポルトガル語 jabó 石鹸）、シャッポ（フランス語chapeau帽子）などの外国語は戦時も使われたし、同じ西洋人でもドイツ人やイタリア人のカトリック神父は在日が許されていた。なぜならば日独伊三国（ナチス、ファシズム、軍国主義）で同盟を結び、ヒットラーやムッソリーニ、そして東條英機は尊敬の的だった。

## (三)

中学二年のある体育（戦時中は体操と称した）の授業で雨となり、保健体育科の専科・古野ダイダイ先生が「今日は座学じゃ、いつもの教室で待っちょけ」という。

皆、保健の授業だなと思い教科書を机に置いて待っていると、「今日は、お前たちが聞いたこともない話をしよう」と言って、黒板の右側に「唯物論《ゆいぶつろん》と唯心論《ゆいしんろん》（観念論《かんねんろん》と一般的に使う）」と書き、中央には「弁証法《べんしょうほう》と形而上学《けいじじょうがく》」と書く。皆は何のことだろうかと頭を捻《ひね》っていた。

ダイダイ（代々？）先生はニヤリと笑い、口を開ける。

「唯物論《ゆいぶつろん》とはな、この世の中の物は、突き詰めればすべて物質からできていること。空気も見えないが気体という物質、水は液体、氷は固体、机や椅子、動物、人体、森林、山、河、大地も海も空も総て物質で、どこまでいっても物質のみだという。ところが、われわれの体もこの世の森羅万象《しんらばんしょう》・何もかも生まれた物は必ず死ぬものだ。難しい言葉で言えば、生成《せいせい》するものはすべて消滅《しょうめつ》する。そして、唯物論者はそれで終わり、あとは無あるのみという。

そこで唯心論者は、例えば人は死んで灰にされても、身体が腐って土になっても、魂というか霊魂というものが、この空間に浮遊して我々には見えないが、我々の周りに居て、我々を見守っているという考えじゃ。どうかな、お前たちはどっちかな？　この唯物論の考え方を歴史上最初に言った人は古代ギリシャの哲学者デモクリトス（BC四六〇～BC三七〇）で、物質（例えば大根）はこれを千切りし、それをまだまだ続けて小さく切っていくと、それ以上切れない、というか分割できない極微《きょくび》な物質、これは空気のように人間の目には見えない、例えば十億分の一ミリ、一グラム等、分かるかな？　それを言ったのはデモクリトスよりもっと先輩のレウキッポスという人だが、それをアトム・原子と言い、それをまた色々な方向から研究したデモクリトスは、後に物質はどこまで行っても物質、すなわち唯物論の元祖《がんそ》とされた。しかし、同時代のソクラテス（BC四七〇～BC三九九）は、その弟子たちに死刑（自分で獄中与えられた毒を飲んで死ぬという死刑判決）決行の前、海外に亡命する手立てを断わり、『私は死んでも君たちの側にいてその真理探究の姿を観ている。なぜならば、私の魂・イデアは永遠不滅だから心配するな！　死ぬ前に一つ忘れていたことを思いだした。それは隣人に鶏一羽を借りていた。後で、必ず返しておいてくれ』と言って、弟子のプラトンをはじめ数人の弟子の亡命説得を断わり、判決通り自害して死んだ。これをプラトンは『ソクラテスの死』のテーマで記録していて、これが唯心論（観念論）の元となっていると言われておる。

また、弁証法《べんしょうほう》と形而上学《けいじじょうがく》じゃが、どちらも世の中のことは有機的（多くの部分が集まって一個の物体を造り、その各部は緊密に関連し、全体がまとまる様）に関連し、変化しているが、弁証法の場合その変化は少しづつ量が膨らむというか、多くなり質の変化を起こし次の段階に発展すると主張するのに対し、形而上学の方は世の中のことは変化はするが同じことの繰り返しだと言う。弁証法は、例えば氷の変化で話そう。お前たちも経験したことがあるように、水を薬缶《やかん》に入れて、下から火で温《ぬく》めると、固体から液体の水となり、その水はさらに熱するとしばらくして蒸気という気体になる。つまり一定の時間、量的に膨らむか一定の熱量が上がり、大きく変化し、質的に固体のものが液体となり、そして気体という質の違うものに変わる。世の中のいろんな現象は皆こうなっとるというのが弁証法という考え方。それに対して、形而上学は時計はカッチンカッチンと時を刻んで変化する。しかし、一日二十四時間繰り返すとまた零《ゼロ》時から始まる。一年も春、夏、秋、冬と変化はするが、また次の年も同じように季節は廻る。変化はするが、同じことの繰り返しであるという。

どうじゃ、お前たちはどちらか。今はまだ決まらないと思うが、やがてどちらかに決めた方がよい。お前たちもやがて年をとってか、何かの病気や事故や日本の大東亜戦争のように特攻隊のような死に方もある。必ず死ぬんだ。だから、生きているうちに有意義な生き方をせにゃならん。切角、人間に生まれた以上は立派に生きて、他人《ひと》やお国のために為《な》ることをせにゃもったいない。そのために、唯物論か唯心論か、弁証法か形而上学か、それが人生観、世界観というもんじゃ。もう、お前たちの歳になれば、そろそろ、そんなことを考えた方がいい」

このダイダイ先生の話は、中学二年中頃の私の心を大きく揺《ゆす》った。そして八十七歳になる今の私の人生観や見識・人間性を形作ってきたわけだ。

豊陽中学三年になると、担任は国語専科の吉岡ペロちゃんとなった。私は二年の途中で田代先生に級長の座を返上した。なぜならば、成績順で担任の一存で級長に指名されることを快《こころよ》しとせず、クラスの皆に推薦されるなら兎も角、皆が知らないうちに私が級長というのでは納得いかなかった。それの続きで、三年では級長の声は掛からなかった。吉岡先生は何かと私に注目はしていたが、田代先生のような情けは感じなかった。

学校長は東野先生で、旧制中学時代の英語専科だったらしいが、大分県でも有名な英語の実力者と噂《うわさ》されていた。ある日の朝礼で、お立ち台に立った東野校長は、

「皆さん、今日は何の日か知っていますか。実は、アメリカやオーストラリアでは、アーバーデイといって、全国一斉に樹木を植える日となっているのです。日本語で言えば、全国植樹祭とでも言いますか？　日本でも戦時中たくさん木を伐採して裸山が多くなっていますから、アメリカなどに見倣《みなら》って木を植えるといいですね」と呼び掛けた。

私は、早速得意とする英語だから、調べて見ると、“Arbor Day”植樹日、四月から五月に米国・カナダでは植樹をする日、arborはラテン語で「木《き》」となっている。流石《さすが》に旧制中学の英語で県一と評判の先生だ。こんな先生に英語を習いたいと思った。

また、その夏、生徒たちが思い思い遊び回っていると、突然四、五人の青年が校舎の玄関に集っている。青年たちは不良のようで直《す》ぐ部落の青年たちと分かった。しばらくすると、知らない先生が玄関へ現れると、青年たちは下駄を脱ぎ手に持って、それでその先生の顔面を殴《なぐ》り、先生がしゃがみ込むと、「ざまあ見ろ！」というようなことを言って立ち去った。後で聞くと、その先生は理由もなく、態度が悪いか何かで部落出身の生徒を殴ったらしい。その仕返しにしては、激しい仕打ちだ。後に未解放部落といわれ、別府市や小倉市のヤクザ者や暴力団の六割以上がその部落出身者という。敗戦直後の中津では、朝鮮、中国、台湾の者といざこざ（ものごと）を起こすと、大変なことになると聞いていたが、こんな度は部落の人間かと、気になることが増える。

「君子危きに近寄らず」などと親父は格言を良く知っていて、何かある度に私に言って聞かす。己れの甲斐性無さを棚に上げ、「武士は食わねど高楊枝《たかようじ》」「他人《ひと》の振り見てわが振り直《なお》せ」「情けは他人《ひと》の為《ため》ならず」「人生万事塞翁が馬」

そう言えば、その少し前くらいだったか、お袋が、だれか知人にロビと名付けられたスコッチテリア種の小さな（成長しても掌《たなごころ》を合わせて抱《かか》える程度の）小犬を貰って来ていたが、人懐《なつ》こい犬で吠えることもなく、放《はな》し飼《が》いにしていたら、ある日、

「勇ちゃん、あんたとこで飼ってたロビが、さっき犬殺しの小父《おっ》さんに連れて行かれたよ」

と近所の子供が言う。

それで犬殺しの小父さんは何処《どこ》に住んでいるかを確かめると、何と「M地区という部落（後に、未解放部落と称す）」らしい。学校は休みの日だったか、私は昼頃自転車を走らせた。その村には独特の雰囲気があり、入口から要所要所に野球帽を横にかぶったり、後ろ向きにかぶったりした青年が物置などに座っていて、入口から余所者《よそもの》をジロジロ見詰めるのだ。私は入口のその一人に「犬殺しの小父《おっ》さんに用があって来たんじゃが、どっちの家かなぁ」と、「あゝ、この道を真《ま》っ直《す》ぐ突き当たりの家じゃ。犬がいっぺえ吠ゆっるから、すぐ分かるど」と指差す。

私がその家に近づくと、大小様々《さまざま》な犬が檻《おり》に入れられ吠え始める。暗い玄関に立ち、「こんにちは、小父《おっ》さんは居りますか？」

小父《おじん》は昼飯の最中だったようで、口をもぐもぐさせながら現れた。

「食事中すんません。僕は上宮永の竹下と言いますが、うちのロビちゅう小犬が、小父さんに連れていかれたと聞いて貰《もら》いに来たんじゃけど、返してもらえるかな？」

「ぼんちゃん、そん犬は預かっちょるが、なんぼ小め犬《こん》でん、放し飼いは駄目ぞ！　今度はぼんちゃんが態々《わざわざ》来たき、返えすが、また放しちょったら、そん時は始末すけんなぁ」

小父さんは犬の餌も添えて返してくれた。家にロビを連れて帰ると、近所の人やお袋も出て来て驚くやら喜ぶやら「勇ちゃんが、あん部落によう行ったわい。怖《おじ》いもんな」。しかし、ロビはその後大きな雄《おす》犬に交尾《こうび》され死んでしまった。

正月はお袋の長洲の是永に里帰りした。明子さんはもう豊田小学校の三年、生まれて未《ま》だ二歳ばかりの陽子さんの子守り役で、お袋も産後の養育で何とか気疲《づか》れが残っているようで、私は中学三年の進路問題があるにも拘《かか》わらず何かと家事手伝いが多かった。親父は長洲の里帰りと言えば、ほとんど同行することはなかった。円治祖父はまだ元気だ。正月の餅搗《つ》きは相変わらずで、搗きたての柔らかい餅にきな粉を付けたり、焼き海《の》苔《り》を巻いて醤油を付けて食べるのも旨い。しかし、私が成長し、中学三年にもなると、私に相対する時、や、畏《かしこ》まったような、物言《ものい》いもぎこちないような感じであった。戦死した和一郎叔父さんの二階の位牌に参る時は、澄江叔母さんが案内してくれたが、仏壇は横広く、焦《こ》げ茶にくすんだ三段横板の上に先祖の位牌が多く並び線香壺と仏具も簡素な物である。聞いてみると、どうやら禅宗でも曹洞宗《そうとうしゅう》は特別に質素だそうである。それにしては盆の灯籠《とうろう》流しは派手で金《かね》に糸目をつけない風習もある。現に、和一郎叔父さんの初盆会は親戚一同が集まり、大きく豪華な灯籠を担いで眞光寺の自宅から墓場まで三千メートルばかり行き、最後は高価な灯籠に惜しげもなく火を点け燃やしたことは忘れられない。

中学三年の三学期も始まり、皆卒業後の進路を決めなければならない。ほとんどの生徒が家業を継ぐか、就職である。私は何としてでも絶対に新制高校・中津西高校南校舎（旧制中津中学校を継ぐ。後に県立中津南高校となる）を受験すると決めていた。佐川君や阿部君など成績のいい者でも中津東高校（商業科と工業科それに夜間部も合同）へ進むと言う。久恒豊次ちゃんや井上憲一ちゃんも小形早喜君も中津西校南校舎へ行くらしい。参考までに言うと中津西高校北校舎は、旧制の中津女学校跡で、中津城公園地に近く、上《かみ》・下《しも》宮永町や豊田小学校区は北校舎に通うには遠く長距離通学となる。

そうしたある日の朝、未《いま》だ朝食前に、突然本家の實伯父《みのるおっ》さんが来宅した。見れば一斗缶一杯の精米を荷車で運び入れている。「お邪魔するぞ！」といって、朝食の卓袱台《ちゃぶだい》の真ん中に座っている。お袋は寝かしつけたばかりの博子さん（記述が遅れたが、昭和二十五年十一月二十三日中津市上宮永八二一番自宅、豊田町細川産婦人科医院で出生）をさらに奥に移し、明子さんと陽子さんはその辺りに座らせて、伯父さんに座布団を進め、お茶を出したり、何かと少々気が急《せ》いていた。そして、朝食の準備も明子さんに手伝わせていた。實伯父さんは「そんなことは後でいい」と言って、親父と私に前に座れと言う。お袋は實伯父さんの前に朝食を膳ごと卓袱台の上に置く。

「お前んところは、勇を高校にやるちゅう話を聞いたが、本当か？」

親父より二十歳ばかり年上の腹違いの長兄で、竹下三倍傘本家の後継ぎである。

親父も私も朝食には手を付けず、下を向いている。お袋も明子さんも三つくらいの陽子さんも少し離れた台所付近に座っている。

「俺《おり》は驚いちょる。お前んところのごつ貧乏たれが、子《こ》が一寸出来《ちいとでけ》るからち、高校にやってどげぇする積りかあ。どうち、こうち無茶な話じゃねぇか。中学を出れば立派なこっちゃ。俺《おり》はのう、勇は大工の弟子入りをさするのが一番似合《お》うちょるち思うちょる」

私も親父も黙って下を向いている。實伯父さんは焦《じ》れったそうに、右手指で持った箸《はし》の先を親父の顔面へ突き出しながら、

「黙っちょるところを見ると、俺《おり》の言うこた聞かれんのじゃの？　あとはどげんなってん、俺《おり》ゃ知らんど。好きなごつ、してぇならしちみよ。先は見えちょる」

實伯父は言うだけ言うて、土間に置いた一斗缶を指差し「おい、あれ！」と合図をして帰って行った。お袋はこの場に鋭《するど》い視線で睨《にら》んでいたが、伯父さんの帰り際《ぎわ》、

「實兄《みなあん》さん、済んません。有り難うございました」と一応の礼を尽くした。親父も私も黙ったまま立ち上がって見送った。そして、その姿の消えるのを見て、

「勇！　日本じゃ、貧乏は恥じゃないぞ。昔からそう言われちょる。お前は何も心配せんでいい。俺が何とかするき。勉強が好きじゃし、成績もいい。高校でん、そんまた上でん、進むがいい」と親父は笑った。私は、親父にコックリと頭を下げた。

## ㈣

中津西校に進む者は余り多くはなかった。愈々《いよいよ》その日となった。南校舎の一受験室に

は、五十人ばかりの男子一色で、皆神妙に座っていた。私の受験机は中ごろの一番前列だった。全員坊主頭ではあったが、私の左横の生徒は剃刀《かみそり》で剃《そ》ったようでツルツル頭で光っていたのが印象的だった。検査官の先生は三人で、受験は順調に終わり、私も親友の小形君も無事合格した。驚いたのは、女子で田代欣一先生が顧問の女子テニス部部長だった日頃成績上位といわれていた生徒が一人不合格だった。

この受験の三カ月ほど前あたり、今回の受験科目に「英語」科目は外されると通知があった。多くはそれを喜んだが、何故《なぜ》かと聞くと、他の中学校では英語専科の先生が居なかったため、三年間全く英語の勉強をしてないという学校も可成りあるという。私はその通知を受け、少しはがっかりしたものの、高校受験に不安はなく、受検日が迫っても、国語、数学、社会、理科と何れも確《しっか》り備えた。

久恒豊次ちゃんは、中学三年の後半、他を大きく離して特級の成績と言われていたが、高校入学後、腸結核を患い成績は急に振るわなくなったと噂が立つ。

私は一年何組だったか、担任は宮本ポン先生だったが、豊陽中学では知らなかった末廣君と鈴木君が同クラスになった。担任の専科は同じ理科でも生物担当で、私も末廣君も化学を選択していた。朝のホームルームは専科の生物教室で四人づつが机をくっ付け一グループとなるが、その配置は生物学習体制で、向かいに他校から来た高田さんと恒《つね》遠《とう》さんだが、二人とも美人で私の横の鈴木君はどうだったか、高田さんは色浅黒く、髪は縮れ毛、眉毛は太く、目鼻立ちが整い、いつも笑顔が多い美人で、恒遠さんは対象的に色白くピンクがかった綺麗な肌艶で目鼻立ちが整い、勝ち気な感じの美人だった。

朝のホームルームで一日の学校行事の確認や、一週間内の主だった動きを、担任の宮本先生が告げ、高校での風習や色々と規制の厳しい校則のことなど朝から確認させ、彼の口癖が「今年の入学生は、数十年振りの不作」だと、平均入学成績のレベルが低かったことを頻《しき》りに言い、私たち新入生の自覚を促すためなのか、聞かされる側は辛《つら》い。兎に角、選択科目が多く、新制高校の生徒個々の特性を生かそうという方針なのか、選択した科目の専科の教室へと移動することが多い。休み時間は一年生から三年生千数百人が廊下を移動するので、十分間の休み時間は移動時間であり、あたかも芋の子を洗うように廊下は人の往き来が激しい。特に、理科、芸術、家庭科、図工科、体育などは専門の器具・機材を使って授業する先生は専科指定教室を動かない。国語乙（古典）や漢文、地理、日本史、世界史、数学なども専門の教科書や、地球儀・天球儀、大きな世界地図や幻灯などを使うが、英語や国語など教科書があれば何処でも授業できるような科目まで専科指定教室を設定する先生もいた。

私も末廣君、鈴木君も化学選択で、仲田孝《たかし》先生の化学教室に移動する。この仲田先生は学徒動員の兵器工場の作業中、事故で右利《き》きの人差《さ》し指《ゆび》、中指、薬指の三本を根本から切断し、親指と小指で綺麗な文字を板書《ばんしょ》していたが、授業もやさしく分かりやすい説明で、豊陽中出の三人は、三人とも熱心でそれまで無かった化学部を作って研究したいと仲田先生に申し出、許可を受け、私がその部長として放課後の研究をすることにした。その中で、私は将来、「人工蛋白質《たんぱくしつ》」を造りたいと末廣、鈴木両君にも話し、賛成を得て、基礎実験などしていたが、ある日実験中大きなリービッヒ試験管を壊してしまい、なんとか弁償する積りで職員室の仲田先生の所に謝りに行くと、

「そうか、高価な実験器具じゃぞ！　いやいや、弁償なんか、生徒が熱心に部活動していてのことだ。そんなことはお前たち生徒が心配することじゃない。俺が補充しておくから今までどおり、クラブ活動は続けよ」

私たちは内心ほっとしたが、何と優しい先生か！

高校生となり、親父に選択科目の話等をすると、親父が顔色を変えて、

「その芸術の選択は〝絵画〟は駄目ぞ、止《や》めとけ！　他は何があるのか、音楽に書道

に古典・漢文等か？　じゃあ、〝絵画〟以外ならどれでん良い。お前は絵が上手じゃから〝絵画〟を選択すると、将来絵描きを仕事にすると今の時代は先ず一人前の生活ができん。蛇の目に絵を入れる久末さんを見よ、あんなに上手な絵描きさんでも貧乏暮らしじゃろが。運良く一流の全国的とか世界的に有名な絵描きも初めは長い貧乏暮らしの末の話じゃ。三度三度の飯も食えん、どん底の借金ばかりの生活で終わるのがほとんどぞ！　芸人もその点じゃ似たようなもんじゃ。夢は大きく持たにゃいけんが、給料取りが一番安定しとる。特に公務員じゃろう。俺もお前にとっては、反面教師かもしれん。まあ若い時は大志を抱いた。じゃが、お前たちに余り良い思いはさせ切らんし、母ちゃんには文句を言われぱなしじゃ。俺の二の舞いだけはするな！　まだ、俺も捨てたもんじゃねえ、お前の先を考えると頑張らにゃいかん」

高校生活は例の竹下本家から材料を貰《もら》って竹下三倍傘製造販売については、ナイロン製のこうもり傘に圧倒され始める。私の進学問題での本家との確執を機会に廃業し、親父は古物商を、お袋は雇い人の重村の小母さんを連れての呉服の行商を始め、一家の生活を支えていた。小さい妹は豊田町の保育園へ。私が夏休み、冬休みなど長期休業期間遊び相手をするなどして過ごしていた。芸術の選択科目は、私が一番苦手だった音楽を選んだが、偶々小形君も同じで、専科の服部のバアちゃん先生に扱《しご》かれ、厄介な生徒（少数の男子選択者と共に）として最低の音符指導を受けた。隔週に一度は行われた小テストでは、「出来はどうだったか」と小形早喜君に聞くと、決まって口を丸く開け、顎の所に平手を横に付ける〇点だったという合図である。しかし、二学期になると中津西高北校舎に、合唱部があり、男子の部員が居ないので、その埋め合わせか我々南校舎の音楽授業選択の男子をごっそりバスで連れて行き、「ステンカラージン」とか「おお牧場はみどり」「黒い瞳」「シューベルトのセレナーデ」「聖夜」など、混声合唱を練習、名前こそ憶えなかったが美人で歌の上手な女子生徒と交流の機会が与えられた。

二年になると数学専科の富賀見《ふかみ》先生が学担。学級には入学試験の成績が一番だった新《しん》貝《がい》君（後に防衛大学入学）という他の中学校出身生徒がいたが、富賀見先生は私を級長に指名し、私より成績上位の谷本真智子さんが副級長に指名されていた。多分、新貝君は中学時英語を習ってなく、高一時の成績で英語ができず大分《だいぶ》低下したのだろう。それに比べ私は入試科目になかった英語が抜群で、一年三学期の校内英語弁論・暗誦大会に英語専科の木本先生に一年代表として他に古川君（後に一橋大学入学）と松田君、各学年代表各三名づつ九名で一位から三位入賞を競う。一位に輝いたのは三年生の“The citizen ship" というテーマで弁論した人だったが、二位は一年生代表の私で "The boy and the robbers" という物語の暗誦で、三位は誰だったか覚えていないが、審査員は木本先生、東野先生、一色先生の三名で、入賞式後別室に呼ばれてなぜ二位になったか論評がある。私は、何時の間にか豊陽中学校の校長先生だった東野先生が、西高南校舎（旧制中津中学校元先生）に舞い戻っていたのには驚いたが、その東野先生がどうやら審査委員長で私の評を仰《おっ》しゃるのだ。

「竹下君は本当は、出場中で一番発音が好《よ》かったが、物語を語るには、米・英の社会でも聞き取れないくらい早過ぎた。どうせ聴衆の生徒は聞いても理解《わか》らないものだが、Ladies and Gentlemen に聞いてもらうのは、もっとゆっくり語った方が良い。そうすれば君が一番だったろう」と。木本先生は頬《ほお》を膨《ふく》らませ「ふんふん」と頷《うなず》く。一色先生も興奮していたようだ。私は中学校まで一生懸命英語を勉強してよかったし、川北一彦ちゃん（後に、宮崎大学教育学部の数学専科名誉教授となる）や浪岡先生、田代先生などのことが想い浮かび感謝する。しかし、高校でも恵まれ、木本先生の授業では、本を立て顔を隠して居眠りばかりだったが、指名されると翻訳でも読みでも瞬間的に正解を答えていた。

二年では、望んでいたとおり東野先生となり、Nathaniel Hawthorn《ナサニエルホーソン》 の The Scarlet Letter（緋文字）やPlato《プラトン》 の The death of Socrates（ソクラテスの死）など他の生徒には難し過ぎるようなテキストで丁寧に教えていただいたことや、一色先生（色白《いろじろ》の日本人離れした彫りの深い→後に、大友宗麟の小説著述で知った最初の正室の父・一色越前守義清殿は公家の四職《しき》家に属し、一色姓は大分県内にも少なくその末裔の一族ではないか）には三年時目を掛けていただいた。

二年生の学担富賀見先生には特別に情けを掛けていただいた。野球部の顧問で、部員に同学級の今永親《ちかし》君（セカンドかセンターかあまり練習風景は見てないが、柳ヶ浦計理学校理事長から大分県議会議長に登り詰める）がいたが同窓で一番早く他界している。この富賀見先生は、私の居ない時家庭訪問されたが、私が高成績・品行方正の割には、高校に進学できる家庭状況にない事情を知っていて、一学期末のある日、私を職員室に呼び付けた。

「竹下君を呼んだのは、わしはお前に日本育英会奨学資金を受けるよう勧めようと思っとるからじゃ。お前がこのクラスで一番成績優秀で、おまけに品行も良《よ》い。しかし、家では小さい妹さんが二人もいて生活が窮しとると聞いた。わしは自分がそうじゃったき、お前のこつを知って黙っちゃおれんのじゃ」

「先生、ありがとうございます。じゃけど、その資金は返さないかんのでしょう。僕の学問のためお金を借りるのは、親父が承知せんと思います。先生、僕の返事は明日まで待っていただけますか」

「しゃんとしちょるのう。お前の親父さんには、一応了解は取っとる。お前の知らん間《ま》に親父さんには会《お》うて話しちょる。じゃけど、お前がそれだけ気にするなら、もう一度親父さんと話してみよ。ただ日本育英会奨学資金を借りられるっちゅうこつはのう、大へん名誉なことぞ。普通の借金とは違って、成績優秀品行方正な学生にしか貸さんのじゃ。それに、将来お前が高卒後、大学にでも行くことになれば自動的に高校の何倍も資金が支給される。そこまで考えちょるか？　借金返済は出世払いじゃ、奨学資金には利息は付かん、無利息じゃ分かるか？」

「先生、分かりました。お願いします。先生にそんなに良くしてもらって僕は嬉しいです。先生のご恩は忘れません」

家に帰って、親父にこの一件を話したら、親父は承知していて、

「早速、言われたか。お前も親孝行もんじゃのう。俺も先生に言われて納得した。お前は知らんじゃろうが、富賀見先生という人は、『いろは肉屋』さんの子息で、部落出

身の人じゃ。普通は、高校の先生など成れるもんじゃない。相当のご苦労があったろう。それじゃから、お前の境遇に気付き、良くしてくれたんじゃ。恩に着らにゃいけん。勉強すれば国立大学にゃ行ける。有り難い奨学資金じゃあ。福澤諭吉の慶應大学や大隈重信の早稲田大学にゃ、東京でもあるし、お金が相当あってんやれんが、大分大学や九州大学くらいまでは奨学資金が支給されれば何んとかなる」

中津西高校南校舎は大分県立中津南高等学校となり、西高北校舎は同中津北高等学校として夫々独立した。小形早喜君は父親の始められた「平和電気」店が地道だが順調にはやり、既に大学受験のための塾に行っているという。

中津南高校三年D組（進学コース組）は、専科数学の犬丸淳《すなお》先生が担任となる。同学級で印象の強い生徒の筆頭は小形早喜君、井上憲一君、後に知った倉迫一朝君、工家《くげ》秀秋君、末廣進君、中野清一君、久恒豊次君、松永隆敏君、古川哲雄君等、女子では、小形君と仲良しだった浦川眞澄さん、唐木《からき》裕美さん、佐野純子さん（通学途上にあり母親が琴の師匠。前を通ると琴の音が響いていた）、あと、稲浦基子さんと城戸崎《きとざき》貴子さん。

小形早喜君は八十七歳になる今も中津在住の唯一無二の親友。倉迫一朝君は大学三年時、何か他三、四人で大分大学経済学部を訪ねられて以来の盟友で熊本大学卒業後私より早く（昭和三十四年か？）宮崎放送（今はMRT）のディレクター（故人）、松永隆敏君（若くして他界）、浦川眞澄さんは改姓・常見で千葉県在住で健在。

犬丸淳先生は恰幅がよく、姿勢は腰の座った堂々としたタイプだったが、敗戦間際まで特攻隊（特別攻撃隊）の順番待ちのうちに終戦となり、復員して生還されたという。暴力を振るわれるような感じではなく、厳しさの中に寛大さがあり、頼り甲斐のある先生だった。

「お前が英語ぐらい数学の出来がよかったら東大受験を勧めるのだが、まあ九大の化学科だったら大丈夫じゃろう。二次受験校に念のため大分大学経済学部の受験申し込みをしておくといい。お前はまたなぜ『理学部』を希望するのか？」

「はい、僕は将来、人工蚕白質を発明したいのです。将来は人類の食料不足が予想されていることと、仲田孝先生の理科が好きだったのです」

「仲田先生はねぇ。そうか、もし九大に不合格となれば、大分大学経済学部で全く違う分野になるが、そのときはどうするんじゃ」

「それは運命の与えられる道でしょうから、それこそ英語を活かし何とか考えます」

犬丸先生の懸念どおり、九大理学部は不合格、全く違う経済学部に合格した。不思議なことに、九大受験は親父のかつての友で、秋吉旅館を博多の繁華街・長浜で営み、親父も同伴してくれ、受験の前夜は今まで食ったこともない「長浜皿うどん」が出て、海老のたくさん入った高級料理を頂いた。翌日、九大の受験教室が不足なのか、福岡高校の窓際の日当たりの良い受験席が指定されていた。その中で英語は午後の最初で弁当を食べた後、カーテンもなく直射日光の眩《まぶ》しい窓際で、兎に角受験用紙の英語の長文を読んで、下の問いに答えよというのが一番目で、内容が難解で、下の問いに掛かる前に長文解読に時間が掛かり、その文中の何々はどういうことを意味するか？と英語で稼ぐ積りが、逆に躓《つまず》き、何か敗北感を受けた。はっきり言って、得意な英語がこのようにできないことに、我ながら呆《あき》れ投げやりになった。その時は小形早喜君も同大経済学部を受験していたことなど頭になかった。合格発表前の結果に自ら不合格の知らせを内心覚悟していた。結果は「やっぱり」だったが、一応「平和電気」店を訪《たず》ねると、早喜君も駄目だったという。しかし、彼の母親は、私を慰める積りか「竹下さんは落ちても、最終合格者の次の一人だったはずよ！」とニコニコして言う。

「二人ともいいじゃないの。今度は一緒に『経済学部』に合格するわよ。大分大学では学芸学部と経済学部の二《ふた》つじゃけど、経済学部は格段に人気があるそうよ」

私は競争率は八・八倍という大分大学受験についての再受験には全《まった》く不安はなかった。自分ながら驚いたのは、一番苦手の「数学」が、試験直後掲示板に貼られる正解表を見ると、それと全く同じ答案を書いていたのだ。はっきり百点満点だった。社会も国語も無難にできた。小形君と共に経済学部に入って、彼は将来、最低「平和電気」の社長さんだ。私は、今後どう生きるか。あれだけ暗い大学受験勉強をしたのだ。先ず四年間の学生生活を堪能しよう、好きな本の読書もしよう、アルバイト（ドイツ語）も学内掲示板に満載されている。

鴻図寮《こうと》に入れば食費一日三食七十円、月二千百円、部屋代は月百円、食って住んで一月二千二百七十円、授業料は一月九百円だから、三千円支給される日本育英会奨学金で百七十円の不足。中学生アルバイトで一月千五百円、高校生の早稲田、慶応レベルで三千円、県庁各部課のアメリカ専門誌翻訳代四百字詰原稿用紙一枚五十円、百枚の翻訳で五千円、土方日当千五百円、トキワ百貨店夏休み、冬休み中の長期休暇中で数万円は稼げる。別府温泉研究所（九大）のモルモット半日で弁当付五百円、素うどん一杯二十円、具うどん一杯二十五〜三十円（田舎庵）ラーメン一杯四十円。あんぱん一ヶ十円、食パン一斤（百六十匁《もんめ》＝六百グラム）一ヶ二十五〜三十円、メロンパン十五円、回転饅頭一ヶ五円、一皿五ヶ入り二十五円。学内の鴻図寮は一年から四年生まで二百五十人ばかりの男子ばかりで朝食は早く（六時半から）行かないと大鍋の味噌汁の中の具が無くなる。まだ特攻隊待ちの死に損い（二十二歳、四年）がいたり、夜は大酒を飲んで下駄でガランゴロンと夜中に帰る先輩もいて、未だ硬派の気風があり、そういう集団校舎に馴染まない学生は一月三千五百円以上の下宿に入らざるを得ない。中にはその下宿屋に歳頃の娘など居ると、押し付けられ、身動きができない者などの噂もある。

しかも、経済学部は戦前、大分高商（大分高等商業学校）や戦後間もなく大分経専（大分経済専門学校）といわれた頃から、大分市民にはエリート書生と見られ、都々逸《どどいつ》に「高商の書生さんの横顔見れば、末は日銀総裁か、あ、こちゃえ、こちゃえ」などと囃《はや》されていたようだ。学内には腹が減れば、学生食堂もあり、正門前には万屋《よろずや》もあった。図書館には、古いものから、原書まで読みたい本で無いものは少なく、プラトンの『国家論』やドストエフスキーの『罪と罰』、エミリー・ブロンテの『嵐が丘』、F・ニーチェの『ツァラトゥストラかく語りき』等々、時には授業をエスケープして代返《だいへん》を頼んだり、兎に角、受験勉強時代の暗い不自由な暮らしを一変させ、自由奔放、楽天的、好奇心旺盛で活動的な学生生活だったといえる。

山にも九重、湯布、鶴見と好きなグループと共に登頂を喜び、海水浴にもトキワ百貨店の働く仲間と戯《たわむ》れた。

当時『太陽の季節』が芥川賞を受賞したことに驚き、「慎太郎刈り」などの頭髪が流《は》行《や》ったが、「へぇー」という感じで関心もなかったが、一橋大学出の兄に比べ、慶応ボーイの裕次郎が映画俳優になり、兄の作品を映画で見せたのにはさらに驚き少しは興味も傾いた。しかし、映画といえば、戦後ジョニー・ワイズミューラーの『ターザン』に始まりジョエル・マックリーの『大平原?』だったか、兎に角西部劇・西部劇、分からないながらも、『第三の男』や『自転車泥棒』『鉄道員』など、イタリア映画やフランス映画に広がり、いずれも暴力至上の戦争物なども見たが、何となくねちねちした日本の極道物や武士時代のお家騒動には興味が向かず、洋画、洋画で明け暮れた。それだけに、デボラ・カー、『ローマの休日』のオードリー・ヘップバーン、グレゴリー・ペック、ビビアン・リー、クラーク・ゲイブル、古いのでは圧倒的にゲーリー・クーパーにイングリッド・バーグマン、そして『エデンの東』のジェームズ・ディーン、『ジャイアンツ』のジェームズ・ディーンやロック・ハドソン、古代ギリシャ、ローマ、エジプトなどを描く映画にはチャールトン・ヘストン、エリザベス・テイラー、トニー・カーティス、こうして洋画の俳優名は覚えにくいはずだがファン根性か最近では、アーノルド・シュワルツェネッガーとかシルベスター・スタローン、クリント・イーストウッドなどと結構憶えている。

日本映画に注目し始めたのは何と言っても、黒澤明監督の『七人の侍』『椿三十郎』などからで古くは『羅生門』からであろうが、最近国際的にブームとなっているアニメ映画には、画面というか動画のテンポの早さ、付属する歌や音楽のテンポにはどうも付いて行けない。しかし、世界のあらゆる方面から好まれ、日本がそれだけ国際的に注目され、好感を抱いてもらえるのであれば、日本人として喜ぶべきことである。

野球のことはあまり知らないし、興味もなかったという日本人が、侍ジャパンの活躍や大谷翔平の突出した人気に喜ばない日本人はいないだろう。しかも、バスケットボールもサッカーもテニスも卓球も、水泳もスケートもスキーもスケートボードもロッククライミングもレスリングもお家芸の柔道も空手も、ピアノ演奏やバレリーナも、さらにスポーツではなくオリンピック外の先ず大相撲、剣道など武道に至るまで、日本の独自性（identity）は挙げれば限り《き》が無いほど奥が深い。

この混沌とした地球世界は、既に八十億人になろうとする人類自身、その誰もが何とかしなければ未曾有の事態に至ると感じているはずである。日本人はその地政学的な位置からも、歴史的体験からも、国民が一致団結して、ひと肌脱ぐべき時代ではないだろうか。

# 第二章　日本人のスピリット

# 第一節　和歌で人生を詠む

㈠

私が宮崎県立延岡商業高等学校に赴任することを命じた方は、当時県教育長だった野口逸三郎氏であった。

そして、同校赴任早々最初にご挨拶をしたのは、森田重雄校長、次に山田次郎（大分高等商業学校時代の大先輩）教頭で、誰も知り合いの方は居ないと思っていた私の前に大分大学経済学部の一年先輩で、同学剣道部で鍛え合った平尾徹先輩、また山田教頭の大分高商の次の時代、大分経専（大分経済専門学校）時代の松井勝安先輩、谷口瀛洲《えいしゅう》先輩など諸氏が居られ、思わぬ心強さを感じた。

私共が経済学部に在籍中は、その所在地が何と大友宗麟《そうりん》の生まれ育った上野ケ丘（宗麟時代は上《うえ》ノ原《はる》といわれ、今の大分駅の裏二、三キロメートルほど離れた小高い丘の上に当たる）で、かつて大友二階屋形があったのである。大分大学の学部はまだ学芸学部と経済学部の二つであったが、学芸学部は春日浦王子町に遠く離れて所在した。

私自身は既述したように鴻図《こうと》寮に入寮したが、経済学部にはなぜか女子はほとんど入学することなく（一人・櫻井壽美《すみ》さん）、したがって、寮には男子学生のみ二百五十名から三百名ばかりだった。

また、延岡商校に戻るが、赴任早々の歓迎会では山下通りの何屋さんだったか、皆焼酎が飲物の中心で、私より三つ下で同時赴任した甲斐祺郎さん、甲斐和年さん、谷川裕昭さん、熊野祥司さん等と共に固まっていると、先輩の荒木先生（東大卒）、沢武人先生、矢野忠雄先生等が話しに来た。

「この学校はなあ、兎に角女子生徒が多い。普通科の延岡高校は別じゃが、延岡工業高校は男子、我が商業は女子が主《おも》となる。じゃから、貴方《あんた》たちのような若い独身の先生は、女子生徒には気を付けにゃいかん。誰か特定の生徒に目を付けたりすると大変じゃ。そうすりゃどうなるか。女の子は勘が早い。あん先生は誰それに気がある。そして贔屓《ひいき》しとる。となると、『いやらしい』とか『すけべじゃ』とか言われ、多くの女にスカタンを喰《くら》うことになる。どう思うな。最悪な雰囲気じゃろう？　それじゃき重々気を付けるんじゃな」

私が教員になった頃は、歓迎会あり、忘年会あり、地区ＰＴＡ集会もあって送迎会で終わる。先輩、後輩、ＰＴＡ役員などが焼酎を飲み、本題を語り合い一定の秩序というものがあった。

赴任して二カ月ばかり経ったある日、先輩の松井勝安先生が近づき「竹下さん、あんたに相談じゃが、この学校は一教師一クラブ活動の顧問をすることになっちょる。あんたは、まだ何も持ってないじゃろう。わしは、今『速記部』というものを持っているが、体調がとても悪いんじゃ。あんたが手始めに、速記部を持ってくれると助かるんじゃが、これが相談じゃ」

「速記部と聞いても、僕は、速記のその字も知らんのです。それで顧問なんかできるんですか？」

「わしも何も知らんじゃった。早稲田式といって、暗号のような文字を速く書く技術じゃが、顧問は知らんでも、生徒の上級から下級へ教え鍛える伝統があるので顧問は名ばかり。わしも今でも何も知らんが、もう三年もやって来た。今頃は特に胃腸の具合が悪く体がだるいんじゃ」

「そりゃいかん。先輩がそげぇ悪りんじゃ、できてん、できんでん引き受けましょう」

「ありがとう。いい後輩が来たもんじゃ」

速記部は他校にはなく、九州大会がある度に他県に生徒十人ばかりを引率して行かねばならない。顧問として出張する場合、県から正式に出張旅費は出る。生徒は日頃積み立てている部費からである。

早速、佐賀大会引率があったが、生徒も顧問も街を見学する暇はない。だから、佐賀に行ったと言ってもあまり印象はないし、成績も参加したというだけのこと、それでも生徒には想い出に残るらしい。

授業は、一年は「商業一般」というテキストで一組は男子のみのクラス、一組は男女混合クラス、もう一組は女子クラス、二年は「商事」というテキストで女子クラス、三年は二クラスで男女混合一クラス、女子クラス一クラス、科目は「商業法規」であった。

初回の授業は、どのクラスも私が大卒後二年間は自動車販売会社に勤め、色々経験していることを知っているらしく、教壇に立つと生徒たちあちらこちらから「経験談！」「経験談！」とヤジの声が飛ぶ。私も初っ端《しょぱな》からしかつめらしく教科書を開くのでは興味を失わせると思い、自己紹介から次第に横道に逸れる。私も調子に乗るし、生徒も面白がって一時限（五十分間授業）がアッという間に終わる。生徒はそれで目的達成と喜んでいる。そういう授業の方が「竹下先生の授業は面白い」と評判となる。

そうして、延岡商高の教員生活に馴れてきたころの放課後、例の速記部の活動も終え、私も帰ろうとすると、部長、副部長、会計の三役らが「先生ちょっとお話があります」と言う。

「何じゃ三役が揃って、何か意味がありげじゃのう」と。すると部長が、

「先生は自分の渾名《あだな》が何か知っていますか？」

「俺の渾名？　うんにゃ、知らん、聞いたこつもない」

「なんと、それがナフタリンですよ」

「ええーっ、ナフタリン？　どんなこっちゃ」

「意味ですか？　例のあの箪笥《たんす》の中の臭《にお》いの強いアレですよ。虫除けの……」

部長が言う。

「へえー余《あん》り良《い》い渾名じゃないな」

「そうなんですよ、虫（女）も付かん！」

「先生が堅物だって、速記部でもがっかりです。先生が人気があった方がいいです」

やれやれ、歓迎会の先輩方の忠告どおり、私が確《しっか》りやっている証拠だと胸を撫《な》で下ろした。

延商高一年目で、実は私の人生を大きく転換させるような出来事もあったが、他人《ひと》を傷つけることに触れるので割愛したい。

年も変わり、私は一年17HR（男子のみ）の担任となった。赴任早々は、学校の正門前の小路を四、五十メートルほど蛇谷川《じゃだに》へ行った所の吉沢さん宅に森山暁幸《ぎょうこう》先生という数学の家族（宮崎市内）持ちの先生と同宿していたが、三年生で後何か一度でも非行を行うと退学という生徒を預《あず》かって、卒業させてやりたいという学校の配慮で、私と森山先生に白羽の矢が向けられた。そのため稲葉崎という所に一軒空き家があり、自炊生活と生徒監視で、二、三学期を頑張ってくれぬかと依頼があり、西沢の下宿の食事や弁当に不満を持っていた森山先と私はこれを了承し、二人を無事卒業させている。

私は翌昭和三十八年五月一日中津市公会堂で、筧順子《かけひじゅんこ》（上宮永の乾繭問屋の長女）と結婚式を挙げた。この年は竹下三倍傘本家もビニール、ナイロンの蝙蝠《こうもり》傘に押されて傘は廃業。何か電機屋の下請「明電舎」なるものに転業していたが、まだ破綻とまではならず、何とかしていたようだ。竹下正気《まさき》さんという養子後継が出席した。親父は既に古物商、お袋も呉服行商で何とか暮らしていた。友人代表で小形早喜君は出席してくれた。彼は私の大学生活の中で、私に彼女がいたことを知り、新婦が私の好むタイプでないことは見抜いていたが、私が親の意向を重視していたものとして奇異に思うほどではなかったろう。

それから、間もなく、竹下本家は当時の金額で四億円の赤字倒産をし、本家も次男直二郎家も雲散霧消し、菩提寺の万年山松巌寺の直系竹下家の墓は長く参詣もなく無縁仏となっている。

栄枯盛衰、私の高校進学を分不相応ではないかとあれだけ非難していた竹下實伯父さんは、墓に入っても今じゃ、それを奉り崇敬する人もいない。人は死んだら「野となれ、山となれ」か？　後塵を拝する者は居ないのか。

今では、学校の教員は、青二才であろうと歴戦の強者であろうと、デモシカ（教員にデモなろうか、教員にシカなれない）であろうと、教員に正式採用されれば、学校では「先生！　先生！」と囃《はや》される。しかし、我々が教員であった時代と今日の〝晩節を汚す〟教員の多い時代とは、一寸訳が違う。

## (二)

私は結婚した年に初めて学級担任17HRを任じられ、先輩の平尾徹先生には宮崎高等学校教職員組合の延岡商高分会の分会長まで後継者依頼を受けた。兎に角、結婚もあり、学担もあり、組合の分会長も同時に引き受け、デモシカどころではない。東奔西走しなければならない。幸い聞くところによると、私は、ナフタリンの渾名《あだな》は消え、今では「ベン・ケイシー」(アメリカの医師ベン・ケーシーの連続テレビドラマで人気絶頂の主人公)と名付けられた。私もそのドラマは観ていた。これなら、生徒に好感を持たれたな、と元気が出た。

雨の日は、学校前まで舗装されておらず、通勤の自転車は泥だらけ、ところが昼ごろにはピカピカである。なぜか？　その17HRの男子生徒が四、五人掛かりで休み時間自転車を洗いぼろ切れで磨いているのだ。その心意気が嬉しい。

当年、三年生の教科目「商業経済」という教科書の「はじめに」に、一橋大学教授の都留重人氏が掲載した「経済」とは、経国済民の省略語で、国を治《おさ》め、民の困苦を救うことだと解説がなされ、そこに山上憶良の「貧窮問答歌」を例示紹介していた。

「われよりも　貧しきひとの　父母は
うえ寒《さむ》からむ　妻子《めこ》どもは
こいて　泣《な》くらむ　このときは
いかにしつつか　ながが世《よ》は　わたる」

さらに、不自由な人間の暮らしを歌い、

「世のなかを　うしとやさしと
おもへども　とびたちかねつ　鳥《とり》にし
あらねば」

結論としては、人間にとって大切なものとは何かを戒めるように詠っている。

「しろがねも　くがねも　たまも
なにせむに　まされるたから

子《こ》にしかめやも」

と、貧乏暮らしの中でも、子供や家族を捨てて、鳥のように飛びたって逃げるわけにはいかないのが人間の運命である。そんな中でも、一番大切なものは子供であるし、それが宝だ。

この記述の中では、山上憶良という万葉の昔の人の素晴らしさと、これを引用しながら、「商業経済」を学ぶ生徒・教員に訴え掛けた都留重人先生の人間味溢れる人柄にも敬意を表すものである。

私は、山上憶良というのは、当時普通に存在した小父《おじ》さんだと思っていたが、この歌を詠んだころは遣唐使小録《しょうろく》という位で、四年間も唐の国で役目を果たし、天平五（七三四）年三月戊午《つちのえうま》に於いて従四位上という殿上人であった。考えれば、殿上人でなければ漢籍（漢文で書かれた書物）に触れることもできず、未だ「いろは歌」もなかった時代で万葉にも残されるはずもない。

私は敗戦時、国民学校三年九歳で戦場に送られるには僅かに至らず、大人の戦争と責任転嫁《てんか》し、貧窮に引き廻されただけという幸運な歳頃だった。しかも「勝つまでは欲しがりません」の標語が子供に我慢を強いる標語とも知らない脳天気な子供だった。しかし、テレビが公衆風呂に置かれるようになり、毎日、朝日の臨時ニュースが「ターザン」や西部劇に夢中になる前に報道される度に、ＧＨＱの東京裁判（極東国際軍事裁判）が東條英機陸軍大将以下の戦犯の登場、しかし通訳のイヤホンを耳に着け、ある人は俯《うつむ》いていたり、またある人は居眠りをしたり、子供ながら目を覆いたくなる画面を見なければならない。しかし、何日《いつ》の間にか片付いていたのが、Ａ級戦犯の中でも重罪の七人には絞首刑の判決が言い渡されていた。

私も大学時代や教職員時代に、あの七十数年前の彼等が、無辜《むこ》の国民を含め、アジア・太平洋諸島の人々にいかに大多数の犠牲を強いていたか、兵士の玉砕や特攻隊、二カ月に及ぶ沖縄戦、東京空襲をはじめ日本全土の空爆、そして二つの原子爆弾投下、敗戦間際のソ連軍の参戦による無条件降伏。ソ連の参戦は日本の武装解除後にも北方領土の不法占領、そして満州（中国東北地方）・朝鮮半島などでの虐殺、略奪、婦女暴行など引揚者、復員軍人などの何十万人という抑留と強制労働、栄養不足による餓死者、シベリア抑留などによる多くの凍死者等々、あの軍国主義を推進し、国民の言語弾圧と投獄、拷問《ごうもん》の跡。

あの戦犯たちの罪深さは世界的に見ても重罪戦犯の数少ない例だ。日本の歴史にあのような汚点を残した罰は彼らの死刑で済まされるものではない。これは後に詳しく検討しよう。

先述の山上憶良の歌を引用された都留重人先生が示されたものは、教育的配慮がなされやさしく解説したものだが、実は山上憶良の時代は、未《いま》だ片仮名も、平仮名もなく、漢字（本来表意文字である）の原字音を利用し大和語に読み換えている。それは次に表示しよう。

貧窮問答歌　　　　山上憶良

和礼欲利母　貧人乃父母波　飢寒良牟
妻子等波　乞弖泣良牟　此時者　伊可尓
之都々可　汝代者　和多流
世間乎　宇之等　夜佐之等　於母倍杼母

飛立可祢都　島尓之　阿良祢婆
銀母　金母　玉母　奈尓世武尓
麻佐礼留多可良　古尓斯迦米夜母

以上の漢字文は一八一頁《ページ》から一八二頁に紹介した都留重人の著述「商業経済」の原文である。読者は是非読み比べてもらいたい。

山上憶良の若き頃の自身の生活とは一般の大和人の暮らし振りだったかもしれない。大和朝廷にしても現在の電化された国民生活からすると、比較にならない不便な生活であったと思われる。

日本人が数十万の表意文字である漢字を大衆的に読み熟《こな》せるになったのは、片仮名や平仮名を発明した所為《せい》であり、日本の高い文化を築き上げた根本であろう。

万葉集の中でも私の好きな山上憶良の「子等を思ふ歌一首并序」の一部を次に紹介したい。

思《シヌブ》二子《コ》等《ラヲ》一歌《ウタ》　一首《ヒトツ》　并序《アワセテハジメ》

釈迦如来《シャカニョライ》　金口正説《キンクデマサニオトキニナッタ》　等思衆生《シュジョウヲヒトシクオモフ》　如羅睺羅又説《ラゴラノゴトクオトキニナル》
愛無無過子《ウツクシビハコニスギタリトイフコトナシ》　至極大聖《シゴクダイショウスラニ》　尚有愛子之心《ナオヨクコヲウツクシビタマフココロ》
況乎世間蒼生《イハンヤヨノナカアオヒトクサ》　誰不愛子呼《タレカコヲウツクシビザラメヤ》

＊蒼生《アオヒトクサ》＝入門生の蒼頭《あおあたま》
＊羅睺羅《ラゴラ》＝釈迦の子の名

宇利波米婆《ウリハメバ》　胡藤母意母保由《コドモオモホユ》　久利波米婆《クリハメバ》
麻斯提斯農波由《マシテシヌバユ》　伊豆久欲利《イヅクヨリ》　枳多利斯《キタリシ》
物能曽《モノソ》　麻奈迦比尓《マナカヒニ》　母等奈可々利提夜周伊斯奈佐農《モトナカカリテヤスイシナサヌ》

＊麻奈迦比尓《マナカヒニ》＝眼《マ》の辺《アタ》り
＊母等奈可々利提《モトナカカリテ》＝むやみにちらついて
＊夜周伊斯奈佐農《ヤスイシナサヌ》＝ぐっすり眠れないのは

銀母金母玉母《シロガネモクガネモタマモ》　奈尓世武尓《ナニセムニ》　麻佐禮留《マサレル》　多可良《タカラ》　古尓斯迦米夜母《コニシカメヤモ》

昨今、テレビでは毎日のように子殺しのニュースが流れるが、憶良は銀でも金でも玉でもなく、子供が一番の宝ですよ！と、今から千数百年も前の貧しい人でありながら、確信しているではないか。そして、貧窮問答《ひんぐもんどう》の歌ではその「われよりも貧しき人の父母《ちちはは》は、飢え寒からむ妻子《めこ》どもは、こいて泣くらむ、この時はいかにしつつか汝が世は渡る」とあり、「世の中を憂《う》しと痩《やさ》しと思へども飛び立ちかねつ鳥にしあらねば」と詠じた。

私は都留重人氏のこの歌を紹介しつつ、生徒には何を教えなければならないかを考え、本当に身の引き締まる思いで一杯だった。同時に万葉の古《いにしえ》から、日本人には他人を思いやり、我が貧しさを切り開いて来たＤＮＡが、我が身に引き継がれていることを思い安易な考えで一時《ひととき》も生徒に向かい合うことはできないと、次第に、あのデモシカ教員の自分本位の軽率さを捨てることにした。

高校の選択科目・国語乙＝古典で、日野バネ先生が机間をバネのように爪先歩きしながら眼は瞑《つぶ》り、なにか男女のロマンを好んで歌っていたと思っていた額田王《ぬかたのおおきみ》の歌も、横暴だった天智《てんじ》天皇との内心の確執、そしてやがて日本の天皇制の始まりで、奥深く醜《みにく》い争い「壬申の乱」を惹《ひ》き起こす兆しがあったとは、今さら驚きと日本人の本質を問い直す契機ともなったのである。

既に「第一節　日本語の始まり」（四一頁より）で記述したが、額田王が天智天皇の薬草原で狩りを催し、これに弟大海人皇子とその妃《きさき》であった額田王・今は天智に強引に妾《めかけ》とされ、しかも大海人皇子との間には女児（？）すらもあった間柄を引きさかれた中での狩りである。今日でもこうした三角関係では殺人事件でも起こりがちな物騒な中で、こっそり合図を交わすような歌である。

額田王

あかねさす　紫野行き　標野行き
野守は見ずや　君が袖振る（巻一の二〇）

大海人皇子

紫の　にほへる妹を　憎くあらば
人妻ゆえに　我恋めやも　（巻一の二一）

＊最初に額田王が貴方（大海人皇子）そんなに私に向けて、袖《そで》を振って合図すると、野守（野を守る番人）が気付くと大変なことになりますよ。

＊大海人皇子（後の天武天皇）が、何の何の可愛いお前が人妻（天智天皇の妃＝強引に妾にさ

れた。額田王が美人で才女だから）であるが故、憎ければ、恋なんかするか？

大化改新で力を合わせ、蘇我大臣家を滅ぼした兄だが、天皇に権力が集中すると、こんなにも横暴になるものか、天智に大友皇子が生まれると、私（大海人皇子）など、目じゃない、大友皇子を次期天皇にすると遺言まですれば、私（大海人）は邪魔者とされる、危い危い！　と早速その気はないと剃髪出家して吉野に隠棲する。しかし、天智天皇の寿命もその年（六七一年）のうちに尽き、一年忌を以《もっ》て次の六七二年（壬申《みずのえさる》の年夏）に反乱を起こし、一月余で近江朝廷の中心であった天智の嫡子・大友皇子を自殺に追い込み、額田王も取り返して、大海人皇子は飛鳥の浄御原宮で即位して天武天皇となり、位階を改定して八色姓《やくさのかばね》とし、律令制定、国史（古事記）の編修に着手した。

天武天皇が古事記《ふるごとふみ》の編纂《へんさん》につき勅《みことのり》した経緯《いきさつ》については既に四六頁より五三頁までに詳述している。

しかし、万葉集では中津南高校の古典、日野先生の域を脱し、延岡商業高校の「商業経済」・都留重人著に端を発するものである。もはや万葉集の中にこそ、日本語の今に至る元祖的な真髄を感じる。そして、万葉集の中で、現在人すら共感を持てる泥臭さは、やはり、山上憶良にしか見出せない。

貧窮問答歌一首并短歌《ヒングモンダウノウタヒトツアハセテミシカウタ》

風雑《カゼマジリ》。雨布流欲乃《アメフルヨノ》。雨雑雪布流欲波《アメマジリユキフルヨハ》。
為部母奈久《スベモナク》。寒之安礼婆《サムクシアレバ》。堅塩乎《カタシホヲ》。
取都豆之呂比《トリツヅシロヒ》。糟湯酒《カスユウサケ》。宇知須々呂比弖《ウチススロヒテ》。
乃波夫可比《シハブカヒ》　鼻毗之毗之尓《ハナビシビシニ》。志可登《シカト》
阿良農《アラヌ》。比宣可伎撫而《ヒゲカキナデテ》。安礼乎於伎弖《アレヲオキテ》。
人者安礼自等《ヒトハアラジト》。富己呂倍騰《ホコロヘド》。寒之安礼波《サムクシアレバ》
麻被《アサフスマ》。引可賀布利《ヒキガフリ》。布可多衣《ヌノカタキヌ》。安理能《アリノ》。
許等其等《コトゴト》。伎曽倍騰毛《キソヘドモ》。寒夜須良乎《サムヨスラヲ》。
和礼欲利母《ワレヨリモ》。貧人乃《マズシキヒトノ》。父母波《チチハハハ》。飢寒良牟《ウエサムカラム》
妻子等波《メコドモハ》。乞弖泣良牟《コヒテナクラム》。此時者《コノトキハ》。伊可尓《イカニ》
之都々可《シツツカ》。汝代者和多流《ナガヨハワタル》。天地者《アメツチハ》。比呂《ヒロ》

之等伊倍杼《シトイヘド》。安我多米波《アガタメハ》。狭也奈理奴流《サヤナリヌル》。
日月波《ヒツキハ》。安可之等伊倍騰《アカシトイヘド》。安我多米波《アガタメハ》。
照哉多麻波奴《テリヤタマハヌ》。人皆可《ヒトミナカ》。吾耳也之可流《アノミヤシカル》。
和久良婆尓《ワクラバニ》。比等々波安流乎《ヒトトハアルヲ》。奈美尓《ナミニ》。
安流乎《アルヲ》。比等奈美尓《ヒトナミニ》。安礼母作乎《アレモツクルヲ》。
綿毛奈伎《ワタモナキ》。布可多衣乃《ヌノカタキヌノ》　美留乃其等《ミルノゴト》。
和々氣佐我礼流《ワワケサガレル》。可々布能尾《カカフノミ》　肩尓打懸《カタニウチガケ》。
布勢伊保能《フセイホノ》。麻宣伊保乃内尓《マゲイホノウチニ》。直土尓《ヒタツチニ》。
藁解敷而《ワラトキシキテ》。父母波《チチハハハ》。枕乃可多尓《マクラノカタニ》。妻子《メコ》
等母波《ドモハ》。足乃方尓《アトノカタニ》。圍居而《カクミヰテ》。憂吟可麻度《ウレヒサマヨヒカマド》
柔播《ニハ》。火氣布伎多弖受《ケブリフキタテズ》。許之伎尓波《コシキニハ》。
久毛能須可伎弖《クモノスカキテ》。飯炊事毛和須礼提《イイカシグコトモワスレテ》。
奴延鳥乃《ヌエトリノ》。能杼與比居尓《ノドヨビヲルニ》。伊等乃伎提《イトノキテ》。
短物乎《ミジカキモノヲ》。端伎流等《ハシキルト》。云之如《イヘルガゴトク》。楚取《シモトトル》。
五十良我許恵波《サトヲサガユエハ》。寝屋度麻弖《ネヤドマデ》。来立呼《キタチヨバ》

比奴《ヒヌ》。可久婆可里《カクバカリ》。須部奈伎物能可《スベナキモノカ》。
世間乎《ヨノナカヲ》。宇之等《ウシト》。夜佐之等《ヤサシト》。於母倍杼母《オモヘドモ》。
飛立可祢都《トビタチカネツ》。鳥尓之《トリニシ》。阿良祢婆《アラネバ》。

以上、「貧窮問答歌」には言うまでもなくふり仮名はない。この歌を現在風に訳したものが、「万葉集歌人集成」（中西進／辰巳正明／日吉盛幸共著、講談社版）がある。原文を繙《ひもと》くのもよいが、この場合比較簡便にしている。

貧窮問答《ひんぐもんどう》の歌一首并短歌《うたひとつあわせてみじかうた》

風雑《かぜまじり》　雨降《あめふ》る夜《よる》の　雨雑《あめまじり》　雲降《ゆきふ》る夜《よる》の
術《すべ》もなく　寒《さむ》くしあれば　堅塩《かたしお》を取り
つづろい　糟湯酒《かすゆざけ》　うち啜《すす》ろひて　咳《しわぶ》
かひ　鼻《はな》びしびしに　しかとあらぬ

髭《ひげ》かき撫《なで》て　我を惜《お》きて　人は在《あ》らじと
誇《ほろ》ろへど　寒《さぶ》くしあれば　麻衾《あさぶすま》　引き被《かぶ》り
布肩衣《ぬのかたぎぬ》　有りのことごと　服《き》襲《そ》へども
寒き夜すらを　我よりも　貧《まづ》しき
人の父母《ちちはは》は　飢《う》ゑ寒《さぶ》からむ　妻子《めこ》どもは
乞《こ》ふ乞《こ》ふ泣《な》くらむ　この時は　如何《いか》
にしつつか　汝《な》が世は渡《わた》る
天地《あめつち》は　広《ひろ》しといえど　吾《あ》が為《ため》は　狭《さ》く
やなりぬる　日月《ひつき》は　明《あか》しといへど
吾《あ》が為《ため》は　照《て》り給《たま》はぬ　人皆《ひとみな》か　吾《あ》のみ
然《しか》る　わくらばに　人とはあるを　人並《ひとなみ》に
吾《あ》れ作れるを　綿《わた》も無《なき》　布肩衣《ぬのかたぎぬ》の
海松《みる》の如《ごと》　われけさがれる　襤褸《かかふ》のみ
肩に　うち懸《か》け　伏廬《ふせいほ》の　曲廬《まげいほ》内に
藁解《わらと》き　敷《し》きて　父母《ちちはは》は　枕《まくら》の方《かた》に

妻子《めこ》どもは　足《あと》の方《かた》に　囲《かこ》み居《い》て　憂《うれ》へ
吟《さまる》ひ　竈《かまど》には　火氣《けぶり》ふき立《た》てず　甑《こしき》には
蜘蛛《くも》の巣《す》懸《か》きて　飯炊《いいかし》く　事も忘れて
鵺鳥《ぬえどり》の　呻吟《のどよ》び居《お》るに　いとのきて
短《みじか》き物を　端截《はしき》ると　云へるが如《ごと》く
楚取《しもとと》る　里長《さとなが》が声《こゑ》は　寝屋戸《ねやど》まで　来立《きた》ち
呼《よ》ばひぬ　かくばかり　術無《すべな》きものか
世間《よのなか》を　憂《う》しと　やさしと＊　思《おも》へども
飛び立ちかねつ　鳥にしあらねば

＊やさし＝身も痩《や》せるように感じる。恥ずかしい。

この意訳文の中にも、私自身が知らない大和語は数々あるが、歌に詠まれた時代の家庭生活は今とは比べものにならないほどに貧しく、憶良のような上級階級自らも苦境にありながら、「我よりも貧しき人の父母は……いかにしつつか汝の世は渡る？」と他の多くの人々を思いやっている。その時代は、貧しいうえに子だくさんだったわけで、一家の親は家族を無事に養うことができない辛《つら》さを抱えて、耐えながら生きている。されど彼は、子は何よりも宝ですよ、愛《いつく》しみ大切に育てましょうと歌っている。

銀も金も玉も　何せむに　勝れる宝　子にしかめやも
憶良

㊂

それから数百年経て、日本は戦国時代に遷《うつ》るが、民衆の中に「まびき」や「うばすて」また「ひと買い」など非人間的・非人道的なことが密《ひそ》かに行われるようになる。具体的には、生まれたばかりの赤児を殺して裏の畑に埋めたり、川に流したり、年寄りは歯が抜け、食事ができにくくなると、その息子が親を負《おぶ》って泣き泣き、戻ってこれない山の奥深くに捨てたり、外国船に乗せ他国へ子供を売ったりして、家族の「口減らし」を行うようになる。その多くが、一家の大黒柱が怪我や重病で働けなくなったり、家族の働き手が労咳《ろうがい》（今でいう結核）や癩病《らいびょう》（今のハンセン病）、疱瘡《ほうそう》（天然痘）などの不治の病《やまい》に罹《かか》ると一家の暮らしができなくなるが、当時の為政者はそうした民人《たみびと》の公的配慮など全くなく、唯権力者《ただ》の領土拡大に奔走していた。

ポルトガル人ルイス・デ・アルメイダは澳門《マカオ》で貿易商をして、三十歳前後の若さで巨万の富を得て、一五五二年スペイン船でカトリック神父らと来日し、ザビエル神父と同行した（一五四九年・鹿児島坊津《ぼうのつ》港上陸）コスメ・デ・トルレス神父を豊後府内（今の大分市）に訪ねた。

彼は、この時までに「まびき」や「おばすて」の実態を聞き、九州六カ国の守護・豊後の御屋形様・大友義鎮《よししげ》のことも聞いており、彼が聖人フランシスコ・ザビエル（一五〇六～一一二・スペイン人宣教師）に心酔した大名だということで謁見を希求していた。

大友義鎮も父親が横死し、家督継承、当主となったばかりの二十四歳。ザビエルに強く感化され、将《まさ》に天下に王道を切り開こうとする立場にあった。豊後には、ザビエルと約束したザビエルに代わるべきバルタザール・ガーゴ神父が在留しており、彼と共に、義鎮に謁見した。アルメイダは豊後国にも「まびき」や「おばすて」があれば、その救済のため自分の巨額な富により、育児院を建造し、貧しい病人には病院（アルメイダはポルトガルの国家認定の外科免許も取得）を造り、自ら運営することを約束した。もちろん、義鎮はこれぞ「人の道」為政者として認可すべきものと承諾した。各地域に高札も立て、必要とする領地も割譲し、運営は順調に進んだ。この事実は多くの大友歴史資料で裏付けされているが、こうした試みは当時世界的にも先駆けとなるもので、一方織田・豊臣による戦力からして鉄砲の所有量も世界一であったようだ。

ところが、禅宗の僧侶（ポルトガル、スペイン宣教師は彼等を坊主《ボンズ》と称し、ボンズはカトリックのことを邪教と称した）が南蛮《なんばん》（宣教師がインド・ゴアを中継して来日していたので南蛮と称す）伴天連《バテレン》（パーデレ＝神父の日本語発音）には「魔法使い」がいると噂を流し、アルメイダは義鎮御屋形様はじめ家老や禅宗僧侶を集め、公開手術（盲腸の手術如き）を行い、噂は消えた。病院は総合病院で伝染性患者の隔離病棟もあり、日本人薬師《くすし》・養方軒《ようほうけん》パウロやその子息・ヴィセンテ洞院《とういん》やなかには御典医・典直瀬道三《まなせどうさん》（一五〇七〜九五）なども遥々《はるばる》京都から訪ねて来たという。

世界に誇るべき病院が府内にできたわけだが、貧窮に喘《あえ》ぐ病人は無料、完治した者は次々とキリシタンとなった。また育児院の乳飲《ちの》み児用には、牛舎や山羊舎も設け乳母も女性キリシタンから雇い、牧童にも給金も支払う。クリスマスや復活祭の時には少年聖歌隊を結成し、キリスト誕生の芝居や牛一頭を処分して牛飯を千人ほどの参加者に振る舞ったともいう（牛を屠殺《とさつ》することは仏教では殺生《せっしょう》戒を犯《おか》すとして禁止されたが、キリスト教では解禁、大友義鎮も認可し、一緒に食べたという)。

日本は世界の一流文化国家と言われるが、今日に於ても、報道では毎日のように子殺し親殺し、児童虐待などが日常茶飯事となっているのはなぜか。

毎年、八月六日と九日になれば、ヒロシマ・ナガサキの原爆被害者の追悼式が行われるが、私はあの焼け野原になった私自身が体験した福岡県小倉市や東京空襲のこと、東海道から宮崎市に至る全国空襲下の無辜《むこ》の人々、二カ月に及ぶ沖縄戦の無惨さ、引揚者やソ連抑留者、数限りない戦争の被害、そして現在進行形のウクライナ侵略など、戦争を起こすのは人間の本能なのか、この世に奇跡的に生成され、今では八十億といわれる人類の一つ一つの命はいかなる重さなのか。

私は何年経っても八月十五日を思い出す。あの夏休み中、日本晴れの蝉時雨の耳を劈《つんざ》くような勢いの日の正午、皆で最敬礼をして聞いた「玉音放送」。そして、皆パニック状態で泣いたあの無条件降伏の悲しさ!

朕《ちん》深ク世界ノ大勢ト帝國ノ現狀トニ鑑《かんが》ミ非常ノ措置《そち》ヲ以テ時局ヲ収拾セムト欲シ茲《ここ》ニ忠良ナル爾臣民《なんじしんみん》ニ告《つ》ク

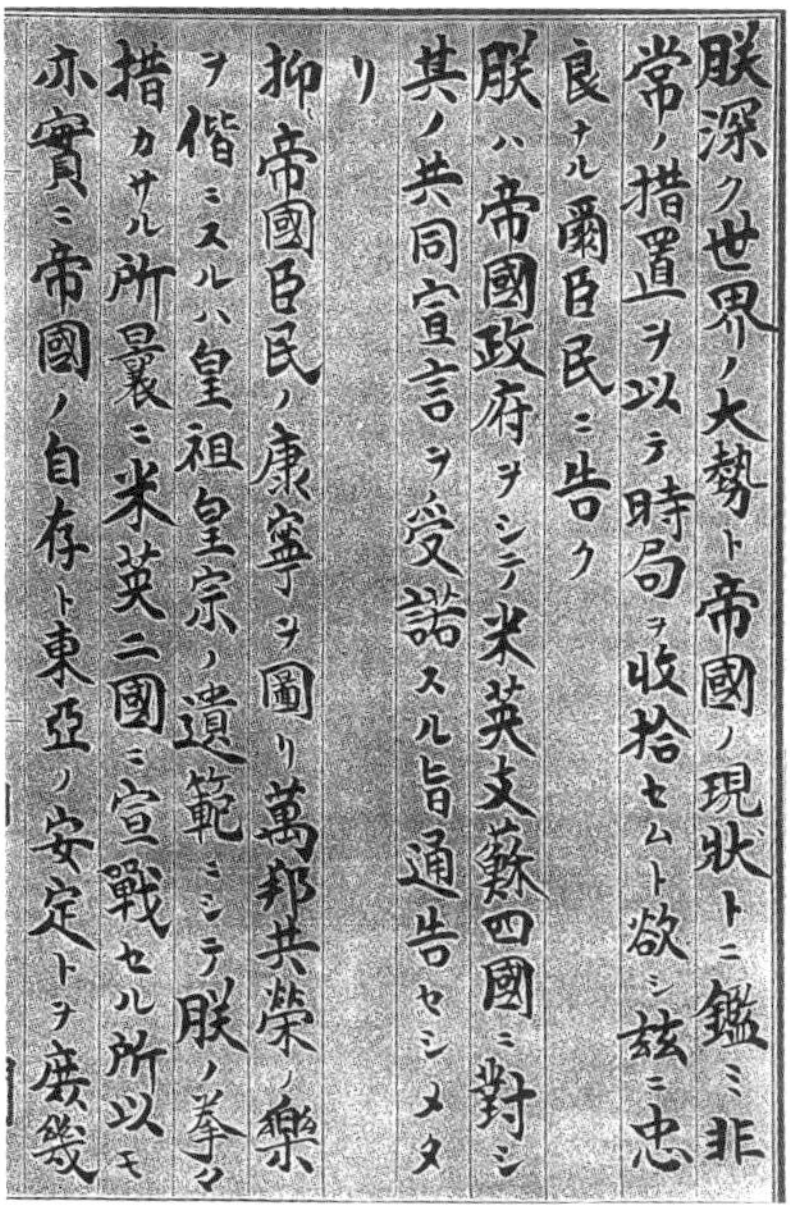
朕深ク世界ノ大勢ト帝國ノ現狀トニ鑑ミ非
常ノ措置ヲ以テ時局ヲ收拾セムト欲シ茲ニ忠
良ナル爾臣民ニ告ク
朕ハ帝國政府ヲシテ米英支蘇四國ニ對シ
其ノ共同宣言ヲ受諾スル旨通告セシメタ
リ
抑ゝ帝國臣民ノ康寧ヲ圖リ萬邦共榮ノ樂
ヲ偕ニスルハ皇祖皇宗ノ遺範ニシテ朕ノ拳々
措カサル所曩ニ米英二國ニ宣戰セル所以モ
亦實ニ帝國ノ自存ト東亞ノ安定トヲ庶幾

終戦の勅書の書き出し（写し）

朕ハ帝國政府ヲシテ*米英支蘇《べいえいしそ》四國ニ對《たい》シ其《そ》ノ共同宣言ヲ受諾スル旨通告セシメタリ
*抑々《そもそも》帝國臣民ノ*康寧《こうねい》ヲ圖《はか》リ萬邦共榮《ばんぽうきょうえい》ノ樂ヲ*偕《とも》ニスルハ皇祖皇宗《こうそこうそう》ノ遺範《いはん》ニシテ朕ノ*拳々《けんけん》*措《お》カサ《ざ》ル所*曩《さき》ニ米英二國ニ宣戰セル所以《ゆえん》モ亦實《またじつ》ニ帝國ノ自存ト東亞《とうあ》ノ安定トヲ*庶幾《しょき》スルニ出テ他國ノ主權《しゅけん》ヲ排《はい》シ領土ヲ侵《おか》スカ如キハ固《もと》ヨリ朕カ志《こころざし》ニアラス
然ルニ交戰*已《とき》ニ*四歳《よとせ》ヲ*閲《けみ》シ朕カ陸海將兵ノ勇戰朕カ百僚有司ノ*勵精朕カ一億衆庶ノ奉公各々最善ヲ盡セルニ拘《かかわ》ラス《ず》戰局必スシモ好轉セス世界ノ大勢亦我ニ利アラス

*加之《しかのみならず》敵ハ新ニ殘虐《ざんぎゃく》ナル*爆彈ヲ使用シテ頻《しきり》ニ*無辜《むこ》ヲ殺傷シ慘害《さんがい》ノ及ブ所眞ニ測ルヘ《べ》カラサ《ざ》ルニ至ル而《しか》モ尚《なお》交戰ヲ繼續セムカ終《つい》ニ我カ民族ノ滅亡ヲ招來《しょうらい》スルノミナラス《ず》延《ひい》テ人類ノ文明ヲモ破却《はきゃく》スヘ《べ》シ斯《かく》ノ如クムハ朕何ヲ以テカ億兆ノ*赤子《せきし》ヲ*保《やす》シ皇祖皇宗ノ神靈《しんれい》ニ謝《しゃ》セムヤ是レ朕カ帝國政府ヲシテ共同宣言

ニ應《こたえ》セシムルニ至レル所以《ゆえん》ナリ
朕ハ帝國ト共ニ終始東亞ノ解放ニ協力セル諸盟邦《しょめいほう》ニ對《たい》シ遺憾《いかん》ノ意ヲ表セサルヲ得ス
帝國臣民ニシテ戰陣ニ死シ職域ニ殉《じゅんじ》シ*非命《ひめい》ニ*斃《たお》レタル者及其ノ遺族ニ想《おもい》ヲ致セハ*五《ご》内《ない》爲ニ裂《さ》ク且戰傷ヲ負ヒ災禍ヲ蒙《こうむ》リ家業ヲ失ヒタル者ノ厚生ニ至リテハ朕ノ深ク*軫《しん》念《ねん》スル所ナリ惟《おも》フニ今後帝國ノ受クヘキ苦難ハ固《もと》ヨリ尋常《じんじょう》ニアラス爾臣民ノ*衷情《ちゅうじょう》モ朕善《よ》ク之ヲ知ル然レトモ朕ハ時運ノ*趨《おもむ》ク所堪《た》ヘ《え》難《がた》キヲ堪ヘ忍《しの》ヒ《び》難キヲ忍ヒ以テ萬世ノ爲ニ太平ヲ開カムト欲ス
朕ハ茲《ここ》ニ國體《こくたい》ヲ護持シ得テ忠良ナル爾臣民ノ*赤誠ニ*信倚《しんい》シ常ニ爾臣民ト共ニ在リ若シ夫レ情ノ激スル所濫《みだり》ニ*事端《じたん》ヲ滋《しげ》クシ或ハ同胞*排擠《はいせい》互ニ時局ヲ亂《みだ》リ爲ニ大道ヲ誤リ信義ヲ世界ニ失フカ如キハ朕最モ之ヲ戒ム宜《よろ》シク擧國《きょこく》一家子孫相傳《あいつた》ヘ確ク神州《しんしゅう》ノ不滅ヲ信シ任重クシテ道遠キヲ念《おも》ヒ《い》總力《そうりょく》ヲ將來ノ建設ニ傾ケ道義ヲ篤《あつ》クシ*志操《しそう》ヲ鞏《かた》クシ誓《ちかっ》テ國體ノ精華ヲ發揚シ世界ノ*進運《しんうん》ニ後レサ《ざ》ラム《ん》コトヲ期スヘ《べ》シ爾臣民其レ克《よ》ク朕カ意ヲ體《たい》セヨ

昭和二十年八月十四日

裕仁

㊞　而《じ》皇《こう》御《ぎょ》璽《じ》

内閣總理大臣男爵　鈴木　貫太郎
海軍大臣　米内　光政
司法大臣　松阪　廣政
陸軍大臣　阿南　惟幾
軍需大臣　豊田　貞次郎
厚生大臣　岡田　忠彦
國務大臣　櫻井　兵五郎
國務大臣　左近司　政三
國務大臣　下村　宏
大藏大臣　廣瀬　豊作
文部大臣　太田　耕造
農商大臣　石黒　忠篤

内務大臣　安倍　源　基
外務大臣兼
大東亞大臣　東郷　義　祐
國務大臣　安井　藤　治
運輸大臣　小日山直　登

*米英支蘇《べいえいしそ》四國＝アメリカ合衆国、大英帝国、志那《しな》＝中華民国、蘇連邦＝ソヴィエト社会主義共和国連邦
*抑々《そもそも》＝元来、最初のおこり
*康寧《こうねい》＝やすらかなこと
*偕《とも》ニ＝ともども
*挙々《けんけん》＝ささげ持つ、うやうやしくつつしむ（胸中に銘記して忘れず守る）
*措カサル＝おかない。身をおかない
*曩《さき》ニ＝先に、以前、昔
*庶幾《しょき》＝こいねがい
*巳《とき》ニ＝すでに
*四歳《よとせ》＝四年

＊閲シ＝経《へ》る。一つ一つ数える
＊勵精《れいぜい》＝はげみつとめること
＊加之＝しかのみならず
＊無辜《むこ》＝罪のないこと。また人
＊赤子《せきし》＝天子を親に見立てて人民のことを称する。嬰児《えいじ》
＊保《やす》シ＝やすんずる
＊非命《ひめい》＝天命ではなく非業《ひごう》なこと
＊斃《たお》レタル＝災害などで死ぬこと
＊五内＝五臓《ごぞう》（六腑《ろっぷ》）
＊軫念《しんねん》＝天子が心にかける。また、心を痛めること。うれえ思うこと
＊衷情《ちゅうじょう》＝まごころ。まこと。誠心
＊趨《おもむ》ク＝足ばやに行く
＊赤誠《せきせい》＝少しもいつわりのない心。まこと。赤心
＊信倚《しんい》＝信じてよりかかる
＊事端《じたん》＝ことの起こる糸口。争いの始まり
＊排擠《はいせい》＝人をおしのけ、おとしいれる。排斥《はいせき》。排陥《はいかん》

＊志操《しそう》＝堅く守って変えない気持
＊進運《しんうん》＝進歩、向上の傾向
＊本玉音放送の文中一九九頁の＊傍線部は、東洋文学者・安岡正篤《やすおかまさひろ》先生の入筆（追加訂正）部分かと考えられる。本文中には記入スペースがないので次に代わって記す〔テ頻《しき》リ二無辜《むこ》を殺傷シ〕

## (四)

戦後の中津市では、三年二学期に転入した時には豊田国民学校だったものが、一年後には中津市立豊田小学校となり、二年半後には、新制の中津市立豊陽《ほうよう》中学校三年間、そして新制高等学校は入学時、大分県立中津西高等学校南校舎だったのが、二年生前後で県立中津南高等学校となり、三年を過ごし、計八年半を暮らした。

映画のニュースも大人の話しぶりも戦前、戦中とは一変して、何もかも様子が違っていった。西小倉国民学校を出る時も、今津町の紘本さん宅の借間を出る時もどさくさ紛《まぎ》れで別れの挨拶など子供は与《あずか》り知らず、今では立つ鳥跡を濁《にご》して来たことを思うと失礼のしっ放《ぱな》しだった。

東條英機をはじめとする戦犯が次々と逮捕され、収監されるなど夢にも思っていなかった。新聞では、近衛文麿元首相は逮捕直前に服毒自殺をしたという。こういう自殺は潔《いさぎよ》いとは言えないだろう。

歴史に「もし……」はないと言われるが、私が小倉大空襲に遇《あ》う前後に、為政者たちの御前会議が行われていたと聞く。それは、多分この戦争（大東亜戦争）を止め、米英支三国と和睦するか否かの重大決断の時ではなかったか。まだソ連はドイツ・ナチとの戦いで忙しく、東側の戦争に加担する余裕はなかった。日本側も日ソ不可侵条約もあり、ソ連のスターリンもごそごそはしていたが、まさかゆめゆめと高《たか》を括《くく》っていたのであろう。海軍は山本五十六連合艦隊司令長官もアメリカに撃墜《げきつい》されて既に戦死、やゝ弱気になっていたであろうが、陸軍は東條大将が総辞職したものの、裏では最高権力者で頑張っている。昭和天皇は国民の犠牲も多く、太平洋（天下分け目の関ヶ原のような戦場）諸島では玉砕に次ぐ玉砕と耳に入る。少々植民地を失くしても日本本土の傷がこれ以上深くならないうちに内心は和睦に傾いておられたのでは？　結論は「今一つ戦果を上げてから……」と戦争続行が結論。しかし、三月十日には東京大空襲、死者一夜にして十万人の犠牲、焼失家屋は二十七万戸、皇居は無事だったが、四十平方キロメートル（全都の四〇パーセント）が焼土と化す被害だ。これでは和睦か降参かはもう相手・敵国が受け付けないだろう。東京上空では三百四十四機のＢ29爆撃機の編隊で爆撃を行い、日本側の高射砲の射撃弾は、小倉で見えた弾雲のみで、Ｂ29までは届かない。

一体、どこまでの犠牲者、国土蹂躙《じゅうりん》を許せば降参するのか。大本営は「まだまだ大和魂がある。神風も吹くだろう」。最後の頼み「神風特別攻撃隊があるではないか。痩せても枯れても、〝命より名こそ惜しければ〟武士道精神が日本人には備わっている」「大日本帝国国民は最後の一人までも戦うのだ。女も子供も竹槍教練をしておる」「一億総玉砕だ」「死なば諸共《もろとも》」「生き恥をかくな！」「恥を知れ」など飛び交っていたのではないか。

日本国民三百数十万、アジア人（特に東南アジア諸国民）二千数百万の人々が大本営の言葉に踊らされて死んでいった。

特に、四月に始まり六月二十三日に日本軍の沖縄司令部が自決で全島がアメリカ軍に占領された沖縄の国民は四人に一人、約二十万人の犠牲者である。それでも、大本営は「本土決戦の体制だ！」と戦争続行。

遂に、七月二十六日、ポツダム宣言が通告され、日本の無条件降伏が突き付けられた。

これを大本営は無視したが、大本営は天皇に直属する最高の統帥機関である。昭和天皇が「終戦の詔書」にあるように、国体を、臣民を信倚《しんい》していたならば、宣言が通告されてから七月末まで五日間もあったのだ。

八月になっても五日までは未だ許されていた。しかし、八月六日午前遂に広島に原子爆弾が投下された。僅か一日で十万人近くが爆死した。トルーマン米大統領のビラについては既述したが、彼も人類史上初の原爆を日本壊滅と日本文化消滅には多大な躊躇《ちゅうちょ》があってのことだったと解する。しかし、大本営は内部で騒動はあったはずだが、受諾しなかった。

翌日には甘く見ていたソ連が、日ソ不可侵条約を破棄し対日戦を始めた。そして、兵《へい》站《たん》も無く衰えていた関東軍は壊滅、何十万人もの日本兵がシベリア他各地に抑留され五万人以上が凍死し、餓死した。

そして、八月九日再びトルーマンは長崎への原爆投下のボタンを押した。

大本営のポツダム宣言受諾、無条件降伏は遅きに失した。

八月二十三日、日本軍は白旗を上げ、武装解除をしているにも拘わらず、ソ連軍は樺太はおろか北方四島（日本固有の本土、歯舞《はぼまい》、色丹《しこたん》、国後《くなしり》、択捉《えとろふ》）に上陸し、日本国民を北海道、東北地方へと追い出したのだ。満州（中国東北地方）や朝鮮半島に残された多くの国民は略奪、強姦《ごうかん》され、不条理に殺され、乳飲子や幼児は良心的な中国人や朝鮮人に託したりして、命辛々《いのちからがら》引き揚げて来た。復員軍人と一口に言えども、その帰国までの苦しみは、従兄の二郎兄さんの話は既述したが、並々ならぬ艱苦《かんく》の物語りがある。

この悲惨な戦争を誰が引き起こし、誰が推進し、彼ら為政者や大本営はいかなる責任が取れるのか？

私たちがジョニー・ワイズミュラーの「ターザン」やジョエル・マックリーの「大平原」など西部劇等を見る前に放映される毎日や朝日などのニュースは、GHQが許可し、配給されるものだが、毎日出て来るのは東條英機以下A級戦犯だが、かれらは通訳の言葉を聞くためだろうイヤホーンを耳に着け、ある者は下を向き、ある者は居眠りしているような、東京裁判（正式には極東国際軍事裁判）であった。彼等がどのように裁《さば》かれるか、子供たちは余り興味がなかったが、昭和二十三（一九四八）年十二月十二日に判決が出たが、"Death by hanging"（絞首刑）が七名に言い渡され、その執行は同年十二月二十三日（翌日がクリスマス・イブでその日を避けてのこと）の早朝に行われたと報道された。死刑の判決から直前までの彼等のものの考え方、心境はいかようなものであったか、真相は計り知れないが、日本の伝統からして、辞世の言葉（主として短歌）を残すことは認められている。左にその人物像と、権力者、独裁者だった彼等が数知れない多くの犠牲を自らの思想により齎《もたら》したことをいかに結着したのか、各自を検討しよう。

**東條英機《とうじょうひでき》（一八八四〜一九四八）**

軍人、政治家、陸軍大将。東京生まれ。関東軍参謀長、近衛内閣陸相を経て、一九四一（昭和十六年）年、東條内閣を組閣。陸相、内相を兼ね、太平洋戦争を起こし、参謀総長、商工、軍需各相も兼務。戦況の不利に伴い、一九四四（昭和十九）年辞職。敗戦後、A級戦犯として東京裁判により、絞首刑の死刑判決を受ける（同年十二月十二日）

（辞世第一首）

我ゆくも　またこの土地に　かへり來ん
國に酬《むく》ゆる　ことの足《た》らねば

＊生まれ変わって、またこの日本に帰って来て、今次の戦争で自分に相応しい戦果を挙げられなかった分を全《まっと》うしたい。

これでは、戦争犠牲者とその遺族の悲しみ、痛みを逆撫《さかな》ですることになろう。

（辞世第二首）

さらばなり　苔《こけ》の下にて　われ待たん

大和島根《やまとしまね》に　花薫るとき

＊これで吾もこの世とお別れだが、墓の苔の下にいても、吾は大和島根（日本国の別称）の花薫るよう繁栄するのを待とう。

何と身勝手な言い方か、この日本を滅亡の淵に追い込んだのは東條英機その人ではないか。よくも抜け抜けと言い訳を言えるものだ。

（辞世第三首）

幽明の境を　越えて　安かれと

ともに祈らん　心のどこか

＊幽界（冥土《めいど》）と顕界《けんかい》（現世）の境を越えて、安堵《あんど》するに至れりと。色葉歌に、有為《うい》の奥山《おくやま》＝無常な世を脱する難しさに例えて、安心したいとある権力者として同じ境遇を同志と望む心が何処かにある。独裁者なりの肩の荷を降ろして安心したいという身勝手な心境。

（辞世第四首）
さらばなり　有為《うい》の奥山　けふ越えて
弥陀《みだ》のもとに行くぞ　うれしき

＊第三首の続きで、死刑執行の日が近づくにつれ、有為の奥山を今日《けふ》越えて、阿弥陀仏の鎮座まします極楽浄土に行きますぞ！　何と嬉しいことか。

同じ極楽浄土を、「一休さん」で親しまれている一休宗純（後小松《ごこまつ》天皇の落胤《らくいん》といわれ、京都大徳寺の住持。禅宗の腐敗に抗して奇行が多かったと言われる。一三九四〜一四八一）は、その辞世の句では、

極楽は十万億土とはるかなり　とても行かれぬ　わらじ一足

と歌い、あれだけ禅宗臨済宗の奥儀を極められた名僧でも、極楽浄土に行けそうもないと観念するほどの死後の世界なのである。罪深き独裁者が簡単に行けるものではあるまい。

（辞世第五首→絞首台に登る直前、戒教師の説教直後に詠《よ》んだもの）
たとえ身は　千々に裂《さ》くとも　およばしな

栄えしみ世を　おとせし罪は

他の受刑者の辞世も紹介するが、東條英機だけは、判決があってより執行されるまでに辞世を五首も詠んでいる。その第一首から第四首までは軍国主義独裁者の戦争犯罪を自覚することもなく、むしろあの東條内閣の花薫る初戦大勝利の歓喜の真珠湾奇襲の再現を生まれ変わってまたその完全勝利まで導きたいと色めき立っていたものが、最後の第五首目でやっと死刑直前の戒教師の説法によって（いかなる内容の説法だったか?）東條英機本人以外誰も知り得ぬ何かにより、己の敗戦までの日本国民とアジア諸国民の未曽有の惨状を自覚し、たとえ我が身が八つ裂《ざ》きにされようとも罪を償うこともできない。この栄えていた我が日本を自分が戦争を決断しなければ、このように貶《おと》しめ、蔑《さげす》むこともなかった、その罪を償うこともできない大罪を犯《おか》してしまった。しかし、あの暴君に己を自覚させる難しさがこれほどまでかと、私ども凡人には理解できない。

**武藤章**《むとうあきら》**（陸軍大将）**

（辞世第一首）

いただきし　我が法号の　いみじくも
称《たた》ふるほどに　うるわしきかな

＊自分が今次大戦で果たした功績に見合った法号（戒名《かいみょう》）は、普通は死後その葬儀を取り仕切った宗派の道師から拝領し、鬼籍に記録されるもの。この場合は、大金を布施し、生前に見知ったことであろう。千宗易が生前正親町《おおぎまち》天皇から「利休」の戒名を拝領し、それで元来の宗易を改め利休とした特異なものもある。武藤章氏の経歴は敢えて調べないが、一般に国際裁判で戦争犯罪人として死刑の判決を受けた極悪非道な人物に名誉な戒名を授ける宗派とその導師の見識が疑われる。

（辞世第二首）
現世《うつしよ》の　ひとやのなかの　やみにゐて
かの世の光　ほのかに見えるか

＊戦争犯罪人として裁かれ、既に絞首刑の判決も出ている身でありながら、自戒の念も浅く、牢獄の処刑前の暗く冷え冷えとした寂しさの中で見ようとして見た幻覚の光、それが極楽に繋がっていると考えたわけだが、その前に己の強権を揮《ふる》い、いかに多くの純粋な若者や無辜《むこ》の民《たみ》を死に追いやったか。現世《うつしよ》に残した罪は棚に上げ、自分自身

の死後の世界に光を求める身勝手さ、脳天気さを現しているのではないか。

**松井石根《まついいわね》（陸軍大将）**

名古屋生まれ。日中戦争に中支那方面軍司令官。南京大虐殺（報道の偽りあり、爾後《じご》の研究解明の余地あり）事件の責任を問われ、A級戦犯として絞首刑判決。

（辞世・漢詩四、五言絶句）

朝暮念心経　幽牢也法灯

明光天蓋　虚空可往生

＊朝、暮れに般若心経《はんにゃしんぎょう》を念ず、幽牢もまた法灯（仏法を闇夜に照らす灯にたとえる）、明光天地を蓋っている。虚空《こくう》（何もない空間、一切の事物を色容し、何物の存在も妨げない世界）に往生《おうじょう》（この世を去って他の世界に生まれかわること）すべし、と解釈されるが、己の罪を感じることもなく、むしろ己の罪を否定して、己が置かれている状況と死出の門出《かどで》（絞首刑執行後）のみを一念に般若心経の教文に解消しようとしている姿を表している。自分には戦争犯罪に問われる筋合いはないと社会常識、国際常識に挑んでもいるようだ。

**土肥原賢二（陸軍大将）**

（辞世第一首）

有無の念　いまは全く　あとたちて

　今日このころの　秋晴の如

＊あゝしたことは有るか、こうしたことは無かったか、色々思ってみるが、そんな煩悶《はんもん》の念も、今はすっかり断ち切れて今日、私の心は秋晴の空のように清々《すがすが》しい。結局、己がこの戦争で行ったことを、あれこれ考えるのは止めて忘却すれば、全部御破算になり、秋晴れのようにすっきりするものだ。日本とアジア諸国の犠牲者のことは忘れるという脳天気さ、何をか言わん。

**板垣征四郎（陸軍大将）**

岩手県生まれ。満州事変を画策。陸相・支那派遣軍総参謀長など要職を歴任。

（辞世第一首）

とこしへに　わがくに護《まも》る神々の

　御あとしたひて　われは逝くなり

＊永遠なる日本国の守護神の示す方向に従い、私はその神様の下へ行きます。私がこの世で行ったことは国の守護神に従ったまでのこと、その守護神の下へ行けばそれで良し。すべて、有るか無いか分からない国神《くにがみ》に転嫁し、その功罪は帳消し。この戦時下、彼の下で直接間接死んで行った多大な人々のことにも責任なし。

**木村兵太郎《きむらへいたろう》（陸軍大将）**

（辞世第一首、遺言）

「こんなおめでたいことがあろうか。畳の上で死ぬのは平凡。絞首台の露と消えるのは男子の本懐だ。笑え、笑え」

＊この言葉で、己が行《おこな》った戦犯の罪を「男子の本懐」で笑い飛ばそうとは、脳天気を超えている。大勢《おおぜい》の無辜《むこ》を奈落の底に突き落とした罪の深さを「男子の本懐」とは、全く許せない軽率な言葉である。

**広田弘毅《ひろたこうき》（岡田内閣の外相。近衛内閣の外相）**

外交官、福岡市生まれ。東大卒。玄洋社の一員。駐ソ大使。第二次世界大戦後A級戦犯として絞首刑判決執行（一八七八〜一九四八）。絞首刑に処せられた七人の中では唯一の文官人であり、この人の絞首刑には国の内外で異論があった。ある人に何か言い残すことありやと尋ねられた時、次のように応えたと言われる。

「すべては無に帰して、言うべきことは言って、つとめは果たすという意味で自分は未だ、自然に生きて自然に死ぬ」。辞世はなし。

＊「弘毅」因《ちなみ》に彼の宗旨は禅宗であった。裁判後、東京では、彼の助命運動が起こったが、彼はこれを固辞して絞首台を甘受したと言われる。その死に臨む姿は淡々として、高僧の趣が漂っていたという。

妹・明子さんと私

（五）

日明《ひあかり》幼稚園在園中、生まれた妹の明子さんも、その昭和十六年（一九四一）十二月八日、大人が引き起こした太平洋戦争に振り回され、小倉大空襲を逃げまわり、敗戦となって、その顚末《てんまつ》が東京裁判・A級戦犯七人の絞首刑だった。しかし、私自身幼いながら体験した時代を通して、日本人であり、日本人に生まれて良かった。今の若者が知らない悲惨な体験も、目まぐるしい時代の変転の体験も他の時代には味わえないことであり、私は今では八十七歳、明子さんも八十二歳で健在である。

私は宮崎県での教職員生活を全うし、母親の遺言であった「退職後も宮崎に腰を据えて暮らすべきよ。墓場のある中津に帰ったところで浦島太郎じゃないの。もう宮崎も五十年、教え子たちもかれこれ一万人はいるでしょう。私もここで一生を終える積りだから……」

そのお袋も十四年前、西都市山田のこの地で逝った。享年九十四歳だった。「危《あぶな》いし、暑いから草むしりは止めて！」と度々言っていたが、私もその年に近づいている。

秋空に　草むしりする　母の跡
辿る吾が背に　千の風吹く

北洲　龜水

　また、この地に門川町南団地から転入したときには、それまで長く連れ添った太郎（捨て犬）次郎（血統書付柴犬）や多数の猫（故家内《なき》が猫好き・趣味）ゴーちゃん、チロちゃん、ジッパーちゃんなど死別してきて、「もう終《つい》の住み家だから、近所迷惑にならないようペットは飼わないようにしよう」と約束したはずだが、在住翌年暮れの雨の夕方、向かいの義忠《よしただ》さん宅と拙宅を行ったり来たりする捨て犬（首のちぎれそうに痩《や》せた小犬＝柴犬雑種）を家内が抱いて「可愛そうだから、飼おうよ？」と言う。実は義忠さん宅は長く飼っていた犬が死んだばかりだった。
「仕方ないな、そうするか」と言った私は、その犬にタロと名付け、七種ワクチンを毎年接種していた所為《せい》か二十歳（人間で言えば百二十歳に当たる）まで元気で生き抜き、私が田圃《たんぼ》道をタロと散歩すれば、通りすがりの知人に「また散歩しちもろうちょるね」と冷やかされる。よく吠え、よく留守番をした。

寒ぶ空に　満月照らし　老犬の
影は大きく　われの影引く

炎天も　寒風の中も　いそいそと
われに添い往く　老犬愛《いと》し

北洲　龜水

「北洲」とは親父の雅名で、彼が新聞記者時代に、連載物を載せたことも度々あったらしく、そんな時、鹿児島の西郷南洲の向こうを張って称したそうだ。最近、亀治郎爺さんの隔世遺伝を受けたのではないか。頭はズル禿《はげ》、髭は白く、顎髭は長く垂れ、生前お袋にも随分嗜《たしな》められたが、聞かずそのままにしていたら、コロナ禍が三年半も続き、その間、床屋にも行かず、まるで仙人風情である。その亀治郎爺《じい》さんが、「龜水」雅号を用いていて有名でもなかったので拝借している次第である。西郷隆盛のことは、鹿児島県に住む次男坊も時に触れるが、「せごどん」といえば、鹿児島では神様並みで、西南戦争では賊軍の将とされたが、宮崎県でも高城、都城は旧《もと》薩摩。西郷《せご》どんの悪口は禁物である。

明治十（一八七七）年二月に挙兵、その九月には延岡市の和田越えの決戦で敗れ、俵野の地可愛岳《えのだけ》、天孫瓊瓊杵尊《ににぎのみこと》の山陵《みささぎ》・御陵墓《ごりょうぼ》の、あえて袋小路に宿陣した。政府軍もこの地が天皇家御先祖の墓と知っていて、流石《さすが》に砲撃しなかったという。ここで、西郷は辞世の漢詩「西郷南洲翁辞世・七言絶句」を詠む。

肥水豊山《ひすいほうざん》　路已窮《みちすでにきわまる》　墓田帰去《ぼでんかえりゆかん》　覇図空《はとむなし》
半生功罪《はんせいのこうざい》　両般路《りょうはんのあと》　地底何顔《ちていなんのかんばせあって》　対照公《しょうこうにたいせん》

（肥後《ひご》や豊後《ぶんご》の道もすでに窮《きわま》った。半生を振り返ると功罪《こうざい》二通りの跡を残してしまった。泉下《せんか》で一体、どんな顔をして斉彬《なりあきら》公にお会いすることだろうか）

西郷どんを助け、助けられした幕末の志士・坂本龍馬は、本来土佐の下級藩士。その土佐を脱藩してからが、彼本来を作り上げたとされる。江戸に出て、勝海舟に入門、航海術を学び、長崎に商社・海援隊《かいえんたい》を設立、西郷隆盛、小松帯刀《たてわき》、木戸孝允《たかよし》（当時、桂小五郎と称す）と謀《はか》り、薩長同盟を形作った。大政奉還に尽力するが、志《こころざし》半ばにして京都・近江屋《おおみや》にて、中岡慎太郎とともに、幕府方見廻り組によって暗殺さる。慶応三（一八六七）年十一月十五日。享年三十三歳（数え年）。辞世ではないが彼に対する取締りが厳しくなった頃、常々言っていた句は次のもの。

世の中の人は　なにとも　言わば言え

我がなすこと　我のみぞ知る

彼は勇敢で潔《いさぎよ》いところもあり、その点では「大和魂」の持ち主と評されたが、一方では目的達成のためには、緻密で用心深く、放縦に見え、その実《じつ》計画性、先見性があり、その人間性を見抜くのは容易ではなかった。

この点、西郷どんや桂さんも、彼を理解するため、どれほど思い悩み、彼の狙い処は何かと夜も眠れず、時に相当疲れさせられたのではないか。

私も憶良に始まり、歴史上の色々な先人の残した言葉を追いかけて来た。人間は言葉を作り、それを記録に残したり、人間同士の意思疎通のため文字を作って、文化を築いてきた。建物にすれば、ピラミッドやサグラダ・ファミリア（Temple Expiatori de la Sagrada Familia）のような壮大なものを数え切れないほど造ってきた。その中には秀作もあれば凡作もあろう。しかし、その真の価値といえば、なかなか判別のできるものではない。言葉でも現在進行形の我々にとって、大切な事柄、生きる上での糧《かて》、方法論、価値観、哲学などを比較検討しても千差万別で「これ」という事柄は人間の叡知《えいち》を結集してしても決することはできない。この世の中を生きていく人類も八十億人になろうとするが、その世界の各地で人と人が言い合い、語り合い、果てには争いとなり戦争となる。

カール・マルクスは人類発祥以来の人間社会を、⑴原始共産制社会、⑵古代奴隷制社会、⑶封建制社会、⑷資本主義社会、⑸社会主義社会、⑹共産主義社会と分類し、現代・資本主義社会は資本家と労働者、農民の階級間の搾取・収奪による貧富の格差が年々拡大し、階級間の矛盾も拡大する一方で、その行く末は革命（争乱・紛争・戦争）となり、それが決着するのは資本主義社会が崩壊して一旦社会主義社会となる。その中で、さらに新しい矛盾によりとどのつまりは共産主義社会となるという。が第一次世界大戦の中で確立したかに見えたソヴィエト社会主義共和国連邦（ソ連）はレーニン、スターリンに始まり、ゴルバチョフで崩壊し、今日のウラジーミル・プーチンのウクライナ侵略が続いている。世界人類社会は、まだまだ強大な資本主義国が矛盾を含みながら健在である。

マルクスは人類史上、圧倒的に長かった原始共産制社会のみが、搾取も収奪もなく、人間は貧しいが故に力を合わせ、争いもせず協力して社会生活を営んでいた。しかし、遠い将来、人類が智恵を出し合い人類滅亡を来たさず、生き延びれば、豊かでありながら共産主義社会を樹立し、搾取も収奪もなく、争いもなく、また支配階級もなく、権力者もいない安心・安全、平和・平穏な社会を人間の叡知によって創れると論じている。

何れにしても、現在世界中が頭を悩ましている貧富の格差、支配階級（人口の一〇パーセント）被支配階級（人口の九〇パーセント）があり、その間で紛争が激化する。加えて、迷信と階級を内包する原理主義宗教、男女、人種、文化的差別も相俟《あいま》って問題解決を困難にしている。核兵器問題を根っ子に国連は機能せず、一体この世界はどうなって行くのか誰にも分からない。ある人は、地政学上、日本の出番ではないかと言う。

日本には資源もない、少子高齢化の筆頭で国力は衰退している、世界に類例のない憲法を背に、経済力も軍事力も核兵器もない日本だが、一つだけ独特の日本文化がある。その文化を頼りに、この混沌とした世界に打って出る方法は無いのか？

日本の歴史と文化には触れてきたが、その真髄にはどうか。

山上憶良は、「子等を思ふ歌」や「貧窮《ひんぐ》問答歌」など今から千四百年ほど前の現実社会を詠じて、普通の民人《たみびと》の姿を現在に示している。本人は遣唐使で四年も中国で仕事をし、当時の中国人と会話をし、漢書、漢文を読みこなし、帰国してからは従五位下、伯耆守《ほうきのかみ》、東宮侍講、筑紫守と学識も高く、「類聚歌林」を編集している。残された文献からは殿上人らしい生活もせず、当時としては相当の長寿で、七三三年没、享年七十四歳という長命であった。辞世の句ではないが、死の直前次の歌を詠っている。

士《おのこ》やも　空しくあるべき　万代《よろずよ》に
　語りつぐべき　名は立てずして

　＊士＝おのこ＝男の子＝まだ漢字を大和語に読み変える始まりだったかららしい。

主君浅野内匠頭長矩《たくみのかみながのり》が、吉良上野介義央《こうずけのすけよしなか》の意地悪に腹を立て、見境もなく御禁制の松の廊下で刃傷《にんじょう》に及び、お家断絶・即切腹を申しつけた幕府の仕打ちに、主君の仇討ちだけでなく、御政道の誤りを正すとして、四十七士を従え吉良邸に討ち入りをした。全員切腹自害の裁断に対し、大石内蔵助良雄の切腹前の辞世の句は、

あら楽し、思いは　はるる　身は捨つる

浮き世の月に　かかる雲なし

＊太平の世に突然起こった主君の無念を果たし、御政道を正す（に弓引く）とは表明せぬが、暗に心に秘め（世間は察す）ての決行。

日本人はこれぞ「大和魂」「武士道」と称賛してきた。

時代は下《くだ》って嘉永六（一八五三）年七月、アメリカ海軍東インド艦隊提督ペリーが浦賀に来航する。この時、佐久間象山に師事していた吉田松陰は江戸にいて、「黒船だ！鉄の蒸気船だ！」と騒ぐ江戸町人の声に触発され、海外事情に興味津々、翌安政元年再び江戸湾に来航の際、米艦で渡米密航を企て、乗船して交渉したが失敗、幕府に発覚、投獄（当時、松陰二十五歳）さる。その後刑が緩められ、後進を教育する道に専念。幕府や明治の政治家、偉人を多く輩出する。伊藤俊輔（後の博文）、久坂玄瑞《くさかげんずい》、高杉晋作等々。しかし、彼らを育成した松陰は、「安政の大獄」に問われ、自らを追い込み、江戸伝馬《てんま》町の牢舎内にて斬首刑を執行される。時に安政六年（一八五九）十一月二十七日、享年二十九歳。

その直前に三首の辞世の句を詠んでいる。

㈠親おもふ心に　まさる親心
　今日のおとずれ　何と聞くらむ
　　　　　　　　　父母へ　　辞世

また、刑が決せられると、弟子諸氏へ二首の辞世を贈る。

㈡かくすれば　かくなるものと
　知りながら　やむにやまれぬ大和魂

㈢身はたとひ　武蔵《むさし》の野辺に　朽ちぬとも
　留めおかまし大和魂

吉田松陰の遺骸《いがい》（首と胴は血洗いされ、丸桶の中に）を引き取りに行ったのは弟子の飯田《いいだ》正伯《まさのり》と尾崎新之助。その心中いかなるものであったろうか。

東京都世田谷区に松陰神社があり、世田谷線電車駅名に松陰神社前ともあり、そこから近い。当時、普通は土葬なので遠く山口の郷里までは生身の遺骸を運ぶわけにもいかず、元吉良邸家敷地内だそうだが、いかなる縁かその地に鎮《つつし》み祀《まつ》られている。

辞世㈠には、子が親を思う心より、親が我が子を思う念力の方が勝《まさ》っているが、その我が親は今日の訪れ（私・松陰が斬首刑に処される日・その斬首の有様）を、何と（どのように）聞くだろうか。斬首刑前にそこまで思いながら、なお、御政道の裁きを受けるに当たり、井伊大老の裁きに対して、松陰の尊王攘夷・王政復古の思想から、「天皇に奉上もせず、日米通商条約（日本にとって不平等な条約）をペリーと締結し、開国を幕府だけで決めた張本人・井伊直弼に、罰せられるのはお前さんの方だ！」という態度で裁きを受けた松陰他梅田雲浜《うんぴん》、頼三樹三郎《らいみきさぶろう》、橋本左内《さない》らを処刑した幕府方最高権力者でもあった井伊大老の処断。

しかし、松陰の親が悲しむこと、多くの弟子たちが師匠・松陰の延命を願う心よりも、自分が「大和魂」を貫《つらぬ》く方が日本の将来のために大切な信条だとした。弟子たちにも命を懸けて「大和魂」を貫け！というのが、㈡㈢の弟子あての辞世だった。

そこで、松陰が幕末で大きな思想的影響力を持ちながら、「大和魂」を命より上のもの、「大和魂」のためには命を捨てても、その信条は守らねばならないと言ったその後の日本国が今日存在している。

抑々《そもそも》「大和魂」という言葉の根元はどこにあるのか。国学者は、それぞれの主張はあるが、この言葉は源氏物語「少女」編に「才を本としてこそ、大和魂の世に用いられる方も……」に記述されている。もちろん、平安時代の紫式部の造語ではなく、それより以前より殿上人の間では使用されていたものと思われる。

別に「広辞苑」によれば、漢才《かんざい》＝学問（漢学）上の知識に対し、大和魂は実生活上の知恵・才能を指し、和魂とも言うとある。しかし、後の世になり、曲亭馬琴＝本名・滝沢興邦《おきくに》（一七六七〜一八四八）に「椿説弓張月《ちんせつゆみはりづき》」（「南総里見八犬伝」や「俊寛僧都島物語」などで有名）の中に「事に迫りて死を軽んずは、大和魂なれど多くは慮《おもんぱかり》の浅きに似て、学ばざるの惧《あやまち》なり」と主張している。すなわち、「大和魂」が武士道＝武士の心得のように解されている。私の親友（教師仲間）に森迫誠郎氏がいるが、私が県立富島高校に勤務していた頃、彼が、日向市財光寺に居を構えていて、よくお宅を訪ねていた。彼氏は囲碁好きで、訪ねる度に二、三局手合わせしていた。そうしたある日、壁に掲げていた額に紺染めに白ぬきの文字で「命より名こそ惜しけれ武士《もののふ》の道に交《か》ふべき道しなければ。

（辞世）森迫三十郎親正」とあり、彼が私にその額の文句に注意を引き、感想を聞くので、私は文句どおり「武士は命より氏姓の方が大事という意味かな」というと、森迫氏は「普通みんなそう言う。じゃが、わしは反対に解釈しとる。それは『道に交《か》ふべき道しなければ』の部分ですよ。武士の道に換《か》える別の道があれば、そちらに行きたい。つまり命を氏名より大事にできる道ということで、表面的な〝命より名こそ惜しけれ〟ではない。内部に秘められたものがある、と思うのじゃが」

「なるほど、貴方《あんた》の言う方が理に適《かな》っているなぁ」

実は、後に私が、小説『宗麟自伝（青雲怒濤の巻）』を著述した中で二一四頁から二一七頁に記述したもので、この森迫三十郎親正は彼・森迫誠郎氏の有名な先祖であり、大友義鎮（後の宗麟）が若き日、肥後の菊池攻めを行い、野津の代官森迫兵部少輔親富の嫡男が初陣《ういじん》の戦、わずか十七歳にて戦死、この時兜《かぶと》に巻き付けていた辞世の句が先ほどの和歌だったのである。私が執筆取材で誠郎氏と現地に訪ねると、芦刈某という文人から貴重な資料の提供があり、今は三重町役場裏庭に親正の辞世を刻印した石碑もあり、また菅生駅裏には森迫神社もあって毎年関連の祭りも催されているという話もあった。神社も実地見聞した。

要は、「命より名こそ惜しけれ」は本当の武士道を歌ったものか疑問が残る。

その富島高校では毎年日向岬を全校生徒の遠足の目的地にするが、岬パークの海岸側に一つ重要な石碑がある。

みんなみの　雲染む果に　散らんとも
くにの野花に　われは咲きたし
（辞世）高崎　文雄　遺詠

とある。この高崎さんは十九載の若さで、昭和十九年十月、フィリピン沖の戦闘で特攻隊として出撃し、帰らぬ人となった。その出動前に妹に宛てた便りの中にこの和歌（辞世の句）が書かれてあった。両親は居なかったのか、細《こま》かくは分からないが、細島出身である。旧制延岡中学校から海軍甲種予科練に入った。相当学業成績優秀で万能型の人物ではなかったろうか。

この日向岬パークの石碑は、昭和六十二年十二月十日「望郷の歌碑」として建立《こんりゅう》委員会賛同者一同とある。多分、同窓生たちだったのだろう。私は今この若者が、といっても私は当時まだ西小倉国民学校の二年生（八歳）に過ぎなかったが、やはり偉人であると思う。海を臨む石碑の前に行く人は、ぽつぽつといるが、足を止める人はいない。過去の一つの出来事では済まされない。聞けば宮崎空港の傍にも刻まれているし、京都嵐山の天竜寺飛雲観音像の台座にも刻まれているという。しかし、先に記述した脳天気な戦犯者に踊らされた優秀な人物はごまんといる。悔《くや》しいことだ。序《つい》でに、日向岬には馬ケ背という展望地（私は四国高知の足摺岬より良い展望だと思う）があるが、それを少し下った所、御鉾ケ浦《みほこがうら》から見える古嶋《こしま》がある。潮が引くと、波すれすれの小道が通る。

文久二（一八六二）年、京都伏見で起こった薩摩藩士同士による「寺田屋事件（騒動ともいう）」で捕らえられた薩摩藩士以外の三士が移送中、古嶋付近で惨殺された事件があった。被害者は次のとおりである。

筑前秋月　黒田藩士　海賀宮門直求《かいがくもんなおもと》
肥前　何某藩士　中村主計重義《かずえしげよし》
但馬《たじま》　何某藩士　千葉郁太郎徳胤《いくとくたね》

海賀直求の腹巻に「平生心事豈有地赤心報国唯四字　黒田家臣　海賀直求」とあったことから、この地に「黒田の家臣」と標識が立てられた。実は、惨殺の当時、海に浮かんだ亡骸《なきがら》を小嶋に埋葬し、碑を建立したのは、地元細島の住人黒木庄八郎翁だった。
明治時代の中頃、勤王の志士として正五位がそれぞれ贈位され、大正三年には、山縣有朋元帥の揮毫により記念碑が建立されている。それによれば、次の短歌が刻印せられた。

なつのよの　みしかき　とこの
ゆめだにも　くにやすかれと
むすひ　こそすれ
黒田家臣　海賀直求　辞世

ここにも武士道精神を後世に伝えている。

# 第二節　日本人とは

## (一)

日本人と一口でいっても百人百様で色々ある。考古学的には、日本に残された古墳の多くが天皇家の御陵墓とされ、宮内庁の管轄となっている。したがって、仁徳天皇の御陵墓だとか応神天皇の御陵墓だとか固有名詞のあるものは基本的に発掘は許可されていない。例えば、卑弥呼の陵墓は奈良県桜井市箸中にある最古の前方後円墳・箸墓古墳と言われるが、崇神記にある倭迹迹日百襲姫命《やまとととびももそひめのみこと》の墓ともされる。長さ二八〇メートル、後円部直径約一六〇メートル、葺石《ふきいし》や最古の埴輪からして三世紀（西暦三〇〇年代）中葉から後半とされるから、陳寿《ちんじゅ》（二三三～二九七）の著述書「三国志魏志東夷伝倭之条」の時代と一致する。

彼の記述した王女卑弥呼の治めた邪馬台国が学問的に定まらないことから、どの推定も明確とはならない。その書に返礼として「銅鏡（三角縁神獣鏡）百枚は各地の豪族の墓とされるものから発掘されており、年号も景初二（二三九）年や三年が多く、卑弥呼が大夫・何升米を遣魏させた時期と一致する。ただし、これは、使節帰国後、功績のあった豪族王に褒美として贈呈したものと考えれば、残された「親魏倭王」の金印《きんいん》紫綬《しじゅ》を授《さず》かっており、発掘が許されれば、真にその陵墓と確定されるが。

墓の問題は兎も角として、シルクロードを通じて世界の文化を集めた中国の漢を継ぐ政権と交流が始まった日本は、文化をはじめ人的交流の飛躍的発展があったことは、著しいものと考える。卑弥呼が魏の明帝に献上した中に「生口百人」とあるが、生口とは海人（男女）ではないかと言われる。中国、朝鮮には潜水漁法は元来ない。それは南方系諸島からであり、長く続いた縄文時代の日本人は南風に乗って新天地を求めて来た南《は》風《え》人《ひと》（隼人《はやと》、薩摩隼人、薩摩熊襲）の類族ではなかったかと、記述している。南風人の文化は潜水と高床式文化で、重複語が多い。それが薩摩（今の鹿児島・大隅）に留まらず、さらに太平洋側と日本海側に別れ、それぞれ黒潮と季節風に押され北上し、太平洋側は伊勢辺り、日本海側は出雲・石見辺りまで行き定着したのではないか。

一方で北方ベーリング海側からはイヌイットやエスキモー、アイヌといわれる北方種族が南下して来る。そして、日本文化の源である多神教（太陽をはじめ、山や川、河、海など大自然の神々）が生まれた。私は、神社、神宮の入り口に日本独特の「鳥居」があり、木造のものは耐久性を維持するため、表裏にベンガラ（塗料で成分は酸化鉄）を塗る。石造りのものもある。古くインドでは「トラーナ」という石門が大事な建造物の前にはあったと聞く。ベンガラも元はインドから、その使用は始まったという。今から二千五百年前といえば、日本は縄文時代末期であろうが、インドではバラモン教支配（迷信と宗教階級により）がなされ、釈迦がこれと闘い、これをほぼ駆逐していた。しかし、釈迦の入滅（前四八六あるいは三八三年といわれる）すると再びバラモン教がインドを席巻し、今日もその流れを汲むヒンドゥー教がインド社会を支配している。

当時、釈加牟尼の教えは、バラモンを敵とし大量のインド人がセイロン島や東南アジアへと難民として逃げ出している。世界の大航海時代は帆船で、インドから日本に到達するためには黒潮と季節風に乗れば、三カ月で着いたそうだ。とすれば、中国・三蔵玄《げん》奘《じょう》法師により原典翻訳、朝鮮半島を経過して蘇我氏などにより伝えられたとする仏教は、もしかすると縄文時代に伝えられたかもしれず、「鳥居（トラーナ）」もその時の変形かもしれない。文字のない縄文時代と言われるが、高床式住居や潜水漁法文化、鳥居の謎、埴輪や道具の特異性の中に、日本文化の源流が見出されるのではないか。

中国・朝鮮半島の文化やモンゴル系騎馬文化との争いと権力の弥生時代は縄文時代に比して、極めて短い。しかし、それまでの平穏で権力のない、争いも少なかったと推定される倭人の協力的、融和的民族は、飛鳥時代には、それまでの自然崇拝の八百万の神と、蘇我氏が中心に持ち込んだ仏教文化とが激突して一時は天皇親衛隊・物部《もののべ》尾輿《おこし》や守屋《もりや》が敗北したが、摂政聖徳太子の「和を以て貴しとなす」により神仏混淆《こんこう》（または習合）がおこった。これは、他国に見られない日本独特の精神（スピリット）ではないだろうか。

重複するが、内村鑑三と共に札幌農学校に学び、同じクラーク博士（William Smith Clark）に学んだ新渡戸稲造《にとべいなぞう》（一八六二～一九三三）は、アメリカに留学した際、「武士道」を英語で著作した。彼はアメリカ人以上の英語を用いて武士道の本髄を書いている。周りのアメリカ人から、日本人は無宗教（正月は宮詣《まい》り、盆は寺の法要、クリスマスには日本流にお祭り騒ぎ、教会にも、寺院にも日頃は行かない）でありながら、勤勉で、清潔で、融和的で、行儀が良い。我々アメリカ人は毎週日曜日には教会に行き牧師（神父）の説教を聞いて我が身を正す。しかし、悪が蔓延《はびこ》る。なぜかと、何度も問われた。そこで彼も日本人として我が身を顧《かえり》みる。なぜか？　彼はその結論を子供の時から、親や目上の人、学校の先生、そして社会の長老から日々言い聞かせられてきたこと、すなわち「武士道」ということ。武士道には儒教と仏教の綯《な》い交《ま》ぜになった物、例えば儒教では孔子の「忠恕」や「仁徳」など「論語」を中心に四書五経（大学、中庸、論語、孟子、易経、書経、詩経、礼記、春秋）があり、仏教では特に禅宗の座禅修行などがある。

彼はアメリカ人には分かりにくい、儒教や仏教の中味ではなく、日常の信義・誠実、礼儀作法、殺生をしないことから食事のあり方など子供の時から教え込まれた日常生活の「武士道」を著述した。それはベストセラーになり、アメリカ人の日本人への偏見・差別を無くしたばかりか、好感を持つアメリカ人を増やした。

彼の武士道はアメリカ合衆国第二十六代大統領T・ルーズベルト（Theodore Roosevelt 一八五八～一九一九）に大きく影響を与え、日露戦争の講和を斡旋、ポーツマス条約を日本に有利に進めたが、その時の記念がワシントンの桜並木を有名にした。彼の「武士道」はいわゆる大和魂とは異なる形で新しい日本人観を外国人にもたらした。

そう考えると、私の「武士道」は、大家慎司先生の小学六年卒の贈る言葉二つ。

「天は人の上に人を造らず、人の下に人を造らず」と「偉大なれよ、平凡にして偉大なれよ。空気または日光の如く」

そして、宮崎県に六十二年間住んで得た、伊東満所の生き様「清貧、貞潔、慈愛、勇気」に帰結する。私の現在の人間としての見識を示す私の尊敬する人を歴史上（私が生まれる前）の人物として最も崇拝する人は、仏教の教祖としてではなく、哲学者であり自然科学者として、迷信と階級差別によりインド民族を支配し、貧窮に苦しめていたバラモン教の支配を駆逐し、当時インド人民の多くを救い、世界にその影響を及ぼした人。釈迦牟尼（本名、ゴータマ・シッダールタ前五六六～四八六、別説、前四六三～三八三）その人である。

そして、現在私と同時代に同時生存する人の中で、最も崇拝する人物は、ロシア連邦大統領、ウラジーミル・プーチンの非人道的戦争犯罪者、侵略者と戦うウクライナ共和国大統領ウォロディミル・ゼレンスキーである。

彼は、単にウクライナ国民の解放のためでなく、世界の自由と民主主義、人道と人権を守り、法の下での力《ちから》による現状変更を許さないばかりか、核の脅しや民族同化政策に対し先頭に立って戦っている。彼の戦いは私共日本国民の戦いでもある。世界に蔓延《はびこ》る専制体制、独裁体制との戦いでもあり、世界の希望ある将来のために、必ず勝利しなければならない。我々日本人はスポーツあり、文化あり、芸術ありで、こうしたことが普通に行われるためには必ず平和が必要だ。平和があればこその日常生活であり、文化でありスポーツであり芸術である。我々は必ずウクライナとゼレンスキーの戦いを負けさせてはならない。敗北は世界人類の破滅を意味する。

## (二)

人は奇跡的に地球に、それぞれの民族に、それぞれの国家に生まれた。その同じ人間でありながら、人の脳髄の進化により哲学や政治や経済が今日のように進化・発展したために、これを他の人間より、より多く、より独占的に欲する者も同時に生じてきた。なぜ、他と同じように所有し、生活するだけでは足りないのか。誰かがより多く所有すれば、他が足りなくなる。それが人間に起こるのは、欲ばり、強欲。そして富者と貧者が起こる。それは個々人の段階から民族的なものとなり、国家組織的なものへと拡大し、富める国が現れ、一方では貧窮する民族、貧窮する国家が生ずる。しかも、富める人、富める民族、富める国は少なく、貧する人、貧する民族、貧する国家は当然多く、次第に少数の富者は、多数の貧者を支配し、差別し、傲慢となり、多数の貧者は支配され、差別され、憤慨、激憤となり、人と他人、民族と他民族、国家と他国の紛争となり、富者は支配、差別、傲慢を通すには力（暴力、警察、軍隊）を擁することになり、貧者は憤慨し、抵抗し、押し潰されて富者の言うがまま、言論も、人権（人間らしく生きる権利）すら奪われ、奴隷状態に陥《おちい》るのが人類の歴史である。

このパターンが固定化して階級社会が生まれ、その関係は固定化する。富豪の子に生まれれば富豪の継承、貧困者の家庭、家族の子に生まれれば貧困、下僕、奴隷となる社会。人間として言論や表現が弾圧され、果ては富者の支配下にある暴力や警察やある場合は軍隊に鎮圧され、投獄される。今、現在、そのことは進行形である。過去の忌まわしい記録が消え去らないうちに、次の忌わしい出来事の坩堝《るつぼ》の中に置かれることも多くなった人類世界の現状である。取り返しのつかない紛争、戦争、大戦も予想される中で、人類がかつて経験（ヒロシマ、ナガサキの他）したことのない破滅、滅亡に陥《おとしい》れるのが世界に数万発もある原子爆弾だ。

他にも富の欲望の結果生じたものが、地球温暖化現象でもあり、プラスチックやゴミ問題であり、これらは人類だけでなく、その他の動植物、森羅万象に及ぶ。これだけ進化した人間の頭脳機能あるいは人体そのものかもしれない知恵を持ちながら、「かくすれば、かくなるものと知りながら、やむにやまれぬ智恵と欲」か。人間は生きているからこそ無限の欲望を止められず、絶体絶命の危険を容認するのか。

釈迦の仏教も彼の入滅とともに、バラモン教に席巻された。ウクライナもゼレンスキーも、生きていてこそ、極悪非道のプーチンとロシアに抵抗ができる。「かくすれば、かくなると知りながら、やむにやまれぬ大和魂」の吉田松陰の智恵も、生きておれば、明治の日本を善い方向に進めたものかと思う。

このプーチンとロシア、世界の各地、各国にのさばる専制主義者、独裁者を一刻も早くその座から引きずり降ろさなければならない。彼等を支えているのはほんの一握りの政商や継承的富豪なのである。最近は、安心・安全な中流階級も一定の役割を果たしている。

最早、お復習《さらい》だが、独裁者は元々、一介《いっかい》の平凡な人間であったかもしれない。結局、独裁者は成ろうと志向して成れるものではない。何かの切っ掛けや小さい野望が発端かもしれない。彼を取り巻く人々がいる。世襲的独裁者も世襲的支持者があってのこと。ウラジーミル・プーチンは少年時代、スパイ（間諜、まわし者、密偵、密《ひそか》に敵方の情勢をさぐって味方に通報する者）に憧れたと聞く。その後、ロシア共産党支配が弱まり、混乱し、流動するロシア社会の中で成長し、有名なるソ連のＫＧＢ《カーゲーベー》（Komitet Gosudarstuennoi

Bezopasnosti＝国家保安委員会の略称。一九五四年内務省から改組し、反体制派の監視、スパイの摘発などを行う。一九九一年解体される）に入局、東ドイツ職員で勤務す。ミハイル・ゴルバチョフが一九八五年ロシア共産党書記長となり、ペレストロイカ（建て直し＝旧ソ連の改革）を推進。一九八九年最高会議議長となり、翌年初代ロシア大統領となったが、一九九一年ソ連崩壊となり、この年の六月ボリス・エリツィンがロシア連邦の大統領となり一九九九年まで務めるが、その腹心のプーチンがロシアの政情不安を建て直す方針を示し、二〇〇〇年ロシア連邦大統領に選ばれ、その後ロシアの政治・経済建て直しの実績により二〇〇四年再選以来、今日に至っている。

　他に目を転じると、イスラム教シーア派の独裁者ホメイニの問題、同教スンニ派の独裁者が大量破壊兵器（核兵器を中心に細菌＝生物兵器、毒ガス兵器など）所有の疑いでアメリカ・ブッシュ大統領（ジュニア）主導の攻撃により倒され、今ではスンニ派の独裁化がサウジアラビアに窺《うかが》われる。

　今日、イスラム原理主義を標榜《ひょうぼう》するアフガニスタンのタリバン政権が、女性抑圧の先頭に立っているが、自由・民主を掲げる多数の国々からすれば、容易に理解ができない根強さがある。推測するに、イスラムの教祖ムハンマドは、女性の魅力が男性の争いや殺し合いの原因と考えていたのではないか。聞くところによると、イスラム社会では、互いに男性の連れ合いである妻や恋人の美麗さを褒《ほ》め称《たた》える行為は厳禁のようで、自由、民主の国では常識的マナーであることからすれば、宗教的規範により禁止される十戒などにはない異例さがある。アフガニスタンに限らず、イランでもトルコでも、その緩急さに違いはあるものの、やれベール（面紗）による容貌の隠《かく》し方が悪いとか、外出を控え男性の目に触れないようにすることだとか、容姿そのものを全く見られないようにするブルカ（burka,burkha=顔から膝または足首までの全身を覆うゆるやかな外衣。目の部分のみ孔を開ける）を着用すること、したがって、幼児から学校にも行かせず、仕事の出勤も禁止となる。イスラム教徒と言うか中東諸族の男性の嫉妬《しっと》深さなのか、それは広くインドヨーロピアン人種に感じられる。男尊女卑に繋がり、人間として大事な人権問題となる。

独裁者は対外的にも対内的にも人間の人権を犯し、抑圧する。結局、独裁者本人以外の人権を認めないという共通理念がある。他人の人権を認めない人を一般に非道、非人間的というが、要するに、日本国憲法で保障されている基本的人権であり、世界人権宣言で明示されているところである。ロシア連邦も中国共産党もそれなりの民主主義はあると言うが、人権の保障がないところに民主主義は存在できない。

人間にとって、その生きる上で、どのような価値観を持っているかは、その人間そのものの価値を問われる問題である。価値の高いものは尊重され、価値の低いものは軽視される。人間の平等は基本的人権に含まれるが、しかし、同じ裸で生まれ育った人間として差別はないにしても、その後の生き方に違いがあり、前述のように価値の高い人間と価値の低い人間が社会的に見て同等ではないことは明らかである。価値の高い人は当然高い価値観で生きており、価値の低い人は低い価値観に立って生きている。君と僕は価値観が違うという論争があるが、その人の価値はその人自身が決めるものではなく、その人を知る周りの多数が決めるのである。

では、ある人間の価値の高低を計る基準はなにか。それが、当人が他の人々の基本的人権を認め、その理念の上に立って行動し、人生を送っているかどうかなのだ。や、、哲学的になったが、先ほどから論じている独裁者はどうか。これも既に明白であるが、当人の他の人々の基本的人権を認めないばかりか、これを抑圧し、さらに暴力（本人自身の暴力、警察・軍隊を操作しての暴力、最大の暴力は大量破壊兵器の操作）による他を圧殺する行いや威嚇《いかく》である。とすれば、独裁者こそ人間としての価値の下《げ》の下《げ》ということ、最低の人間ということになる。人間の社会では人種や性別や肌の色では差別されないし、差別は禁物だが、価値観で見れば差別というか区別は止むを得ない。それ程に価値観は人間にとって重大なものと言っても過言ではない。

私は、小学校六年生で、大家慎司先生の贈る言葉で、「天は人の上に人を造らず、人の下に人を造らず」という格言を残した福澤諭吉を尊敬する。また同時に贈られた「偉大なれよ、平凡なれよ、平凡にして偉大なれよ、空気または日光の如く」の内村鑑三をも尊敬する。

人間は裸で生まれ、裸で死んで逝く。だが、その間生きて行けるのは、日頃有り難くも何とも気付かない空気や日光がなければ、全く生きていけない。その空気や水や動植物や太陽は総じて宇宙に有るもの、つまり森羅万象を備えた奇跡の星・地球があってこそ、命は存在できる。人間にとって、本当に有り難い。全知全能の神があるとすれば、それは宇宙であり、地球である。そして、我々が生き変わり死に変わること、輪廻転生《りんねてんしょう》ができるのも、この奇跡的惑星・地球が有るからこそである。

今から二千五百年も前に、そのことを説いた釈迦牟尼＝ゴータマ・シッダールタがいかに偉大な最高の価値ある人だったか。そして、地球上のあらゆる事物に感謝して生きてきた日本人の素晴らしさ、その文化・伝統の中で生まれ育ってきた自分の存在に感謝せざるを得ない。その自分のルーツを辿《たど》れば、僅かな家系図から出雲《いずも》ということだ。その何万年前から定着した南風人《はえひと》（インドネシア・マレー・インド・ポリネシア・ミクロネシア等々）、これと混血してきたモンゴロイド、エスキモーの末裔である自分の存在の有り難さ。

㈢

この混沌とした地球世界、総数八十億人に近づこうとする人類世界、西側と東側、北側と南側、ＥＵ・ＮＡＴＯ側と日本、中国・ロシア・北朝鮮・グローバルサウスの対立、ウクライナ共和国を侵略するロシア連邦、抑圧するプーチンと抵抗するゼレンスキー。地球温暖化問題、ＡＩ革命、宇宙戦争直前問題、国連安保理の機能不全、そして、広島Ｇ７（セブン）サミットと日本の役割。

日本国政府はこれら人類存亡の危機にいかに対処できるか。日本がこの難問に分け入れる条件とは何か？

㈠　唯一の被爆国日本。

㈡　原子爆弾を持たない大国・日本。

㈢　憲法で戦争放棄し、専守防衛の日本。
㈣　西側と中・ロ・北朝鮮の対立。および、
㈤　アメリカ合衆国と中華人民共和国の覇権争いにつき地政学的立場に立つ日本。
㈥　台湾問題（中国の内政問題か）と日本。
㈦　ロシアの北方領土不法占拠問題と日露平和条約の不締結問題。
㈧　北朝鮮の日本人拉致問題。
㈨　世界の民主・自由主義国家群の一員日本。
㈩　二千年近く継承される天皇制（象徴制）。
(十一)　大和政権を含む二千年近くの伝統国家。
(十二)　アジアで唯一、西洋国家（ロシア）に戦争（日露《にちろ》戦争）で勝利した日本。
(十三)　第二次世界大戦・太平洋戦争にて初めて敗北した日本（一九四五年無条件降伏）。

＊一二七四年、文永の元寇《げんこう》に勝利及び一二八一年の弘安の元寇に勝利。
＊一八八四～一八九五年の日清《にっしん》戦争勝利。
＊一九〇四～一九〇五年の日露戦争勝利（既述）。
＊一九一四～一九一八年の第一次世界大戦に勝利。

㈤　一九六〇（昭和三十五）年頃まで日本はアメリカに次いで世界第二位の経済大国となる。

右のような変転をして来た国柄は世界に類例がないと言えよう。ただし、現在の日本は世界第一位の少子高齢化社会となっている。

この事実は国民誰もが自覚するところであるが、それを前提に、いかにすれば日本は世界のリーダーになるか？　それに相応《ふさわ》しい政府、政権を国民の知恵で作らねばならない。その政府樹立の手段は選挙のみである。現在のように、個人の欲得、名誉欲しさの政治家では世界はリードできない。本物の政治のプロ、誠心誠意の政治家を日本国民が選挙により育て上げねばならないのだ。

国家百年の計（現在はスピードの時代、ＡＩの時代）はすべて青少年の教育にあると言える。あるいは国造りは、百年を待てず、五十年または三十年の計であるやも知れぬ。教育政策に重点があるにしても、教える教師がそれに相応しく培われなければならず、青少年もその教育に応える人柄に成長しなければならない。

論語（孔子の言葉）に「君子和而不同　小人同而不和（孔子は言う。君子は私心がないから、道理に順って和合しうるが、不合理なことに付和雷同《ふわらいどう》はしない。小人は私心私欲があるために、利を見ては雷同し易《やす》く、条理に従って和合するということがない）と子路《しろ》第十三にある。

現在は色々な情報があり過ぎて不消化になり、善悪の色別ができない青少年が多い。教師と称される、あるいは志す者は自ら多情報を有益に取り入れねばならない。今さらデモシカ教員では、この急な変転に付いて行けない。「教師」と言うからには、身を以て善を行い、悪を排さなければならない。

私が教職を務めた時代は、先輩後輩の意識が強く、長い教職経験を積んだ先輩方の的を射た忠告が多く聞かれた。教育実習では習わない、また教える体制がなかったのが実情で、「教師」とは何たるもので、何を根底に据《す》えなければならないかを自学自習しなければならなかった。根底を誤まると、予備校のように教育技術に走りがちとなる。文科省の指針の枠にはまって、定型通りでは子供たちも枠内定型人間に育って、「教師」としても魅力がない。

生徒は教師の正しい筋道、個性豊かな魅力に惹《ひ》かれるものである。生徒は教師独《ひと》りひとりの工夫と創意に導かれ、創造力豊かな人間に成長する。そして、青少年が良き政治家を選び、自ら良き政治家を目指すであろう。日本国民を正しくリードし、世界の進むべき道を示せる日本政権の素地素質は既述のものがある。
日本人よ、今こそ待てる底力を発揮しようではないか！

# 終章

本稿のテーマを「日本人のスピリット」としたのには理由《わけ》がある。「スピリット」は英語でspirit＝心soul、霊魂、幽霊ghost、精神、元気、勇気、気分、心待などと多彩な意味を持つ。しかし、始めから「霊魂」「魂」と日本語を入れると、「日本人の魂」となり、従来から「日本人魂」とは言わず「大和魂《やまと》」と言ってきた。それは、意味するところが大へん絞《しぼ》られてきて、我々太平洋戦争の苦《にが》い体験をしてきた者は直《す》ぐ「武士道」「葉隠れ」「特攻隊」「玉砕《ぎょくさい》」などの言葉と直結し、潔《いさぎよ》く「我が身を何々に捧げる」すなわち「自らの命の重さを何々のために軽くする」と単純に直結してしまう。

既述したように元来、今から千数十年も前の日本最古の小説といわれる源氏物語の少女編の中で用いられたのが言葉として初めてだといわれている。

ただし、現在の日本人が認識する「大和魂」とは異なり、当時「漢才」（すなわち学問

＝漢学上の知識）に対して、実生活上の知恵・才能のことを指し、和魂とも言っていたようだ。もちろん、やまと言葉はそれ以前文字を持たず、会話の上で使われていたとすれば、倭《わ》人の時代ではなく、元明天皇の勅により撰録された「古事記」以後であろう。なぜならば元明天皇（六六一～七二一）は在位が七〇七年から七一五年までとされているが、その時期に我が国の呼称を「倭」から「和」とし、それに「大」を上乗《じょうじょう》させ「大和《やまと》」となったようだ。そして、朝廷で公用語として、漢字が用いられ、平安時代になると、「以呂波」から「色葉」（橘忠兼《たちばなのただかね》編、天養）となり、鎌倉初期に「伊呂波字類抄」が著《あらわ》されたとある。したがって、紫式部など女官が用いていた頃の「以呂波」は万葉仮名を脱せず、漸《よう》やく殿上人の共通語として用いられたのであろう。後に吉田松陰の頃「大和魂」は、勇猛で潔いのを特性とするように表されるようになったのは、八百年ほど後のことになろう。その間、武家社会の命をやり取りする長い戦乱の中、忠誠と謀叛《むほん》、下克上《げこくじょう》の入り交《ま》じる中で、「大和魂」は、日本人独特の言葉として定着して来たのではないだろうか。

「かくすれば、かくなるものと、知りながら」（こうすれば、こうなることは知った上で）つまり、幕府大老・井伊直弼の御政道に逆らうようなことをすれば、「安政の大獄」による斬首刑の裁きがなされることを知りながら、「どうしても大和魂を貫く方が人間・私にとっては大事なことだ。潔く大義のために我が命を差し出そう！」（やむにやまれぬ大和魂）と、わずか数え年二十九歳で大獄の露と消えるのだ。あれだけの教養人・文化人・兵学の師匠が、勿体《もったい》ない！

ところが、それに止まらず、多くの有能なお弟子方へも、呉々《くれぐれ》もと遺言辞世を残した。

「身はたとひ　武蔵《むさし》の野辺に朽ちぬとも
留《とど》めおかまし　大和魂」（再録）

明治時代にまで指導者として生き延びれば少なくとも、二十年の寿命はある。彼自身の役割と、そのお弟子・伊藤博文（一八四一〜一九〇九）は枢密院議長から貴族院議長そして四度も組閣をした首相として務めたが、ハルビンで朝鮮人独立運動家・安重根に暗殺される。享年六十八歳。伊藤をはじめ多くの若者に影響を与えた松陰の思想が、太平洋戦争の中で「特攻隊」や「玉砕」の中、数知れぬ若者の命を「鳥の羽よりも軽く扱われ、有能な命」を捨てさせたではないか。「大和魂」は今なお日本人の中に勇猛果敢、桜の花が散るように潔いと称えられている。

私はキッパリと言いたい。「大和魂」については、吉田松陰の言説を否定し、滝澤興邦（曲亭馬琴、一七六七〜一八四八）の説＝「大和魂」は、事に迫りて死を軽んずるは、慮《おもんぱか》り（思慮《しりょ》）の浅いことに似て、学問のない人のするような悞《あやまり》なり。この言説を選びたい。一口に言えば「大和魂」が短慮な教養のない人の行為になるわけで、太平洋戦争の中では、大本営に言葉が利用され、彼ら大本営の欺瞞《ぎまん》に満ちた檄《げき》に大半の国民が踊らされ、多大な国民と財産を灰燼《かいじん》に帰したと言える。

今日、スポーツの世界では大谷翔平や、文化の世界でもアニメーションの宮崎駿《はやお》など名が知れた芸術家たち、科学や医学でも世界をリードする日本人の名が称えられている。

平和があっての文化、芸術、スポーツであり、科学、産業も平和を生み出すためにこそ、発展しなければならない。ウクライナでは、ロシアの無法な侵略に対して、兵器が止《と》めなく必要だ。兵器産業は科学の力を借りて相手の先を行く。残念なことだ。アルフレッド・ノーベル（スウェーデンの化学者。一八三三〜九六）はダイナマイトを発明し、世界に貢献したが、これが戦争に使われ、多くの人々を死に追いやることになった。それが、彼の営業を富ませたが、世界に新たな不幸をもたらし、失意の中で人生を終えた。

アルバート・アインシュタイン（ユダヤ系ドイツ人、一八七九～一九五五）は、彼の相対性理論から原子爆弾の発明に進み、日本（来日し日本に好感を持つ）に対し世界初の被爆国にさせたことを後悔し、非核・平和運動に後半生を捧げた。今、まさに科学が新兵器を生み、戦争が科学を発展させる悪循環に陥っている。科学を研究することが悪いのではない。戦争を起こすことが悪いのである。誰もが知りながら、それを止《と》められない。核戦争、宇宙戦争、ＡＩ戦争等、人類滅亡に誘導する問題が現在進行形であるのだ。地球温暖化問題、自然破壊産業など、人類を奇跡的に発生させ、育《はぐく》んできた地球そのものを破壊しつつある。ひと昔前は、「人生五十年」といっていたが、今では「人生百年」と平気で言うが、このように地球を傷《いた》め続ける昨今は、人類を生かす空気や水が、地球上の各地で危うくされている。それは、日本人が神と崇めてきた自然そのものなのだ。

「かくすれば、かくなる自然と知りながら、止《や》むに止まれぬ自然破壊」と皮肉《ひにく》りたくなる。先ず、当面地球人がやらねばならないことは、ロシアのウクライナ侵略に対して、プーチンとそれを支えるロシア人に、ウクライナの国境から侵略兵を撤退させ、ロシア国内に誘拐したウクライナ人（特に青少年、幼児など）を故国に帰還させることだ。現状で休戦を言うのは、ロシアのウクライナ侵略を容認するに等しい。そして、スーダン紛争を和解させ、ミャンマー軍事政権を解除し、公正な選挙を行うこと。トルコ・シリアの大地震災害から被災者を救い、復旧することが地球人の喫緊の課題である。

これこそ、本来国連が主導権を発揮せねばならないが、何しろその要《かなめ》の安保理が機能不全で、国連は開店休業だ。安保理の構成国が問題の当事者であれば、打つ手がないと匙《さじ》を投げてはどうにも致しかたない。地球にとって喫緊の課題を議題に上げても、これに拒否権を行使して、国連を機能不全に陥らせるような国は、正に地球の敵である。地球人が地球の敵を仕末《しまつ》できないはずがない。何か、何処《いずこ》かにその手だてはあるはずだ。人類八十億人の誰か、その知恵を働かせる者は居ないのか。

私も今では、三十年来の慢性心不全と肺気腫を抱え、米寿（次男一家が今年前倒し祝いをしてくれたが）を一年後に迎えようとしている。郵便ポストまで歩いて三千歩、往復六千歩は息が上がって無理である。教え子で器用に絵手紙をくれる者も二、三人いるが、返事が書けても、投函もできないので、文通は止め、メール交信を提案すると相手がスマホを使ってない。持ったとしてもメールは苦手と言う。止むを得ず、時々スマホ電話で用を済ませている。私はもはや末期高齢者を自覚し、ピンピンコロリも考えなければならない。

終わりに、私がこの世で最も崇拝する釈迦＝ゴータマ・シッダールタ（ただし、既述のように私は唯物弁証法論者で、無神論者。菩提寺は中津市寺町の万年山松叢寺の壇徒であり葬式を三回主催し、本山正法山妙心寺《しょうぼうざんみょうしんじ》＝京都市花園町で平成十五、十六、十七年の三カ年夏期座禅講座修了）の仏説・摩訶般若波羅蜜多心経を解明し、私の人生観を締め括《くく》りたいと考える。

**勤行聖典《ごんぎょうせいてん》（臨済宗妙心寺派《りんざいしゅうみょうしんじ》）**

摩《ま》訶《か》般《はん》若《にゃ》波《は》羅《ら》蜜《み》多《た》心経《しんぎょう》

（大きい智恵＝布施・持戒・忍辱・精進・禅定・智恵の道の多くを教え説く）

◎観自在菩薩《かんじーざいぼーさー》　行深般若波羅蜜多時《ぎょうじんはんにゃはーらーみーたーじー》　照見五《しょうけんご》

大変深い智恵の極致を行じ修められたお方が、物と心の集まる所の一切は、そのまま

◎蘊皆空《おんかいくう》　度一切苦厄《どーいっさいくーやく》　舎利子《しゃーりーしー》　色不異空《しきふーいーくう》

空なのだとお悟りになった、舎利子《サーリープッタ》よ、色と

◎空不異色《くうふーいーしき》　色即是空《しきそくぜーくう》　空即是色《くうそくぜーしき》　受想行識《じゅーそうぎょうしき》

言うものは空なんだ。故に逆に空は色と異なるものではない。空はすなわち色であり、色はすなわち空といえる。このように行じて認

◎亦復如是《やくぶーにょーぜー》　舎利子《しゃーりーしー》　是諸法空相《ぜーしょーほうくそう》　不生不滅《ふーしょうふーめつ》

識すれば、またこのごとく復習することだ舎利子よ。もろもろの現象を空と想えば、

なに

◎不垢不浄《ふーくーふーじょう》　不増不減《ふーぞうふーげん》　是故空中《ぜーこーくうちゅう》　無色無　受《むーしきむーじゅー》

も生ぜず、したがって滅することもなく、汚れたものもなく、浄《きよい》ものもない。すべて

増えることもなく、減《へ》ることもない。これ故、空《くう》の中

◎想行識《そうぎょうしき》　無限耳鼻舌身意《むーげんにーびーぜっしんにー》　無色声香味触法《むーしきしょうこうみーそくほう》

では、色《しき》もなく、声もなく、香《におい》もなく、味もなく、触覚もなく考えない。だから視界

もなく、意識もなく、暗闇もなく暗闇のないことは尽《つき》

◎無眼界乃至無意識界《むーげんかいないしーむーいーしきかい》　無無明亦無無明尽《むーむーみょうやくむーむーみょうじん》

ない。また老いて死することもなく、老死の

◎乃至無老死《ないしーむーろうしー》　亦無老死尽《やくむーろうしーじん》　無苦集滅道《むーくーしゅうめつどう》　無《むー》

ないことも尽《つき》ない。苦の集りもなく、道も考

◎智亦無得《ちーやくむーとく》　以無所得故《いーむーしょーとくこー》　菩提薩埵《ぼーだいさったー》　依般若波《えーはんにゃはー》

ることもない。智もなく得もなく、所得がないが故に、菩薩はまさにこう仰せになる。智

◎羅蜜多故《らーみーたーこー》　心無罣礙《しんむーけーげー》　無罣礙故《むーけーげーこー》　無有恐怖《むーうーくーふー》

恵により彼岸に到る故、心を覆う障害も無くなり、恐怖も無くなり、一切を誤ってさかさま

◎遠離《おんりー》一切《いっさい》顛倒《てんどう》夢想《むーそー》究竟《くーぎょう》涅槃《ねーはん》　三世《さんぜー》諸仏《しょーぶつ》　依《えー》

に世のなかを見ていた考え方から遠く離れてあるがままに見なさい。すると一切の迷いから離れて、幸せを摑《つか》むことができる。前世、現世、来世の諸々《もろもろ》の仏《ほとけ》に、智恵をいただき、彼

◎般若波羅蜜多故《はんにゃはーらーみーたーこー》　得阿耨多羅三藐三菩提《とくあーのくたーらーさんみゃくさんぼーだい》

岸に到れる故、無上にすぐれた悟りを得て、自分の居場所に往《い》き、住《す》み、坐《すわ》り、臥《ふ》すことができる。智恵を知り、彼岸に到ることが多

◎故知《こーちー》般若波羅蜜多《はんにゃーはーらーみーたー》　是大神呪《ぜーだいじんしゅー》　是大明呪《ぜーだいみょうしゅー》　是《ぜー》

い故に、大神の不思議な呪《まじない》、無上の呪、何に

◎無上呪《むーじょうしゅー》　是無等等呪《ぜーむーとうどうしゅー》　能徐一切苦真実不虚《のうじょーいっさいくーしんじつふーこー》

比ぶべきもなく、等しき物もない呪、一切の苦を取り除くことができ、真実のみ、うそいつわりもない呪、故に智恵を得て、彼岸に到る呪を　ただちに説くべき呪を曰《い》おうぞ！

◎故説般若波羅蜜多呪《こーせつはんにゃはーらーみーたーしゅー》　即説呪曰《そくせつしゅーわつ》　羯諦《ぎゃーてー》羯諦《ぎゃーてー》波羅羯諦《はーらーぎゃーてー》　波羅僧羯諦《はらそうぎゃーてー》　菩提薩婆訶《ぼーじーそわかー》
般若心経《はんにゃーしんぎょう》

以上

私は妙心寺の三年に亘る夏期講座を修了したからといって、「般若心経」を理解したわけでもないし、水上勉著『般若心経を読む』や松原泰三老師の『私の般若心経』を読んだからといって、般若心経の真髄を摑《つか》んだわけでもない。その由来が、唐代の僧・玄奘の漢文訳であり、彼が西暦六四五年インドのナーランダ寺の戒賢から学び、多数の原本を持ち帰り、漢語訳したものだ。飛鳥時代に伝わり（もっと以前から伝わっていたかもしれない）、その後、聖徳太子等により、大和語に又訳《またやく》されたものが、今日まで日本仏教のエキスとして解釈されて来たものである。原本といっても二千五百年も前、釈迦がバラモン教の迷信や階級支配と闘い、これを一旦は駆逐したものの、約三千人のお弟子さんとその継承者によって伝えられたもので、翻訳した玄奘の時代が既に、釈迦入滅より千年以上も経過している。中国唐代のインドでは、既に仏教は追放され、再びバラモン教の支配が定着していたのだ。しかもサンスクリット語で書かれた原典が釈迦の説教の口伝であり、釈迦自身の著作物は皆無と言って間違いない。

私は既述のように、釈迦は宗教家とは思っていなく、後世の人々が、多数の派に分かれ夫々の言い伝えを信じ、仏教の元祖として崇《あが》め奉《たてまつ》ったものだと考える。しかし、玄奘の伝えた仏説は、宗教にあり勝ちな蒙昧な迷信的な物が少なく、前記した「般若心経」には、宇宙論的自然科学的思考が明白である。ただし、大空や空気が「無」や「空」として扱われているのは、未だ古代ギリシャに於いても真の唯物論的哲学が現れていない時代で、デモクリトスの原子論が理論化されたのは、紀元前四〇〇年頃であり、釈迦の入滅より七、八十年も後のことになる。つまり、空気は、物質つまり酸素や炭素といった、人間の目で見えない粒子だと知らない時代であった。

私は唯物論者であって、釈迦の「空」または「無」は認められないし、輪廻転生論も霊的世界を含むとすれば、肯定はできない。各種宗教にあり勝ちな、「神のお告げ」や「奇跡」を頼りとする話は肯定できない。しかしお伽噺《とぎばなし》や伝説・童話の例えなどは、一つの文化であり、非合理的、非科学的な物も大切なものだと解釈・容認するものである。私が釈迦を聖人として崇敬するのは、彼が人民を苦しめた迷信による支配・ヴァルナ支配とで科学や哲学等合理的思考が皆無の太古の昔に、身をもって闘ったことにある。しかも、あの広い古代インド社会で、自らは王侯貴族の出身でありながら、出家をしてまで巨大悪と闘った。しかも身内をはじめ、多くの民衆を味方に付けて、闘った姿は、現在のウクライナ大統領ゼレンスキーの姿と重なるものである。

今日《こんにち》、世界八十億人の人類は、欲得抜きにて独裁者の非人道的、戦争犯罪人、法に基づかない他国侵犯、力による現状変更や国内外の人権侵害の行為は一刻も許されるものではなく、そのためにはウクライナ人民に勝利を、犯罪国家に敗北を期すため、民主主義、自由主義、基本的人権を保証する諸国は一層結束を強め、どこまでも終わりなき戦いであっても粘り強く支えなければならない。私は年齢と慢性障害と置かれた一人暮らしの立場だが、口で言うだけの貢献はできるのだ。現在生存している日本人としてウクライナ共和国とゼレンスキー大統領にエールを贈りたい。

地球世界の不条理根絶！　自由と民主と人権を守る世界の人々よ、その最前線で戦う国民・国家に栄光あれ!!

二〇二三年七月吉日

竹下　勇　発信

# 補遺・追論

補遺

# 日本人のとるべき道

太平洋戦争（大東亜戦争とある人の用語）の戦後処理はＧＨＱ（General Headquarters・連合国軍最高司令官総司令部）の最高司令官マッカーサー*（Douglas MacArthur）により行われ、日本政府としては、マッカーサー司令部の管轄の下、初代・幣原喜重郎《しではらきじゅうろう》（進歩党総裁）内閣が占領政策に従い、新憲法制定に関与しつつ、㈠軍閥・財閥解体㈡天皇制の変更㈢地主制（大地主の小作人使用体制）の廃止㈣民主主義の徹底推進（人身・精神・経済の自由、社会的権利＝基本的人権・参政権・男女同権）㈤学制制度の改変（六・三・三・四制へ）などである。これは、大日本帝国政府が米・英・支・蘇四国によるポツダム宣言を一九四五（昭和二十）年八月十四日受諾に基づいていた。

＊ＧＨＱ最高司令官マッカーサー↓（耳学としては）（連合国）占領国司令官マック・アーサー

太平洋戦争末期、一九四五年八月六日アメリカにより広島に原子爆弾が投下され、同八月七日ソ連が日ソ不可侵条約を破棄し、連合国側に参戦、同八月九日には長崎に原子爆弾が投下された結果、渋っていたポツダム宣言（一九四五年七月二十六日）を受諾し、無条件降伏をした。ポツダム宣言には、敗戦後の日本に対し、日清・日露・第一次世界大戦で占有した領地・植民地などをすべて返還すること。二番目に軍国主義を除去し、徹底民主化を推進すること。三番目が戦争犯罪人の厳罰などであった。

歴史に「もし」はないが、ポツダム宣言の七月二十六日から七月末日までの五日間のうちに、あるいは、八月五日までに日本政府がこれを受諾していたならば、広島市民十万人、長崎市民七万人の直接被爆による犠牲は免れ、八月七日参戦のソ連（ソビエト社会主義共和国連邦）の北方四島不当占領及び満州・朝鮮の邦人に対する略奪、強姦、関東軍他復員軍人、植民地政庁公務員のシベリア抑留などは起こらなかったことになる。

もちろん、当時叫んでいた「一億総玉砕！」「本土決戦」の狂乱指導部の「受諾妨害」はあったにしても、昭和天皇側近の戦争終結派の決死の断行があればと回顧せざるを得ない。

既述の「戦後日本の奇跡的復興」「高度経済成長」が日本人の民族的特性に安易に解

消しようとする指導部、政権担当者たちの策略が見透かされることだ。当時の「金の卵」といわれる健気《けなげ》な青少年、地方の中学卒業者の集団就職などの膨大なエネルギーを見逃すわけにはいかないのだ。その後次々と暴かれたロッキード事件やリクルート事件などで「奇跡」の裏で暗躍していた児玉誉士夫や小佐野賢治、笹川良一など戦時中日本軍の特務員《スパイ》などが政治の表に立っていた少なくない政治家を動かしていたことを取り上げねばならないだろう。

やはり、一代で世に噂される人、フィクサーとかキングメーカーといわれた人は、戦後のドサクサまぎれに、軍事隠匿物資（彼らにとっては宝の山）の処理は御手の物であったろう。それは、何の証拠、事象も暴《あば》かれることもない戦争直後の闇の中で秘《ひそ》かに遂行されたものであり、その実行者も世間には見えないものであった。それは軍部特務員《スパイ》特有の手口であったのだ。巧《たく》みな裏技はマスコミの付け入る隙もなく、その姿を現した時には、既に押しも押されもしないフィクサーの地位にあり、政治の表で所得倍増論や日本列島改造論として、朝鮮戦争の特需に起因する糸偏《いとへん》景気、金偏《かねへん》景気に浮かれ巨大な富を蓄積する資本家の飛躍がマスコミの焦点に囃《はや》される一方、膨大な「金の卵」たちも一定の底上げをされる。その仕組みの本質・矛盾を見抜いた学生、労働組合は過激化し一部極左冒険主義に走る連中も他方でマスコミに多くの情報をもたらした。世界から脅威の目で見られた日本の急速な高度成長、敗戦の焼け野原からの「奇跡の復興」の裏舞台の再検証を！

戦勝国アメリカの軍事的、経済的傘下のもと、忽《たちま》ちアメリカに次ぐ世界第二位の経済大国と言われ、日米安保条約と相俟《あいま》ってその片腕的存在と見られる一方、アメリカの貿易収支、国際収支の慢性的赤字を来たし、一時アメリカ側からの経済バッシングも受けるなど決して真の国際的信用を得られてはいない。

彼らフィクサーもマスコミに曝《さら》され、その終焉《しゅうえん》を迎え、日本経済が本格的に国際貢献・国連諸機関への出資金や世界各所の発展途上国への献身的援助など日本本来の民族的真心や思いやりある姿も漸《よう》く認められつつある中、最近は侍ジャパンや大谷翔平、羽生結弦などスポーツ、芸術・芸能など多くの分野で突出した人物が世界の衆目の的となり始めた。

それは彼等自身の真面《まとも》な真剣な鍛錬《たんれん》・努力と才能もあろうが、忘れてはならない家族、友人、地域、全国、世界各地の心ある人々との絆《きずな》や好意ある国境を超えた支持・応援がある。一方、日々続く災難、危機に瀕《ひん》する世界のカオス。現存のどの国民の政治が「国益ファースト」を凍結し、この危機に立ち向かえるのか。最も成熟した資本主義大国アメリカか？　一国社会主義の実験に失敗、膨大な犠牲を出したソ連を継承し、修正した一党独裁の大国中国なのか。そのいずれかに傾倒する世界諸国、日米韓の連盟、EU・NATOのヨーロッパ諸国、アメリカを背景のイスラエル、NATOから距離を取るトルコ、侵略国ロシアに結びつくイラン、グローバルサウス諸国、アラブ諸国の長・サウジアラビア等々。

ある意味では、ロシアの戦争犯罪的侵略に苦しめられているウクライナ人民共和国の政府に世界の理想的未来を見ることはできないか。飽くまでも民主主義・自由主義を基礎に機能不全を見せる国連に訴え、EU・NATOの腰の引けた圏内に足場を置き、米英の特別支援に頼り、日米韓同盟の地味な繋りにも末長い展望を持つ姿勢。このような国民政府が他にあるだろうか。それは、ゼレンスキー大統領という特異な勇気あり、献身的な政治家のリードする政府だからである。

私は、この破壊され焼け爛《ただ》れた映像の中に、五年後、十年後の光り輝く、小麦畑と向日葵《ひまわり》に文化豊かな都市の姿をイメージするのである。観光と文化・先端科学では、世界の中心となる民主主義国家を期待されるのではないだろうか。現在進行中の苦難の坩堝《るつぼ》にある中で、人権、民主主義、自由主義、新しい文化を国民が挙《こぞ》って磨き上げているのではないか。苦しみの中で国の再建を夢見る姿は、二つの原子爆弾を投下され、国の南から北端まで踏み荒され三百数十万の死者と全くどうしようもない焼け野原を残した一九四五年八月十五日の日本列島であった。この世の地獄を見た九歳の私は、今のウクライナ共和国の子供たちに連帯するのである。だが子供の私の頂点《ちょうてん》には東條英機大将がいて、意気消沈した大人たちがいたが、ウクライナの子供たちにはゼレンスキー大統領がいて、勇敢に国を守る人たちがいる。

日本人は今、このウクライナ人に学ばねばならない。立場は少し違うが日本人には、ウクライナ人と共通点がある。その共通点は、我々日本人が各自で考えなければならない。しかし、考える前に先ずは、日本人は何はともあれ、ウクライナ人に連帯、注目しなければならないだろう。毎日、毎日報道される正しい情報に耳目を傾けなければならないのだ。少なくとも、ウクライナが自主、自衛、真の独立を勝ちとるまでは！

第二次世界大戦後、敗戦国日・独・伊はもちろん戦勝国米・英・蘇・支他連合国諸国に至るまで巨大な犠牲や損害を被《こうむ》っていた。これに追い打ちをかけたのが朝鮮戦争（一九五〇年六月二十五日から五三年七月休戦）と、続くベトナム戦争（一九六〇～一九七五）であった。この二つの戦争に関わったアメリカは、ブレトン・ウッズ体制による金とドルの交換停止を宣言(ニクソンショック)を行い、世界金融は変動相場制に移行した。

しかも、核兵器拡大競争と米ソ冷戦の世界カオス状態、キューバ危機の中、敗戦国日本は戦後復興を成し遂げ、先述の「奇跡的復興」と言われ、アメリカに次ぐ経済大国にのし上がり、アジア諸国には経済先進国として崇められたが、欧米諸国には疑心暗鬼の目で見られた。ある見方からすれば、日本の成長振りは狡賢《ずるがしこ》い手法を疑われるものがあった。しかし、既述の内情を知る日本人には、当然の帰結であったのである。

将来の光り輝くウクライナが、この後実現するとなれば、日本の奇跡に擬《なぞら》える見方もあるいは起こらないとも限らない。だが日本とは異なり、ウクライナにはゼレンスキー大統領という誠実で、勇気と誇りに満ちた指導者の下、真に愛国的な国民の結束があり、EU・NATOを足元に、国連や我が日本へも訪れ、広島の被爆遺跡にも接し、国際的な好意を集めながらの対ロシア反撃戦争である。その上、戦争の中で各国からの叡知を摂取し、戦後復興の青写真も描いている。

日本の敗戦時の混乱振りや、その後の経緯は既に述べたが、戦前・戦中に甘い汁を味わった狡猾不貞の輩《やから》が暗躍した戦後日本と異なり、ウクライナでは厳しい戦争の中に、ソ連時代のオルガルヒ（不正、腐敗により私利私欲を肥《こ》やす輩・政商など）を排除している。

私はウクライナの復興は、次世代の模範・人類社会の現時点で新たな国家モデルとなるものと思う。日本は大《おお》いに、今以上にウクライナと結束を強め、学びながらその復興に寄与していくべきである。第二次世界大戦のナチズムによりホロコーストを受けたイスラエル民族は米・英・仏などの支援の下、彼等の理想国家建設に民族一丸となって今日があるが、そこに紀元前からユダヤ教、キリスト教、イスラム教という歴史的に根強い反目が周辺のアラブ諸国との対立を残した。ウクライナもロシア正教という戦争遂行を称賛する宗教を護持して来た。しかし、今これをロシア・プーチン流から脱しつつある。

信教は自由でなければならない。しかし、平和と安寧を願うべき宗教が相争う宗旨であってはならず、人民を蒙昧《もうまい》に陥れたり、抑圧するものであってはならない。レーニンは「宗教は阿片だ」と決めつけたが、それが人心に安寧をもたらし、平和を願うならば、各宗教が造り出した歴史上の貴重な文化伝統として大切に後世に残すべきものである。

こうして考えると、ウクライナ共和国は、不条理な侵略を受けながらも、あらゆる面でハイレベルな国家形成に向かっており、心ある国や民族は、この国を支援する上で自らも学ぶところが大きいのではないか。

日本にとって、遠い国ウクライナではあるが、軍事以外（国の防衛政策は別次元の問題）の面ではガッチリと国家同盟を結ぶ価値があるのではないかと考える。

日本の将来はウクライナと共に！

日本は、このウクライナがユーラシア大陸の中で、豊かな光り輝く民主・自由と他国に二度と侵されることのないモデル国家を建設し、すなわち自主・独立・自衛の国、国民の安心・安全な特異の国に成長するものと確心するものである。

同時に、このウクライナと強い絆で連帯する我が日本も太平洋にあって、豊かな伝統文化・科学・観光の魅力溢れる民主・自由と他国に侵略されることのない自主・独立・自衛の確立を熟成さす。国民一人一人が見識の高い自立性、無差別性ある国民教育の下、政治・経済に覚めた人格者を選《え》りすぐった政府が世界に恥ずかしくない政治を実行し、アジア・太平洋諸国の範たる国となることを期待するものである。

ユーラシアにウクライナ共和国があり、アジア・太平洋に日本国がある。世界諸国民がこの二つの国に行ってみたい、友好親善を結びたいという模範国家になるべき素質があるものと信ずるものである。

# 追論

## 「自分因子」論（個人造語・仮定）

### ——日本人のスピリットへの追論——

　ソクラテスが刑死するに当たって、プラトン他数名の愛弟子《まなでし》に語り伝えたというイデア（idea、永遠不滅の魂＝価値。後に〝観念〟と称される）は、日本人の言う霊魂、精神、幽霊、心《こころ》等とイデアとは必ずしも同一の概念と言えないが、只《ただ》非常に近いものとは思われる。

　これは、ソクラテスとほぼ同時代のデモクリトスの謂《い》うアトム（atom）がイデアを否定、対立して唯物論と言われ、プラトンの観念論（唯心論とも称す）と当時から二千三、四百年も論争され、決着のつかない論理として現在に至った（本文で既述）。

　一般論としては、哲学的論争とされているが、一方の唯物論の方はその後科学的思考と直結しており、望遠鏡や顕微鏡の発明・開発と共に、自然科学や天文学、宇宙科学などの分野と共に何千、何万億光年の距離感と他方では数億分の一＝$10^{-9}$ナノの世界に発展している。だが、観念哲学は科学的・合理的に証明できない死後の世界であるから二千数百年前からほとんど進展は見られていない。

ナノの超微細な粒子や核の問題も始めは仮説理論だったが、アインシュタイン（Albert Einstein ユダヤ系ドイツ人。理論物理学者。相対性理論の首唱者。一八七九～一九五五）や湯川秀樹（理論物理学者。京大卒。中間子理論の提唱者。一九〇七～八一）などの新理論により、ナノ世界の急速な発見、発明により、第二次世界大戦の終結の誘因となる原子爆弾発明、投下（ヒロシマ・ナガサキ）がなされ、さらに原子力発電所や原子力潜水艦など次々と発明、拡散となり、今日まさに人類滅亡の危機すら招いている。

ナノの世界の原子核やそれを構成する電子、陽子、中性子（陽子より僅かに大きい質量を有し、電荷はなく、物質中の透過度が強く、陽子とともに原子核を構成する＝ニュートロンと言われる）、他方湯川博士の中間子は原子論とベータ崩壊とを統一的に説明するための仮説で、その後実験的にその証明がなされた素粒子である。現在では、中間子は崩壊すると、レプトンと光子に転化されるハドロンの総称となっている。要するに、これらナノの世界は宇宙を構成するもので、永遠不滅の要素である。この「永遠不滅」は観念論の不証明の典型論であったが、唯物論にこそ、仮説とその証明の経緯が一般的に受け入れられてきている。

ここに、私の展開しようとする「自分因子」(私の造語・仮説)の論理は、ナノ世界の唯物論に属するものと言えるし、私の弁証法的唯物論者としての立場を明確にするものである。

人類世界は今や八十億人といわれる時代になりつつあるが、その中に私・竹下勇と同一の人物は存在しないと断言する。人間以外、釈迦牟尼の謂われるように、森羅万象(色=目に見える物体)いかなるものも全く同一の物体は存在しない。宗教で全知全能の神はデウス(ゼウス)、ヤーウェ、アッラー、梵天《ぼんてん》など色々称号はあるが、私は究極のところ、それは無限の宇宙であり、私はその宇宙の摂理により、私の父母の下《もと》、日本人に生まれたものと認知(私の頭脳により、左様に認識)するものである。私の肉体も私財も、兄妹《きょうだい》もすべてこの世の借り物であり、私が死(消滅)する時は、総てをこの世に置き残して逝《い》かなければならない。そして、有り難いことに私という人間に生まれ、現在八十七歳(七月十日には八十八歳となる)まで生きていることである。

私が死んだらどうなるか? さいわいというか、不幸にもというべきか、私は竹下家の長男として、三つの葬式を体験している。一つは父・智二郎、二つ目は母・芙蓉子、三つ目が妻・順子である。したがって三回の通夜（死骸の横で夜を過ごす）を体験し、火葬場のボタンを三回押した。もちろん、その後の骨拾いと納骨も……。その間、世界はいつも通りの日々が過ぎて行く。霊とか幽霊というものは、微塵も感じないし、死に顔を見ると、何の苦しさも表情にはなく、妻・順子は不思議にも生前あまり見せなかった笑顔であった。口元が綻《ほころ》びていた。三人とも死して、色《しき》（目に見える物体）となり、魂や霊は肉体の死滅とともに絶《た》え失《う》せていたものと思う。だが、焼却数時間後、骨拾いでは、棺桶や花とともに、肉体の骨や灰が残る。私は死の瞬間から焼却までの間に、父・母・妻固有の「自分因子」は宇宙に返って行ったものと仮定する。原子核やそれを構成する電子や陽子、中性子などと同じ個人超微粒子《こじんちょうびりゅうし》が一個《いっこ》、他の数百、数千兆個の原子、それらは生前二十兆個の分子を構成していたが、分子は焼却や腐朽により、大自然、大宇宙に帰っていく原子と変化する。その一個が「自分因子」である。したがって、それは宇宙に永遠不滅に存在し、宇宙の摂理により輪廻転生《りんねてんしょう》するものと考える。

「自分因子」は原子核と同じく、宇宙に浮遊する限り意識はない。すなわち、釈迦の謂われる如く、「無意識界」である。なぜならば、「無限《むげん》、耳《に》、鼻《び》、舌《ぜつ》、身《しん》、意《い》（頭脳）」であるからだ。その「無」の世界「空」の世界から、何らかの摂理で、この地球（奇跡的惑星）上で、再び原子が分子を作り、有機物を構成する時に「自分因子」がその新しい物体（森羅万象）をオンリーワンとするために、ナノの世界で中核となるものと考える。私の仮説はここまでであるが、大前提としてこの地球がその新しい物体の生成・育成を擁護する条件になければならない。

八十億人地球世界の現在、もはや少数派の後期高齢者が気遣うのは、米中対立や南北問題、東西問題と世界が混沌とし、少数の核兵器所有国による国連の機能不全、地球温暖化問題に歯止めの掛からない現状である。将来の地球に生まれ出る可能性を持つ「自分因子」のことである。少なくとも私は、自分の消滅まで残された時間の中で、この事を思うのだ。

ここで話を変える。過去、現在、未来と考える時、将来あるべき社会体制は人類の理想とすべき体制へと進化させたいものである。それは既述の歴史区画で、人類最初の社会体制が、狩猟・採集の毎日決まって食事のできなかった極めて貧しいが故に、地球上に点在する原始人の集落社会は「共産制」を選ばざるを得なかった。取れない獲物を皆で協力して獲得し、少ない食糧を平等、大人は大人なりに、子供は子供なりに、腕力を要する狩に出るのは男、これを調理したり、子だくさんの子育て、着物や履物作りは女という分業はあったものの、貧しいが故の「共産制」で、この状態は数万年あるいは数十万年続いたと考えられる。いわゆる、原始共産制社会である。この時代には、人間社会に支配と被支配はなく、群《むら》を指導すべきリーダーは、経験の多い長老であった。互いに助け合い、分け合い、困難に直面すれば長老の知恵に頼む、貧しいが故に争いがなく、欲張りがなく、互いが協力し合い、土器造りや原始音楽、踊りなどで慰め合った。今の争いや戦争続きの社会からすれば、平和、安心、安全の理想社会だったと言える。毎日、衣・食・住を改善することに知恵を使い、発明、発見、収穫があると皆で祝う祭りが盛んに行われた。次が古代奴隷制、封建制と続く。

ドイツの哲学者・経済学者マルクス（Karl Marx 一八一八〜八三）は、貧しいが故の原始共産制社会を、この貧富の差、階級差別、支配階級（人民の一〇％）と被支配階級（人民の九〇％）の矛盾の多い、戦争に明け暮れる資本主義社会を、豊かな故に人々が平等、自由、人権の尊ばれる共産制の社会を実現したいと考え、彼は心友・エンゲルス（Friedrich Engels ドイツ人、思想家一八二〇〜九五）と共同で「資本論」という難解ではあるが、資本主義の悪弊を徹底的に解明し、「共産主義社会」がいかに資本主義の矛盾を解決でき、理想の社会を実現できるかを論説した本を著した。

その間、これを理解し多くのインテリゲンチアに支持され、社会変革運動となった。二人は、その間ドイツやフランスの観念論的・空想的社会主義やイギリスの古典経済学と徹底して闘い、マルクスはエンゲルスより早く没したが、マルクスを継承したエンゲルスは「共産党宣言」や「空想的社会主義から科学的社会主義へ」などを著し、これが国際的に拡《ひろ》がるなかで、帝政ロシアのレーニン（Vladimir Ilich《ウラディーミル・イリイチ》 Lenin《レーニン》 ロシアのマルクス主義者。ボリシェヴィキ党創設者。一八七〇〜一九二四）が」、世界同時革命はできずとも、ロシア一国社会主義革命は可能だと帝政ロシア体制を倒し、労働者・農民が主人公となる社会を目指した。そして、一九一七年十月（旧暦）、ソビエト政権を樹立した。初代ボリシェヴィキ党書記長となったレーニンは四十七歳だったが過激な革命運動の中、体力は弱り老化していて、次の後継者を誰にするかを考え始めていた。

　レーニンは、多忙な活動の中でも難解な「資本論」の学習は怠らなかった。ある時、レーニンは事務局を不在にした。その間に思わぬハプニングが起きた。後継者の有力者の一人と考えていたヴィッサリオノヴィッチ・スターリンが、レーニンの妻クループスカヤとある事で論争となったが、激論となった末、なんとスターリンがクループスカヤに暴力を振るって彼女の発言を制したと、帰局したレーニンの耳に入った。レーニンは遺言に、「スターリンは一国の指導者・ソ連共産党の書記長に相応《ふさわ》しくない。指導者という者は、理論は兎も角、人格面の欠陥は致命的だ」として享年五十四歳で没したが、結局力《ちから》による権威によりスターリンが葬儀委員長となり、今日のロシア・プーチン大統領に繋《つなが》り、ウクライナ侵略戦争を引き起こしている。

では、今日の混沌とした世界で人類の理想社会を目指すにはいかような方向に進めば良いのであろうか。

イギリスの産業革命（一七六〇年代）以来本格的な資本主義の時代となってきた世界では、先進国が挙《こぞ》って、封建制時代からの基盤を固めた富豪階級は「蒸気機関」や「鉱山」「大型船舶」「手工業工場」などの生産手段を獲得し、政商となり、それらの生産手段を一切持たない人々、封建時代から大地主の下で働く小作人などを雇用し、製造・販売で飛躍的に莫大な生産物（生産価値）を産み出して、その一部を賃金（給金）として支払い、大多数の価値（富）を入手していた。生産手段を所有する資本家階級《ブルジョアジー》（現在では大株主）と低賃金でその日暮らしの労働者階級《プロレタリアート》とでは富の格差は拡がるばかりである。

アメリカのジョン・ロックフェラー（一八三九〜一九三七）は石油採掘業から世界一の大富豪となり、一九一三年にはロックフェラー財団を組織し、各方面に多額の寄付や慈善事業を行った。アルフレッド・ノーベル（一八三三〜九六）はダイナマイトを発明し、その事業で大富豪となり、ノーベル賞を創設した。資本主義社会の当初、大富豪家は、封建制の名残としての道徳があったが、多くの資本家・富豪は私利私欲に走り、労働者・貧農階級の顰蹙《ひんしゅく》を買った。資本主義社会とは、資本家階級が当然のように労働者・貧農階級から搾取・収奪をして、膨《ふく》らむ一方の大金（資本）を手放さず、大多数の労働者・農民は貧困を窮《きわ》めていく一方である。貧富の差は、あらゆる差別を生み、紛争や戦争を引き起こし、地球を汚し、温暖化を早め、自然災害が起これば、貧困層に被害が集中する。第二次世界大戦の反省から世界の理想追求のための国連諸機関が創設されたが、今ではそれも機能不全に陥っている。

マルクスは資本主義社会と呼称される社会に至ってから八十年後に、理想社会「社会主義・共産主義」の社会を描いているが、それ以来既に百五十年になろうとしている。だが現状の世界は危機的状況である。

ここでまた、理想社会を目指す上で重要な要素、富（価値、貨幣など）について具体例で考えてみよう。

現在、富を表す明確な手段として貨幣があるが、その始まりから考えよう。

ある仕立屋（洋服）が、一着の絹のブレザーを精米一定量と交換する場面に移る。絹のブレザーの始まりは、㈠蚕《かいこ》を養う養蚕業（農業）㈡蚕を養う餌は桑《くわ》の葉であり、一定の桑畑（私有とする＝生産手段）に桑を栽培する。桑の葉採取、除草《じょそう》、施肥《せひ》の農業労働㈢蚕の繭《まゆ》は乾繭《かんけん》、殺蛹《さつよう》（蛹《さなぎ》を殺生し、蛾《が》になって繭殻《まゆがら》を食《く》い破《やぶ》らないようにする）、乾繭問屋《とんや》の労働。製糸会社へ御売り㈣製糸会社で生糸《きいと》に仕上げる労働は機械・道具を操作し繭から生糸取り㈤生糸の染色、乾燥労働㈥機織《はたお》り機の製造＝部品製造・組立労働㈦絹織物工業労働は、染色生糸を機織り機を操作し絹織物製作の労働㈧表・裏地の服飾デザイン労働㈨裁断機具、ミシンの製作労働㈩絹反物の裁断・縫製労働(十一)ブレザー販売は仕立屋本人。

一着の絹織ブレザーの総労働力は？対する精米（七分搗《つき》）一石《こく》（＝十斗《と》＝一八〇・三九リットル）を収穫するための農業労働はいかなるものか。

㈠春、稲作のための苗《なえ》作り＝籾《もみ》を準備し、苗代《なわしろ》を耕作《こうさく》、灌漑《かんがい》用水を引き入れ、均《なら》し、種籾を均等に蒔《ま》く（苗作り）㈡苗が育つと田植えのための水田《すいでん》作り（適切な施肥、害虫駆除剤を入れ）のための田鋤《す》き労働㈢田植え（田植え祭りの労力は娯楽類）㈣除草、害虫駆除を繰り返す。成育の間、野鳥や猪、鹿等の食い荒らし対策＝防護柵や網、暴風雨災害対策㈤稲刈り、農機具を使えばその製作労働。㈥収穫籾の精米。精米機具の生産労働。

◎服飾業者は、一着のブレザー作製の骨折りが、農業者の精米一俵分に当たると表明。

一俵＝四斗≒七二ℓ（一石＝十斗）

◎精米農業者は、ブレザーは粋《いき》で高級とは知りながら、年に祭り、慰安旅行・冠婚等の着用で三、四回程の利用頻度など考えると精米二斗で交換均衡度がとれると表明。

結局の合意は、一着のブレザー⇅三斗の精米（合意契約）

この場合、両者は何を基準に交換レート（割合）の均衡を考えたか。言うまでもなく、それぞれの物品（生産物）を生産するための骨折＝労働力（労力）の質・量を考慮してのことである。勿論、労働力というものは生産現場を見れば分かるように、汗水たらして働く肉体労働と知的・精神的労力を発揚しながらの労働の二種。共通しているのは労働者の体から発するエネルギーの量で、人間の目には見えないものである。したがって、エネルギーは腕力や呼吸力など瞬時の測定器は有るが、複雑な過程のすべては測りようがない。しかも、協働ということもある。だが、そのエネルギーの結晶がブレザーや精米という形になって現れる。すなわち、財貨の価値＝労働力の分量。

例に挙げたブレザーと精米は、生産者同士の裏心のない互いに真面目《まじめ》な信頼感の上に成り立っている。こうして、同じような交換例が多くなれば、そこが市場《しじょう》（いちば）となり、やがて標準交換レートが多くに知られ値段となる。しかし、市場には商人《あきんど》（秋に来る人、農産物の収穫期に来る人）が多くいて、彼等は物の価値の値踏《ねぶ》みに長《た》けている。したがって、仕立屋や農業者の労働の価値以上または以下に値踏みをし、商人の信頼度でその交換レートが決まることもある。
◎結論は、生産物（財、財貨）は労働力（肉体労働力と知的労働力）の分量で決まるが、労働力＝人間の発散するエネルギーは目に見えず、交換レートによりその価値を表す。
貧富の差は、人間のエネルギー発散の結果の生産物（財貨、財産）を多く持つ者と少なくしか持てない者の格差である。古代では、そのエネルギーを発散する人間そのものが売買され、所有された古代奴隷制社会が長時代続いた歴史があり、その名残《なごり》が未だ階級差別に混同されている（ヒンズー教を国教とするインド）。

ところで、市場に於ける交換レートの価格を表すものに、希少価値を持つ装飾用の貝殻が用いられた時代が長い。これが、先述の籾米、玄米、精米などが価値基準となり、日本でも商人の賑わった大坂＝浪花《なにわ》（速《わ》）＝難波《なにわ》の米市場が有名だが、その間歴史的には、和同開珎《わどうかいちん》（七〇八年＝和銅元年）や天正《てんしょう》大判（金）、慶長大判、元禄大判、享保大判、その下での小判、宋銭《そうせん》、一分銀など公認の貨幣も出回っている。明治四（一八七一）年に日本国の貨幣の単位（円）が制定され、今日に至っている。以来しばらくは金本位制で、紙幣も兌換《だかん》紙幣として銀行では必要に応じて兌換紙幣と金塊《きんかい》一定量とが交換可能で、貨幣価値の変動は少なかったが、金は世界通貨として絶対量不足へ。

第二次世界大戦前後は、日本をはじめ、大半の国々が、アメリカ合衆国の発行するドル（兌換紙幣一九三四年、純金十三・七一グレーンをもって一ドル　一トロイ・オンスの金＝三十五ドル）を基準として、自国の金本位制度を廃止した（各国とも国民に保障するだけの金保有量が減少した結果、ドル本位制へ切り替え始める）。

第二次世界大戦後、一九四四年ブレトンウッヅ協定に基づき、I・M・F（国際通貨基金）が発足し、一オンスの金塊＝三十五ドルの兌換紙幣が保証されていた。すなわち、一ドル＝〇・〇二八五七一四三オンスとなり、日本円はドルとの為替レート（固定レート）が一ドル＝三六〇円で、輸出有利・貿易収支大幅黒字、好景気が続いたが、アメリカは逆に貿易収支・国際収支とも慢性的赤字で、金保有量も激減し、アメリカ・ニクソン大統領が一九七一年八月、金ドル交換停止を表明し、世界の金本位制度は崩壊したのである。＊一オンス＝二八・三五グラム

日本はその間、奇跡的戦後復興を成し遂げ、一頃《ひところ》（東京オリンピック）前後は、世界の経済大国、アメリカに次いで第二位の国際的地位を築いていたが、円ドル交換レートがそれまでの一ドル＝三六〇円の固定為替レート制だったものが、変動相場制となり、円高ドル安に急展開、間もなく一ドル＝三〇八円、一ドル＝二〇〇円台と変化し、今日に至っている。国際通貨の交換レートはイギリスのロンドン銀行で行われるが、各国の通貨の実力は各国の国民総生産性すなわち国力にかかるが、米ドルとの関係で言えば、円高だと輸入や海外旅行に有利だが、逆に円安ドル高となれば、輸出や外国人旅行者受入れに有利の現状のごとき経済状況となる。

ところで、生産物の中でその重量、体積に比して世界一高価なものは何か？　それはダイヤモンドに他ならない。ご存じのように、宝石、装飾品、王冠などに用いられるダイヤモンドの化学的組成は純炭素の結晶であり、紀元前１００年頃から尊重されている。語源はギリシャ語のadamas（打ち勝ち難いの意）で、あらゆる地上の物質の中で最も

堅硬で、硬度十《じゅう》(10)とされる。希少価値が高いものとされるが、ダイヤモンドの価値も、他の生産物と同じく労働力(人間のエネルギー)の結晶として最も価値の高いものである。ダイヤモンドの中でも現在最も高いものは一九〇五年南アフリカ・カリナン鉱山で発掘された原石で、その大きさは三千百六カラット(一カラット＝二百ミリグラム)という野球ボールより大き目の物である。現在価値は不詳だが、「玉磨かざれば光なし」である。他の骨董品や絵画なみに解される傾向があるが、その獲得過程を見ると、(一)ダイヤモンド鉱脈探査(高技術の探査労働)(二)発見鉱脈の採掘権認可(その鉱脈所有国による)手続き、交渉のための労働(三)採掘施設・機械・機具(製造・建設工事・作業)の準備(四)採掘技術労働、掘削《くっさく》労働者の労働(五)ダイヤモンド鉱石発見の知能技術労働(六)採掘現場の不正防止のための警備労働(六)掘削された鉱石の管理、移送の警備(七)研磨技術労働、世界一の硬い原石をそれと同等かそれ以下の研磨機を使い、損傷なく研磨する、高度な技術労働を要す。

こうして、多大な知的、肉体的労働のエネルギー結晶としてのダイヤモンドには膨大な質・量の労働力が集蓄されたものである。

資本主義社会では、それ以前から継承されたものや、近現代になってから発明や発見され、これを元に一代、二代で大資本家になった人物もいるが、そういう経済的目的をもって生産手段所有者に至った人物も多い。

人類の原始時代は、大自然に働きかけ、挑《いど》み抗《あらが》ってきた歴史であった。特に、アフリカ、ヨーロッパ、アジアでもモンゴルなどでは、自然を征服する気概が強く、冒険家など大自然の偉大さが冒険心を掻《か》き立て、その成功を多くが称賛、記録され、今までこれを継承し、現在進行形である。これに対して、日本を中心とする極東アジアでは大自然を崇《あが》め、神としてその神域とするものに踏入《ふみい》らず、その恩恵に感謝してきた歴史が覗《うかが》われる。自然は人間が手を加えないものは、無価値である。大洋を泳ぎ、潜《もぐ》り、自由自在に動き回る魚介類は皆タダ（只）の物、代金の支払いを要しない。ただし、漁業権の不要な海域だ。河川・湖沼でも同様である。人間は大海の彼方《かなた》、その果てはいかようにつき長く疑問を持ちながら、水平線から昇る太陽に「有り難い」と掌《たなごころ》を合わせてきた。無限の天・地、雲の上に頂上のある山、富士山の樹海の奥はいかなる所か、神様の坐《まします》所、神域かと恐れられていた。

しかし、イタリアのガリレオ・ガリレイ（一五六四〜一六四二）は、望遠鏡などの発明により、コペルニクスの地動説を是認し、ローマ法王庁と対立し宗教裁判のさばきを受け命を危険に曝《さら》す。同じイタリアの航海者・コロンブス（一四四六〜一五〇六）は地動説を確信、大海も球体であれば西方へ進めば東洋のインドに行き着くはずだと航海。既に東方へ進みヴァスコ・ダ・ガマ（一四六九〜一五二四）がアフリカ南端・ケープタウン（喜望峰）を越え、インド航路を発見していた。さらに、フェルディナンド・マゼラン（一四八〇〜一五二一）は、南米・マゼラン海峡を抜けパシフィコ（太平洋）に出て、フィリピンを通過し、一五二二年九月世界周航を完成。

こうして、大自然に抗う人々により、自然科学を発展させ、それは多くの発明、発見を促し、今日では宇宙科学の急速な発展をも齎《もたら》している。しかし、既述の如く現代人類世界の混沌は、人類滅亡の危機を齎し、世界の首脳が頭を突き詰めるほど混迷が続いているのが現状である。

宇宙（神）に抗う人間の態度が正しいのか、宇宙の摂理に従い、敬い、自然に任せ、川の流れのように人生を生き抜く態度が良いのか、西洋的か東洋的か。この正反対の人間が今こそ互いの良さを認め合い、コラボレーションへと進む外、最良の策はないだろう。

豊田佐吉（一八六七〜一九三〇）は、豊田式自動織機など発明し、特に第二次世界大戦後、その末裔《まつえい》が世界のトヨタ自動車として、今日も活躍している。

こうした国民的資本家もいるが、大多数の資本家・大富豪は私利私欲に走ってきた。一方、多くの資本家は生産手段を一切持たない労働者階級（人口の八〇〜九〇パーセント）の生活困窮を顧《かえり》みず、搾取・収奪し貧富の格差を大きくし、資本主義社会の矛盾を拡大してきた。これに反して、生産手段を一切持たない労働者階級は自分の持てる労働力（知的・肉体的エネルギー）を時間を区切って売り、資本家の持つ生産手段と結びつけて働き、賃金を得て生活（暮らし）をする。すると、自分の使ったエネルギーの価値より少ない報酬に甘んじなければならない。いわゆる「労働力の搾取である。その搾取と闘う労働者の合法手段は労働組合を作り、資本家が激しい搾取を止めない時はストライキで対抗するしかない。

前述のマルクスやエンゲルスは、その資本主義の姿を、その萌芽の段階から、深く分析して、弁証法的矛盾の拡大はやがて、労働者・農民によって革命が起こり、社会主義、共産主義社会へと改変することを予言した。

レーニンはその唯物弁証法の理論や、著書『資本論』『科学的社会主義論』を深く学習し、帝政ロシア（封建主義社会）から一挙に、一国社会主義が可能だとして十月革命を成功させたが、結局多くの粛清《しゅくせい》や戦争の犠牲者を出して崩壊し、歪《いびつ》な専制主義、侵略国家に変貌し、現在進行形で世界を困惑させている。

今日、世界を混沌とさせ、多くの路頭に迷う難民を生み出しているのは、過去からの根深い経緯《いきさつ》がある。人類発祥の地といわれるアフリカ、そして紀元前数千年の文化、チグリス・ユーフラテス川沿岸のバビロニア文化、ナイル川河口の古代エジプト文化、インダス川沿岸の古代インダス文化、そして古代中国の揚子江・黄河文化。兎に角、それらの文化の発祥前までの数百、数千、数万年の原始共産制社会には、その暮らしが、飢餓と天変地異による恐怖の暮らし故に、人類は差別なく、協働し、宇宙大自然から身を守り、社会を護《まも》らざるを得なかった（原始共産制）。

しかし、文明が迷信と階級社会で統治されると「目には目を歯には歯を！」の紛争が各地で絶えまなく、その文明が発達するにつれて、今では人類世界の崩壊や地球そのものの破壊を危惧せざるを得なくなった。現存する人類が、この危機を乗り越えて、新しい安心、安全、自由、平等、平和の理想社会を実現するためには、少数のリーダーが孤軍奮闘するだけでなく、人類各自が人間的見識を高め、プロレタリアートがインテリゲンチアに敵対したり、排除することなく、できればブルジョアジー（資本家階級）とも協調して、人類が理想の社会とする方向に同じ水準で目を向けなければならない。技術や思考の革命は許されても、人命を犠牲にする社会革命は、必ず長い時代の怨念《おんねん》・遺恨《いこん》を残し、革命にはまた次の革命を引き起こし、人間の愚《おろ》かさを露呈するだけに帰する。特に、若い世代の人々は懸命に学び、人道優先の見識と他と和合する知恵を身につけねば、新しい理想の社会は望めない。マルクスやエンゲルスやレーニンのようなインテリゲンチア（intelligentsiya＝知識人階層）がいかに情熱的に旗を振っても、それを支える人間一人ひとりが最善を汲《く》み取れる見識を持たねば世界は動かない。

近代日本、そして現在に至るまでの日本、今から五百年ほど前の日本、一五四九年初来日した西洋人フランシスコ・ザビエルをその気にさせたアンジロウ（安次郎？）という日本人はいかなる日本人だったか？　果たして当時の日本人を象徴するような人物であったのか？　ザビエルについても既述した。しかし、さらに詳しく二人の出会いを考えてみたい。

ザビエルがキリスト教により、世界を理想的な社会に変えたいと燃える情熱をもって、東洋に向かったのは、心の友ロヨラとイエズス会を結成後の三十歳半《なか》ばだった。当時、ポルトガルはインドのゴアにポルトガル副王、総督を置き、海外進出の拠点としたが、ザビエル神父がゴアに上陸すると、間もなくイエズス会東洋管区として、布教・宣教の根拠地となった。その管区長の立場にありながら、ヨーロッパ先進国から見ると、未開発な野蛮な世界であり、中国が自国を中華とすれば、南の野蛮な地「南蛮《なんばん》」であり、ヨーロッパですら「西戎《せいじゅう》」、北アジア（今のロシア一帯）は「北狄《ほくてき》」、そして日本など中国の東側諸国（日本を含む東南アジア）は「東夷《とうい》」と蔑視《べっし》していた。ザビエルはゴアに止《とど》まることなく、マラッカ海峡一帯の島国の宣教、見聞に余念がなく奔走していた。そして、諸島のどこか、あるいは貿易船か漁船か場所は明確ではないが、私はどこかの商船内ではないかと思うが、地方語やポルトガル語も解していた日本人ヤスジロウに遭遇したのである。

ザビエルは、それまでの無知・無学、文盲な東洋人の中に、頭の先から足の先まできちんと整い、二本差しのがっしりした姿の男が日本人だと知り、話しかけるとポルトガル語が話せる。相手は以前から西洋の宗派の高僧ザビエルと認知していたらしく、船の甲板上に正座をして「シャビエール尊師でございますか、私はしがないヤスジロウという日本人でございます。ここの二人は私の弟で、共にこの周辺を放浪しております。お声を掛けていただき、まことに恐悦に存じます」と、いわゆる土下座の挨拶であった。その弟たちも同じく、土下座で頭を下げた。

ザビエルは、このような挨拶をする人種を見たことがない。これは、ローマ教皇に謁見するときの足吻《そくふん》の儀に近い。ヤスジロウの片言《かたこと》のポルトガル語にしばらく付き合っているうちに、ザビエルはこのような日本人の暮らす国はどのような国であろう。連れのトルレス神父に耳打ちし「私はこのヤスジロウの住む日本に行ってみたいと思う」と相談をした。トルレスは二つ返事で同意した。これが一五四九年夏の日本上陸のきっかけとなった。

「尊師がもし日本に行かれるのであれば、私共三人は、ご希望の所、いずこでもご案内申し上げます」と安次郎は弟二人の賛同の目を見て言った。そして、商船を乗り換えて、中国マカオに向かった。マカオは琉球や薩摩や豊後と密貿易をするポルトガルの中継点であった。ザビエルはマカオに着いた時、宿でヤスジロウが若き日、同輩の侍と揉《も》め事の末、刃傷沙汰《にんじょうざた》に及び、相手を殺《あや》めたこと、その相手の兄弟からの仇《かたき》とされ、いざこざを遁《のが》れ、知人の漁船でマカオへ行き、今日に至ったことの告白を受けた。その事でザビエルはヤスジロウと弟二人は、元薩摩の武士であり、止むない事情でマラッカまで来ていたことを知り、寧ろ、ヤスジロウ兄弟に対する信頼度を強めた。

ここで、ザビエルをはじめ日本初の上陸を決意した西欧人三人を詳述する。

(1)フランシスコ・ザビエル(Francisco《フランシスコ》 de《デ》 Xavier《シャヴィエール》 イエズス会士。スペイン・ナバラ王国の王子。フランス・パリの聖バルバラ学院で神学、哲学、自然科学を学び、インドの使徒となり、聖者となる。一五〇六生~一五五二中国山川《サンシャン》島で没)

(2)コスメ・デ・トルレス(イエズス会神父《パードレ》)

(3)ファン(ポルトガル語でジョアンと発音)・フェルナンデス、(修道士《イルマン》)

日本人随行者◎ヤスジロウ(アンジロウ、ヤスジロ、ヤジロウ等の呼称あり、安次郎と推定。元薩摩武士)

◎上弟(洗礼名ベルナルド)

◎末弟(洗礼名ジョアン)

以上一行はマカオ(澳門《マカオ》。中国南部、広東《カントン》湾口にある半島。ポルトガル居留地)経由で日本国土上陸を目指し、ヤスジロウの案内により薩摩吹上《ふきあげ》浜方面、戸柱《とばしら》港に上陸する。領主・島津貴久《たかひさ》公の居る伊作《いさく》の一宇治《いちうじ》城へ向かう。途中稲作水田は早稲穂《わせほ》の出た一面、小分けされた通り道の両側は緑の絨毯《じゅうたん》の如くで目を癒《いや》す。遠くの山に向けて緑いっぱいの木立があり、粗末な藁葺《わらぶ》き屋根の農家が点在する。

ザビエルら西欧人の目には、小国であっても領主の城に近い街が、田畑ばかりで石造りの道も建造物もない、郊外の田舎のような景色は、緑美しく山青く想像外のものだった。森の坂道を登ると、これまた途中の武家屋敷も土塀を巡らす門構えであるが平屋の檜皮葺《ひわだぶ》きの質素な造りである。これが家老という位の武士の住まいで数軒あって、本所屋形《やかた》に着く。山上にしては、かなりの広場があり、囲りには土嚢《どのう》が積まれ、城門は節々を鉄板で覆った門扉《もんぴ》で確《しっか》り閉ざされている。屋形書院は広く高床《たかゆか》式の木造瓦葺《かわらぶ》きの堅固な造りである。広い庭の飛び石路の周りには砂利が敷き詰めてあり、塵《ちり》一つ、草一本無く掃除がなされていた。

一行は、本屋形の座に上がる合図があるまでは砂利の上に正座をし、挨拶の儀を上申《じょうしん》し下段の間に上がる承諾を得る必要あり。登城の趣旨、紹介の言葉はすべてヤスジロウに一任されている、一行極度の緊張状態にあり。

「この度は、お屋形様の謁見《えっけん》を許され申した南蛮人僧侶、フランシスコ・シャビエール尊師他二名、拙者瀬長《せなが》（仮）安次郎《やすじろう》他弟二名にて代弁、通辞《つうじ》（訳）役にて同行いたし申した」「お、、貴殿方遠方より難儀なこと、佳《よ》うお出《い》でなされた。ささ、座へお上がり下され」

一行は下段《げだん》の間《ま》へ上がり、ザビエルを先頭に座し頭を板張りに付けて畏《かしこ》まる。

「ほう南蛮印度《インド》からお出でか、仏教発祥の地、その羽織《はお》られる法衣は少々当地の禅宗坊主とは異なるが、いかなる宗派のものじゃ」

と貴久公後《しりえ》には小姓二人、縁側には近習三人が座しており、仕切られた襖《ふすま》には山水画や漢詩が描かれ、右横には甲冑一式の組立てあり、後《しりえ》には鹿角《つの》台に大小二本、槍等が備えられている。

「わたし、フランシスコ・シャヴィエールともうすイスパニア出《で》の僧にござりもす」

「おお、よく遠くからお出でなされた。エスパニアというのは南蛮ではなく西戎《せいじゅう》ではござらぬか？」

ヤスジロウが次を制して、

「追って申し上げまする。シャビエール尊師は耶蘇会《ヤソかい》と申す宗派にて、日頃葡萄牙語《ポルトガル》で話されますが、出身は西班牙《スペイン》の王侯貴族様と聞いてござり申す。こちらへ参る旅のかたわら少々の日本語をお教え申しました」

「ほほう、其方《そち》もなかなか利口者じゃのう。されど、遠い異国の者じゃれば、日本語はこの上無《の》う難儀な言葉じゃろう。ところで、あと二人の名は何と申すのじゃ」

「は、、尊師の右後がトルレス神父《パーデレ》、左後はフェルナンデス修道士《イルマン》と申し、シャビエール尊師の隋行者にごわす」

「ううん？　其方はもしや薩摩の者ではないのか？　〝ごわす〟や節回しがそれと見たが？」

「ハハッ、実はしがない大隅曽於《おおすみそお》の郷士にございもす」

「やはり左様か。何かの都合であろうが、前の事は問わぬ。ここに斯様な高僧を先導したことは天晴《あっぱ》れじゃ、褒《ほ》めてつかわすぞ。明日からでも、尊師の耶蘇会の教えを民百姓共《たみどん》に説《と》き聞かせよ。しばらくは、其方共が通辞をせにゃならんな。また、貴殿方の根城は伊集院に空き寺がある。案内《あない》させよう。食い扶持《ぶち》は当分として米、干魚《ほしさかな》、味噌等は持たせるが、あとは托鉢《たくはつ》自前で暮らすことじゃ。よいな」

「ハハッー、有り難き幸せ、お屋形様のご恩情忘れ難くお受け申しまする」

ザビエル来日のはじめを右のように仮説したが、実際ローマ・ヴァチカン政庁やイエズス会本部に残されたザビエルの膨大な書簡からは、ヤスジロウを始めとする日本人と日本国土の素晴らしさを余すことなく記録している。

その後、安土・桃山時代後半から徳川・江戸時代のキリシタン弾圧は長崎二十六聖人や中浦ジュリアンの穴吊りの刑などに象徴される世界一残酷な弾圧があって、外国人の日本人評価は見られてないが、本文に既述した如く、明治のラフカディオ・ハーンや昭和初期のアルバート・アインシュタイン、そして平成になってアメリカ兵だったドナルド・キーン氏のような他に類をみない日本贔屓《ひいき》、親日外国人が多いのは、我々日本人の誇りとするところである。

今日のこの混沌とした世界で、その救世主となるべきリーダーが少なくとも備えるべき条件を考えれば、

㈠他を思い遣る優《やさ》しさ。他を包み込む寛大、寛容さ。
㈡真実や正義に対する誠実さ。
㈢事に当たっての潔《いさぎよ》さ、決断力。
㈣人種、性別、障害者など弱者に対する差別のない慈愛。
㈤善に対する正しい行動力（悪に対しても）
㈥事に当たり冷静、沈着にして科学的・人道的態度、行動。

右のような人格を備えた人物は、恐らく数十年に一人か二人、百年に三人か四人とい

う希少価値ある人物であろう。この奇跡的惑星・地球に、奇跡的に生まれた人間である。誰もが、希少価値ある人間になれる素質はあるはずだ。自分を生み育ててくれた父母に感謝し、恩返しする思いを抱くことから始まる。たとえ、自分が路傍に生み捨てられたにしても、自分はオンリーワンである。生きている自分は、必ず多くの人手によって生かされているわけである。たとえ、事故に遭って障害者になっても生きている自分はオンリーワンである。生きている以上、常に人間としての価値を高め、奇跡の惑星に恩返しをしなければならない。

人間、生きている以上、無限で偉大な全知全能の宇宙に恩返しをしなければならない。いずれ生きている自分も無限の宇宙の大きい胸に抱かれなければならないのであるから……。

以上

＊本文中の若干の学術用語解説

㈠ブルジョアジー＝bourgeoisie　フランス語。近代社会に於ける資本家階級に属する人。生産手段（有機的な道具・機械・器具を所有し、労働者を雇用し生産活動・生産物・財貨を産出する。

今日では株式の所有する形式を採り、大株主・富豪を指す。少数株所者や小企業・自営業者は、プチブルジョアジー（小資本家）という。

(二)プロレタリアート＝proletariat ドイツ語。生産手段をもたず、自己の労働力（知的、肉体的エネルギー）を時間を区切って売り生活する人。労働者階級または無産階級ともいう。

(三)インテリゲンチア＝intelligentsiya ロシア語。知的生産に従事する社会層。知識人・文化人を指すこともある（帝政ロシア時代は、西欧派自由主義者群を総称していた）。

(四)封建社会＝王侯（日本では守護・地頭）が土地を領有し、政治支配する社会・国家組織社会（江戸時代は士農工商の順位で階層をなし、第二階級の農業従事者を百姓《ひゃくしょう》と称す）。明治時代から太平洋戦争敗戦までは地主と小作人の関係があった。

(五)搾取＝exploitation 階級社会において、生産手段の所有者が労働者（雇用者）から労働の成果（生産物の価値）を搾り取ること。

(六)収奪＝人々（被支配階級）から奪《うば》い取ること。

(七)奴隷制＝生産労働の担い手が奴隷である社会。古代ギリシャ、ローマがその典型的な社会。肉体労働だけでなく、剣闘士や家庭教師、芸術家も奴隷だった。例えば、「イソップ物語」のイソップは家庭教師として奴隷主の子供の教育に寓話を使っていた。本名・アイソポス。彼が教育奴隷として寓話を記録した書物が「イソップ物語」。古代奴隷制社会は数千年続いたと言われ、古代ローマ史上最大の奴隷反乱として、紀元前七三年剣闘奴隷スパルタクスの反乱がある。一時成功寸前まで行ったが、クラッスス、ポンペイウス将軍らにより鎮圧された。

令和五年 七月一日 土曜　　昨夜、全国的に豪雨、落雷あり

# おわりに

第九代国連事務総長・アントニオ・グテーレスに「地球温暖化」ではなく「地球沸騰化」と言わせた、人類世界のカオス・混沌。頼るべき国連機能不全の二〇二三年も終わり、新年二〇二四年が始まった。

私は、この年の七月十日に思いもしなかった米寿を迎えることになる。傘寿を迎える少し前に散歩の友・タロ（柴犬雑種）と死別し、八十四歳夏、長く認知症で施設にお世話になっていた連れ合いとも死別。その後、次々と身内の弔事や有名人の他界・訃報に接し、我が身もこれに続く頃かな？　と思ったり、まだ元気で日常を続けている親友や教え子の叱咤激励の言葉に応える気を貰《もら》い、世間に甘えてもう少し生かせてもらうかと思ってもみる。

人間生きている以上、無為に過ごすわけにはいかず、ヒロシマ・ナガサキの被爆者、沖縄戦の体験者、驚くべき戦艦大和の生き残りなど百歳前後の方々の固かった口も遂に綻び、貴重な証言を聞ける時代になったこの世相。私も幼・少・青年期を送ったあの太平洋戦争の戦前・戦中、そして戦後の悲惨な体験事は、私なりに語るべき時かと、この二、三年間に書き貯めたものを整理しつつ告白する気持ちとなってきた。

それは、運良く日本人に生まれ、ここまで生かしてもらった者としての務めかとも思う。幸い、『小説・卑弥呼自伝』や「伊東マンショを語る会」での機関誌「マンショ」などでお世話になった鉱脈社の川口敦己社長に再びお手数をおかけするに思い至り、二つ返事でお受けをいただいた。

「もの書き」は私の残された一つの趣味。これでお仕舞いとは言わぬが、一つの人生の区切りとなろう。戦争を知らない人々に何かその琴線に触れることでもあれば有り難いと思いつつ、ペンを置こう。

筆者より

二〇二四（令和六）年　甲辰

[著者略歴]

竹下　勇（たけした　いさむ）

1936（昭和11）年、北九州小倉生まれ。

大分県中津市に疎開。

中津南高校、大分大学経済学部卒。

宮崎県立延岡商業高校、同富島高校等で商業科教師を35年勤める傍ら、大友宗麟、伊東マンショ研究の著書多数。また、その間、西都市文化財保存調査委員を長期にわたって任じ、地域歴史文化向上に寄与。

前都於郡城史研究会会長。

宮崎での経歴

| | |
|---|---|
| 1962年４月 | 宮崎県立延岡商業高校 |
| 1969年４月 | 宮崎県立延岡第二高校（定時制） |
| 1974年４月 | 宮崎県立小林商業高校 |
| 1986年４月 | 宮崎県立都城商業高校 |
| 1992年４月 | 宮崎県立富島高校 |
| 1997年３月 | 退職 |

現住所：宮崎県西都市大字山田4419番地
（電話）携帯 090-7926-7193

# 日本人のスピリット
# 憶良《おくら》より日本人へ

二〇二四年一月二十五日　初版印刷
二〇二四年二月　三　日　初版発行

著　者　竹　下　　勇 ©
発行者　川　口　敦　己
発行所　鉱　脈　社
〒八八〇－八五五一
宮崎市田代町二六三番地
電話　〇九八五－二五－一七五八
郵便振替　〇二〇七〇－七－二三六七

印刷
製本　有限会社　鉱　脈　社